LE JOUR OÙ TOUT CHANGEA

Mary Calmes

DREAMSPINNER PRESS

LE JOUR OÙ TOUT CHANGEA

Mary Calmes

Publié par
DREAMSPINNER PRESS

5032 Capital Circle SW, Suite 2, PMB# 279, Tallahassee, FL 32305-7886 USA
www.dreamspinnerpress.com

Le jour où tout changea
Copyright de l'édition française © 2018 Dreamspinner Press.
Titre original : A Day Makes
© 2017 Mary Calmes.
Première édition : avril 2017
Traduit de l'anglais par Zophia M. Evans.

Illustration de la couverture :
© 2017 Reese Dante.
http://www.reesedante.com
Les éléments de la couverture ne sont utilisés qu'à des fins d'illustration et toute personne qui y est représentée est un modèle

Édition e-book en français : 978-1-64405-100-9
Édition imprimée en français : 978-1-64405-101-6
Première édition française : septembre 2018
v 1.0

Édité aux États-Unis d'Amérique.

Remerciements

Toujours pour Lynn, et un énorme merci à Susan, qui m'a donné un nouvel endroit où donner vie à beaucoup de nouveaux personnages.

What a diff'rence a day made
Twenty-four little hours [1]
    — Maria Grever

---

1 Quelle différence un jour peut-il faire ? Vingt-quatre petites heures.

I

IL Y a certains moments dans ma vie dont je peux me souvenir comme si c'était hier. Ma rencontre avec Grigor Jankovic est l'un d'entre eux.

J'avais été si proche de m'échapper.

J'ai acheté un billet d'avion pour Jacksonville avec ce qui me restait d'argent et alors que je m'asseyais dans la navette pendant qu'il se dirigeait vers la zone des départs de l'aéroport international de McCarran – tout ce que je possédais fourré dans un petit sac en toile – j'essayais d'être optimiste. Un des gars avec qui j'avais servi m'avait offert de me loger pendant un mois en échange de mon aide dans une affaire peut-être-pas-si-légale-que-ça. Et, alors que la Floride n'avait pas été sur ma liste des endroits à visiter, j'étais complètement à court d'options.

Après être sorti du tramway, j'attendais de pouvoir traverser la rue jusqu'au terminal quand une voiture me coupa la route, rendant impossible de quitter le trottoir. Reculant, je pris une inspiration rapide, me préparant à disparaître pour toujours. Ils allaient me tuer sur place et je ne serais plus qu'une statistique de plus, un ancien Marine mort qui aurait traversé des moments difficiles, pris des décisions discutables, et qui aurait fini abattu dans la rue.

Mais lorsque la vitre s'abaissa, un visage en surgit au lieu d'un flingue.

Tout au long de ma vie, ma curiosité avait toujours eu le dessus. Donc au lieu de déguerpir, j'attendais de voir ce qui allait se passer ensuite.

— Grigor Jankovic veut te parler.

La première fois que j'avais entendu le nom de cet homme était après avoir pris le pistolet d'un type qui me visait et l'avoir tué. Maintenant, je l'entendais d'un homme dans une voiture, dans ce qui me semblait être un accent russe ou de l'Europe de l'Est. Je ne pouvais dire ; je n'en étais pas certain. Tout ce que je savais, c'est que c'était le même nom qui était censé inspirer la peur... et qui y arrivait sacrément bien. J'avais cru comprendre du gars que j'avais tué une semaine plus tôt que Grigor allait m'éviscérer, et son ami avait grogné la même chose juste avant que je lui explose aussi la cervelle. Ils m'avaient promis la mort dans leur dernier souffle, donc se retrouver en face du laquais de celui qui était manifestement le diable était terrifiant.

— Il veut me mettre une balle entre les deux yeux vous voulez dire, déclarai-je au type dans la voiture.

— Non, me corrigea-t-il. Seulement te rencontrer.

Je l'observai un moment.

— Vous devriez me prendre au mot.

Peut-être que je semblais stupide. Les gens avaient tendance à se sentir obligés de m'expliquer les choses plus d'une fois. C'était sans doute à cause du fait que je ne répondais jamais tout de suite, considérant prudemment ma réponse avant de parler, mais j'avais remarqué que la plupart des gens se sentaient obligés de remplir le silence avec le son de leur propre voix.

— Eh bien ?

— Y a pas moyen que je monte dans cette voiture pour que vous puissiez me conduire dans un endroit isolé pour me torturer et me tuer.

— Pourquoi ferions-nous ça ?

Je haussai les épaules, souhaitant ardemment ne pas m'être débarrassé du flingue que j'avais pris au type de la supérette après l'altercation avec les « associés » de Jankovic. Mais je ne pouvais pas le prendre dans l'aéroport, et parce que je ne voulais pas que des gosses le trouvent, je l'avais démonté, jeté une pièce dans les égouts et l'autre dans la benne à ordures pas loin du motel miteux infesté de cafards dans lequel je restais.

— Vous regardez trop de films.

Il me prit au dépourvu.

— Quoi ?

— J'ai dit, dit-il en soupirant, vous regardez trop de films. Nous enlevons les gens que nous voulons torturer et tuer. Nous ne leur demandons pas gentiment de les emmener faire un tour.

— Vraiment ?

— *Da.*

J'acquiesçai alors même que je me tournais pour prendre la fuite.

— S'il vous plaît, ne me forcez pas à vous courir après, vint une seconde voix, cette fois plus profonde et grondante.

Je réalisai alors que je pouvais faire la différence, maintenant que j'entendais un accent russe, en opposition à ce que l'accent du premier était.

— Cela m'ennuierait et nous commencerions d'un mauvais pied.

Pivotant, je vis que la vitre côté conducteur avait été abaissée et l'homme qui y était assis me lançait un regard courroucé. Il semblait beaucoup plus dangereux que l'homme assis à l'arrière. Ce type souriait au moins. Celui-ci, pas tellement.

— C'est correct, n'est-ce pas ? De mauvais pied ?

— Oui.

Il acquiesça.

— Bien.

— Donc, que disiez-vous à propos de votre patron ?

— *Da.* Grigor, continua-t-il. Il veut seulement parler de votre rencontre avec nos collègues, c'est tout.

Je m'éclaircis la gorge.

— J'ai un avion à prendre. Il part dans une heure.

Il expira profondément, clairement ennuyé.

— Nous vous obtiendrons un nouveau billet, première classe, vous avez seulement besoin de venir et parler avec Grigor.

C'est à ce moment-là que le type à l'arrière – le costume lui allait particulièrement bien ; la marque italienne coûtait sûrement plus que tout ce que je possédais – sortit de la voiture et me tint la portière ouverte. Ce n'était plus le moment de fuir, donc je ravalai ma peur et montai dans la voiture.

Le trajet ne fut en rien ce à quoi je m'attendais. Les gars entretinrent la conversation une fois que je fus installé, et même si l'anglais n'était de toute évidence que leur seconde (ou plus) langue, ils le parlèrent pour moi pendant le trajet. Ce qui était encore mieux fut la façon dont ils m'ignorèrent, discutant simplement de la manière dont un type s'était pissé dessus lorsque Marko Borodin – le gars méchant qui conduisait – s'était simplement arrêté pour demander son chemin.

— J'arrête pas de te le dire, répliqua le type assis à côté de moi qui s'était présenté comme étant Pravi Radic. T'es foutrement effrayant.

Je n'aurais pu qu'acquiescer, mais je ne pensais pas qu'ils apprécient que je m'immisce dans la conversation.

— T'es pas d'accord ? me demanda Pravi.

Je souris légèrement tout en jetant un regard aux personnes présentes dans la voiture.

— Il pourrait certainement sourire un peu plus.

Tout le monde dans la voiture éclata de rire, ce qui me détendit. Juste un peu.

Je fus surpris quand nous atteignîmes un bar miteux en bord de route ; j'étais certain, même avec toutes les réassurances, que j'étais conduit dans un entrepôt abandonné ou quelque part dans le même genre. Mais à la place, seulement Pravi et moi sortîmes de la voiture et rentrâmes dans le bar au plancher collant, à la TV sur le comptoir et à la tonne de lambris.

Dans le fond, dans un des boxes en vinyle bon marché, était assis un homme.

— C'est Grigor, m'informa Pravi, au cas où je n'aurais pas deviné.

Voilà donc l'homme que j'essayais d'éviter depuis que j'avais tué deux de ses hommes et envoyé trois de plus à l'hôpital une semaine auparavant.

Lorsque j'eus atteint la table, je restai debout un moment ne sachant que faire, observant Jankovic avant qu'il m'aperçoive et me fasse signe de m'asseoir. Une fois que nous fûmes face à face, il m'offrit une cigarette que je refusai puis me demanda si je voulais quelque chose à boire.

Je m'éclaircis la gorge.

— Je préférerais si vous pouviez en venir au but et me tuer, monsieur Jankovic, parce que l'attente est probablement pire que la balle en elle-même à l'heure actuelle.

Ses épais sourcils noirs se froncèrent avant qu'il se penche sur le côté pour voir Pravi.

— Tu ne lui as pas expliqué que je voulais lui offrir un poste dans notre organisation ?

J'étais surpris. À entendre ses hommes, je m'attendais à ce que Jankovic ait aussi un accent. Mais il donnait plus l'impression d'avoir été en internat ou à l'université. Il était définitivement plus instruit que moi.

Pravi haussa simplement les épaules.

— Je pensais que peut-être vous voudriez le lui dire.

Jankovic grogna, laissant sa tête s'incliner légèrement sur le côté pendant qu'il tirait une longue bouffée sur sa cigarette avant de l'écraser dans le cendrier.

J'étais vraiment perdu.

— Donc, Ceaton – je peux vous appeler Ceaton, ou préférez-vous monsieur Mercer ?

— Ceaton est très bien.

— Et je suis Grigor, dit-il en s'éclaircissant la gorge. Maintenant, Ceaton, dois-je vous dire ce que j'ai fait ce matin ?

— Si vous voulez.

— J'ai dû prendre soin des hommes que vous n'avez pas tués.

Toute cette histoire ne faisait que devenir de plus en plus bizarre.

— Vous voyez, soupira-t-il, entrelaçant ses doigts et se penchant vers moi pour me regarder droit dans les yeux. Ce n'est pas le temps d'Al Capone et autres gangsters notoires. Maintenant les affaires doivent être menées silencieusement, discrètement, ni vu, ni connu. Si le FBI ou la DEA ou l'ATF venaient à ne jamais apprendre mon nom, alors je serais vraiment satisfait.

C'était logique.

— Mais ces hommes avec lesquels vous avez eu le malheur de traiter collectaient discrètement le pizzo [2].

Quand j'avais entendu des menaces alors que je faisais la queue dans la petite supérette, attendant d'acheter un burrito à réchauffer au micro-ondes et la Gatorade que je pouvais me permettre, j'avais su avec précision ce que les hommes étaient venus faire ici. Le vendeur était terrifié et…

— Attendez, discrètement ? demandai-je lorsque je percutai à ce qu'il avait dit.

Il grogna.

Quelque chose de nouveau commençait à prendre forme.

— Vous ne collectez pas le pizzo ?

— Pas à ce niveau-là, répliqua-t-il, clairement dégoûté.

— Oh, dis-je en lui souriant. Donc ces gars utilisaient votre nom, récoltaient de l'argent et ne vous le disaient pas.

— Correct.

— Et vous l'avez seulement découvert quand une paire d'entre eux s'est retrouvée à la morgue.

— Oui, acquiesça-t-il. Et lorsque j'ai appris que le reste était à l'hôpital, j'ai envoyé deux de mes hommes de confiance enquêter.

Il y avait des niveaux dans la mafia, je le savais de ce que j'avais vu dans *Le Parrain* et *Les Soprano* et tous les autres films de gangsters. Eh oui, dans l'ensemble, il y avait des films sur la mafia italienne, mais je pensais que les structures devaient être similaires. En gros, il y a vos hommes, qui constituent toute l'organisation, et puis il y a la Famille. La différence étant que « les hommes » désigne n'importe qui des effectifs. La Famille est composée des hommes en qui vous avez confiance avec votre vie, qui échangeraient la leur pour préserver la vôtre. La Famille, c'est la fraternité, c'est plus profond, et ça me rappelait ce que j'avais partagé avec les gars auprès desquels j'avais servi.

— Ceaton ?

— Désolé. Qu'est-ce que vous avez découvert ?

5

— Précisément ce que j'avais suspecté à partir du moment où j'ai découvert où il était mort.

— OK, mais qu'est-ce que ça a à voir avec moi ?

— Deux hommes enterrés et trois à l'hôpital, réitéra-t-il.

— Ouais.

Son sourire fit briller ses yeux.

— Vous êtes un homme aux nombreux talents, Ceaton, et je serais idiot de laisser passer cette opportunité de vous offrir de travailler avec moi.

Puis je le vis sur son visage, un relâchement et une relaxation. Ses épaules se détendirent aussi et il prit une profonde inspiration.

— Vous ne me connaissez même pas, lui rappelai-je.

— Mais j'ai une idée de qui vous êtes, expliqua-t-il. Parce que vous avez sauvé ces gens à qui appartenait cette supérette de mes hommes, mais vous n'avez pas rendu la monnaie de leur pièce à mes hommes que vous n'avez pas tués.

— Quoi ?

— Vous avez fait ce qui était nécessaire. Même dans le feu de l'action, vous avez gardé la tête froide. J'ai besoin d'hommes comme vous.

— Je ne suis pas vraiment un Bon Samaritain, monsieur Janko…

— Grigor, me corrigea-t-il.

— Grigor, répétai-je. J'ai fait…

— Oh oui, je sais, concéda-t-il. Parce que réfléchissez à la position dans laquelle vous avez mis ces gens – les propriétaires de ce magasin.

— Excusez-moi ?

Il haussa les épaules.

— Vous alliez quitter le pays sans vous préoccuper d'eux plus loin que ce qui s'est passé ce jour-là.

— Je ne…

— Et si ces hommes étaient revenus pour régler leurs comptes et que vous n'auriez pas été là pour les aider une seconde fois ?

Cela ne m'était jamais venu à l'esprit.

— Vous êtes-vous déjà arrêté pour penser à quelles pourraient être les répercussions et comment ils allaient gérer ça sans vous ?

Je regardai alors qu'un de ses sourcils s'arquait.

— Vous n'y avez pas pensé.

En effet, il avait raison. J'avais été si focalisé sur ce que j'allais faire que j'en avais exclu toutes les autres choses. J'avais toujours fonctionné dans l'instant, je n'avais jamais considéré quoi que ce soit dans le long terme.

— Peut-être que c'est parce que vous n'avez pas de foyer, pas de racines, suggéra-t-il. Si vous en aviez, vous penseriez plus dans le long terme.

Il marquait un point.

— Donc, peut-être que travailler pour moi ne serait pas seulement vous me faisant une faveur.

Je restai silencieux.

— Dites-moi. Où avez-vous appris à vous battre comme vous le faites ?

— Le corps des Marines.

— Et pourquoi ne servez-vous plus ?

— C'est une longue histoire.

— Parfait, m'assura-t-il. Ce sont mes préférées.

— N'avez-vous pas des choses à faire ?

Il secoua la tête.

— Rien de plus important que ça.

Je devais penser à ce que j'allais dire.

— Racontez-moi simplement l'histoire, suggéra-t-il lorsqu'il me vit réfléchir.

J'avais été un tireur d'élite dans les commandos des Marines. En tant que tel, j'étais normalement au-dessus de l'action, couvrant les hommes sur le terrain comme un ange de la mort prêt à tuer tout ennemi qui s'approcherait trop près de mon équipe, ou sur le terrain avec mon expert en reconnaissance en repérage à une distance sécuritaire. Le jour où ma carrière s'était terminée, mon unité en couvrait une autre, fournissant une protection pour l'équipe des Opérations Spéciales de l'armée qui avait été envoyée pour assassiner une cible ennemie.

Depuis notre position sur le toit d'un bâtiment dans une zone industrielle décrépite proche des quartiers pauvres au sud de Falloujah, dans les petites heures du matin précédant le lever du soleil, le caporal Michael Tanner, mon expert en reconnaissance – mon guetteur, mon cibleur, mon nouveau partenaire, je ne savais pas encore vraiment, mais il semblait être quelqu'un de fiable – avait vu un pick-up blanc gagnant de plus en plus de vitesse alors qu'il conduisait dans les rues délabrées jonchées de déchets. Quand un autre véhicule était arrivé derrière eux, j'avais appelé mon lieutenant et lui avais dit qu'il devait se retirer parce qu'il allait avoir de la compagnie. J'avais été abasourdi lorsqu'un moment plus tard, il avait ordonné à l'équipe d'avancer.

J'en avais eu le souffle coupé.

— Vous pouvez répéter, monsieur ?

— Couvrez-nous, Mercer ; nous nous dirigeons vers la porte de service.

Mais l'équipe que nous étions censés couvrir était encore à au moins dix minutes de notre position, et ils étaient à pied. Nous avions l'hélicoptère en soutien, prêt à rejoindre notre convoi des deux véhicules : une dépanneuse et un Humvee ; pas eux. Tout ce qu'ils avaient, c'était nous. Si on se barrait, ils seraient à découvert sans transport.

— Monsieur, soyez avisé que l'équipe Gold est…

— C'est un ordre, Mercer, maintenant bougez-vous le cul !

Je m'étais éclairci la gorge.

— Demande permission de rester en position, monsieur, et d'attendre que…

— J'ai besoin que vous nous couvriez nos arrières.

— Je peux faire les deux, monsieur, lui avais-je assuré. De là où je suis, je…

— Je ferais mieux de ne pas avoir à me répéter ! m'avait-il hurlé dessus. Je m'attends à ce que vous soyez en position immédiatement !

J'avais brièvement échangé un regard avec Tanner – et à ce moment-là, j'avais compris que j'avais un choix à faire. Là, tout de suite, je pouvais suivre les ordres ou je pouvais faire ce qui était juste. Mes hommes étaient retranchés et dissimulés, mais l'équipe Gold serait dehors à découvert, exposée et vulnérable. Mais même avec ça, même si j'étais plus haut gradé que Tanner, je devais lui laisser le choix avant de répondre.

— Mercer !

J'avais indiqué à Tanner d'y aller et puis hoché la tête pour renforcer l'idée que c'était acceptable pour lui de me laisser.

Il avait secoué la tête puis regardé ailleurs comme si c'était décidé.

— Non, monsieur, avais-je alors répondu.

— Répétez un peu ça, Marine ?

— Non. Monsieur.

— Mercer…

— Ce serait des cibles faciles, monsieur. Je ne peux pas les laisser sans protection.

— Oh, mais nous laisser dehors nos queues à l'air, c'est acceptable.

— Non, monsieur, mais là où vous êtes…

— Ils vont vous traîner en cour martiale pour ça, Mercer.

C'était tout à fait possible qu'ils le fassent. J'aurais acquiescé, mais à ce moment-là le toit sur lequel j'étais avait été percuté par des tirs de mitrailleuse venant du toit du bâtiment d'à côté.

J'étais sorti à découvert et avais couru à perdre haleine vers les escaliers, Tanner juste derrière moi. Si je n'avais pas eu mon arme, nous aurions pu sauter du bâtiment où nous étions sur le suivant, mais pas avec mon M40A1. Si je tombais et roulais, si le fusil était endommagé – je ne pouvais pas prendre ce risque. J'avais donc choisi la porte.

— Mercer ! Mercer !

Avec mon lieutenant me hurlant aux oreilles, Tanner essayant de contacter le sergent d'artillerie, des tirs nous tombant dessus tout autour de nous, et puis les explosions – il était impossible de manquer les dégâts faits par un lance-roquettes – la seule chose que je savais, c'était que nous devions rejoindre notre position de couverture pour le rendez-vous avec l'équipe Gold et les sauver de ce qui semblait devenir une embuscade.

Au moment où nous avions enfin atteint le bas des escaliers et couru le long des bâtiments de manière à ce que nous ne soyons pas à découvert en pleine rue, il y avait seulement du feu et des cendres. Même avec les ordres criés avec colère aux oreilles me demandant de faire demi-tour, j'avais fait mon chemin vers l'endroit où nous étions supposés rencontrer l'équipe. J'avais eu un moment de terreur lorsque j'avais réalisé qu'il n'y avait que moi et Tanner, mais cela s'était rapidement dissipé lorsque j'avais aperçu les membres de l'équipe Gold se déplacer lentement et avec précaution à travers les rues enfumées, restant dans l'ombre, le lever du soleil étant juste assez loin pour leur donner la couverture dont ils avaient désespérément besoin.

Je m'étais plaqué contre les murs, agrippant mon fusil d'une main, mon Beretta M9 dans l'autre, me frayant un chemin à travers le cloaque des rues où je me sentais désolé que des gens devaient y vivre tous les jours. Le pays était ravagé par la guerre, et mon vœu le plus cher était que le conflit puisse simplement s'arrêter et que le gouvernement dise, merde, ouais, nous devrions prendre soin de notre peuple. Mais la réalité de tout désaccord était qu'il soit parfaitement logique – quel que soit le côté où vous étiez. Je ne pouvais même pas imaginer une fin à cela. Mais sur le moment, les gens que je venais sauver étaient mon objectif premier.

Lorsque nous avions été à mi-chemin d'un pâté de maisons de l'équipe, mon téléphone avait vibré dans la poche de poitrine de ma veste, ce qui m'avait fait une peur bleue.

— Mercer, m'avait accueilli la voix à l'autre bout du fil, le grondement soyeux qu'était la voix de l'homme répandant une vague de calme en moi, apaisant mes nerfs à vif. C'est Gold Leader.

Je n'allais même pas demander. C'était les Opérations Spéciales, les Forces Spéciales, les terrifiantes « Je-te-tue-dans-ton-sommeil » Forces. Le sujet n'était pas de savoir comment l'homme avait eu mon numéro, mais pourquoi il n'avait pas appelé plus tôt.

— Monsieur.

— Où est le reste de notre protection ?

J'avais regardé Tanner avant de dire une semi-vérité.

— Ils ont dû se mettre à couvert, monsieur.

Il avait grogné.

— N'allez pas près du point de rendez-vous, monsieur, il est compromis. Tout l'est.

— Connaissez-vous un moyen de sortir ?

— Oui, monsieur. Suivez-moi.

Ils avaient donc traversé la rue, plus silencieusement que je le pensais possible pour des hommes portant autant de matériel, et nous avons fait notre chemin à travers les rues, le long des bâtiments brûlés, jusqu'à ce que la route principale soit visible. J'avais entendu le sifflement juste avant l'explosion, et puis d'un coup j'étais d'un côté de la rue et l'équipe Gold de l'autre, leur criant de se mettre à terre, jurant que je ne les avais pas menés dans un échange de tirs. Je savais où nous pouvions être en sécurité – nous n'y étions pas encore.

Le ciel s'était éclairé deux secondes plus tard.

— Suivez-moi, Mercer, m'avait ordonné Gold Leader, et je l'aurais fait, vraiment, je l'aurais fait, si la rue ne s'était pas de toute évidence soulevée puis retombée, réordonnée dans un alignement complètement différent, dans le feu, la fumée et les retombées de débris.

Tanner et moi avions été propulsés dans un mur et ce fut tout. Je n'avais jamais revu l'équipe ou mon partenaire.

— Merde alors ! murmura Grigor.

J'avais oublié qu'il écoutait, perdu dans le récit de ce qui s'était passé.

— Je… Désolé. Je suis certain que c'était plus que ce que vous vouliez sans doute savoir.

10

Il se pencha plus près.

— C'était incroyable.

J'ouvris la bouche pour dire quelque chose.

— Donc, je ne comprends pas. Pourquoi n'avez-vous pas eu une médaille ?

— Tanner est mort, dis-je tristement, me remémorant son visage comme je le faisais toujours, ses pâles yeux bleus et ses cheveux blond paille.

— Oui, mais…

— Écoutez, à la seconde où j'ai dit non – j'étais foutu. Tanner est mort, répétai-je sans émotion. Et j'étais à l'hôpital, donc il n'y avait personne pour prendre ma défense quand le lieutenant a porté plainte.

— Mais vous avez sauvé ces hommes.

— Ça n'a pas d'importance. Je suis allé contre les ordres de mon lieutenant et mon partenaire s'est fait tuer.

Ses yeux me scrutaient, attendant d'en entendre plus.

— Donc, parce que je l'ai fait pour sauver l'autre équipe, ils ne m'ont pas directement traîné en cour martiale. Les Marines ne font pas les choses de cette façon. Nous ne laissons pas nos hommes derrière. *Semper Fi.* Mais mon choix a tué un homme de mon équipe, mon partenaire. Ils m'ont donc donné le choix entre la cour martiale et une libération discrète. J'ai pris la libération. Et même s'ils n'appellent plus ça une libération déshonorable, c'est ce que ça signifie. Donc tous les plans que j'avais pour rentrer dans la police après avoir quitté les Marines étaient essentiellement foutus.

— Tout ça parce que vous avez fait ce qui était *juste*.

— C'était ce que *je* pensais être juste, ouais. Je veux dire, mon lieutenant, il pensait probablement que c'était complètement faux, et de son point de vue…

J'y repensai comme je l'avais déjà fait un million de fois.

— Non, il était en sécurité, les autres gars étaient en sécurité, les seuls qui étaient dehors la queue à l'air étaient l'équipe Gold.

— Donc, dans votre cœur, vous savez que vous avez pris la bonne décision.

— Ouais, acquiesçai-je.

Vraiment, à la fin, j'en avais conclu qu'ils avaient raison de me virer. Tanner était mort parce que je l'avais empêché de partir quand nous avions l'ordre de nous replier. Je lui avais donné la possibilité de partir, de suivre

11

les ordres du lieutenant, mais il était mon partenaire, il savait que sa place était à mes côtés, et il me faisait confiance pour faire les bons choix.

— Donc vous dormez bien en sachant ça.

— Ça ne ramènera pas Tanner.

— Non. Mais n'était-il pas d'accord avec vous ?

— Qu'est-ce que vous voulez dire ?

— Si vous lui aviez demandé directement, il aurait dit que oui, sauver ces hommes était la bonne chose à faire. Il savait ce qui était en jeu.

— Il le savait. C'était un Marine, tout comme moi.

— Donc quand il vous a suivi, quand il est resté à vos côtés, il savait que ce choix pourrait lui coûter sa vie.

— Ça ne me décharge en rien.

— Non, *et* oui. N'ayant jamais été au combat, je suppose que les décisions sont prises en une fraction de seconde et que les conséquences sont réglées après.

— C'est exact.

Ses yeux se plissèrent alors qu'il m'étudiait attentivement.

— Donc vous regrettez d'avoir perdu votre partenaire ce jour-là, bien sûr, mais y a-t-il autre chose ?

J'acquiesçai.

— Dites-moi.

— J'aurais aimé... Je n'ai jamais eu la chance de contacter le soldat en charge – Gold Leader – pour voir s'ils étaient tous sains et saufs. J'ai essayé de savoir, mais j'ai été essentiellement mis aux fers à la seconde où je suis sorti de l'hôpital et personne n'a rien voulu me dire.

— Vous avez été blessé ?

— Ouais, j'ai été blessé pendant l'explosion, souvenez-vous.

— Vous me semblez en bonne forme.

— J'ai eu beaucoup de choses de cassées, croyez-moi, mais tout compte fait, j'ai été sacrément plus chanceux que beaucoup d'autres gars.

— Oui, convint-il.

— C'est étrange d'avoir des projets et puis de les voir changer en quelques minutes.

— Vraiment ?

— Oui. Oui, vraiment.

Je pris une profonde inspiration.

— Venez, sortons d'ici. Je suis affamé. Je prendrais bien un petit déjeuner.

Mon estomac gronda à la simple mention de nourriture.

— Quelque part de bon ?

— Le meilleur, promit-il.

C'était incroyable. Il m'emmena chez sa tante Jaja. Le manoir était un monolithe néo-méditerranéen avec une piscine à débordement de la taille d'un petit lac, des étables, des courts de tennis et un brasero extérieur creusé dans le sol qui était son agrément préféré. Elle me montra où un cochon de lait rôtissait lentement à la broche puis me dirigea dans sa cuisine. Elle me fit asseoir, me prépara un expresso et me regarda manger des pâtisseries maison qui avaient tout ce qui était imaginable fourré à l'intérieur, allant de la confiture à de la viande salée.

— Qui prend soin de toi ? voulut-elle savoir, et contrairement à son neveu, il y avait une trace du même accent que tous les autres, mis à part Marko.

Je secouai la tête.

— Non ? Pas de famille ?

Encore, même mouvement de tête.

— Ta mère ?

— Il n'y a personne.

— Pas de femme ?

Je m'éclaircis la gorge parce que, vraiment, au moins j'allais mourir l'estomac plein si jamais c'était un problème. Après avoir jeté un œil à Grigor, je lui répondis.

— Cela serait plutôt un homme.

— Ah, dit-elle, ce qui me surprit au plus haut point. Comme Oli.

— Oli ? demandai-je, cherchant à en savoir un peu plus.

— Mon neveu, soupira-t-elle. Un garçon vraiment beau, tellement intelligent. Lui et son mari ont deux des plus belles filles qu'il te serait donné de voir. Une adoptée il y a deux ans et l'autre l'année dernière.

Elle souriait d'une oreille à l'autre, puis cela devint lentement un petit sourire suffisant.

— J'étais sortie avec eux au restaurant il n'y a pas si longtemps, et cette catin, elle a dit à mon neveu : vous êtes des immondices pour élever ces deux filles et les empêcher d'avoir une mère.

— Je suis désolé. Certaines personnes sont ignorantes.

Elle acquiesça.

— C'est vrai. Mais habituellement, si tu ne sais pas quelque chose, tu restes silencieux jusqu'à ce que tu en saches assez pour pouvoir parler.

J'eus un petit rire.

— Si seulement.

Elle tendit le bras et tapota ma joue avant de se retirer et de croiser les bras.

— Mais tu vois, Oli et Ben – c'est son mari – ils sont si bons, si pleins d'amour pour leurs petits anges. Tu devrais voir à quel point ils sont patients, si gentils. De mon temps, on donnait la fessée, mais Oli, il dit qu'il n'y a pas lieu de frapper.

Elle souffla, consternée.

— Je ne suis pas d'accord.

Je pouvais voir qu'elle ne parlait pas des filles.

— Qu'avez-vous fait ?

Haussement rapide des épaules de sa part.

— Cette femme qui a dit des conneries ? Je l'ai suivie dans les toilettes et lui ai cassé le nez.

C'était une surprise.

— Vraiment ?

Elle me fit un clin d'œil.

— Personne n'insulte ma famille.

— Je promets de garder ça à l'esprit.

— Non. Je peux déjà dire que tu es un bon garçon. Je n'ai pas d'inquiétudes avec toi.

Je lançai un regard en coin à Grigor.

— Donc on dirait que le fait que je sois gay…

Tante Jaja agita la main d'une manière dédaigneuse.

— Pourquoi s'en soucierait-il ? Il ne va pas sauter une fille en face de toi ; tu ne vas pas sauter un homme en face de lui. Tout est bon. Tu dois simplement protéger la famille tout comme chacun d'entre nous. C'est tout ce qu'il peut demander de toi.

Grigor haussa les épaules, acquiesça et me demanda de venir m'asseoir avec lui dans le salon afin que nous puissions discuter. Plus tard, alors que nous regardions tous un match de football en mangeant des encas pour lesquels on m'avait demandé d'aider, Jaja entra dans le salon, embrassa le dessus de ma tête, puis repartit dans la cuisine où plusieurs autres femmes s'étaient à présent réunies.

Je la regardai partir, bouche bée, puis me tournai vers Grigor.

— Je peux poser une question ?

— Bien sûr, me répondit-il, ne m'accordant même pas un regard, trop intéressé par le match en cours.

— Quel genre de nom est Jankovic ?

— Serbe.

— Et c'est ce que tout le monde parle ?

— Il y a aussi un peu de croate, et de temps en temps Jaja balance un peu de hongrois.

— OK.

J'eus un petit rire parce qu'il était encore en train de me répondre sans réellement me porter d'attention. Il me prenait déjà pour acquis. Je décidai que j'aimais ça, énormément.

— Tiens, dit Grigor qui me tendit ensuite un Beretta PX4 Storm G21 semi-automatique avec un étui.

C'était une arme magnifique, je le regardai donc.

— C'est mon arme, enregistrée à mon nom, m'expliqua-t-il, tournant finalement la tête vers moi. Donc fais attention où tu la laisses et sur qui tu tires.

J'étais submergé. C'était placer beaucoup de confiance en moi, et je ne savais pas pourquoi il me donnait ça si tôt après notre première rencontre.

— Vous ne me connaissez même pas, dis-je, essayant de lui rendre l'arme.

Il leva la main.

— J'en sais déjà assez. Je t'ai écouté parler avec les autres, je t'ai vu essayer d'aider Jaja. Tu as besoin d'une famille, Ceaton. Nous allons être la tienne.

Et comme il avait plus raison qu'il ne le pensait, je demandai à Marko de m'aider à mettre l'étui d'épaule et, à l'aise, assis ici sur le canapé, mangeant et plaisantant, je respirais finalement quand Pravi, qui était debout derrière moi, posa sa main sur mon épaule et l'y laissa jusqu'au début du match suivant.

Je ne m'étais pas senti protégé et faisant partie d'une famille depuis que j'avais quitté les Marines. Cela faisait du bien de ne plus avoir peur.

II

ÊTRE LES muscles de la mafia n'était probablement pas l'idée que beaucoup de monde se faisait d'être protégé, mais pour moi, c'était un ancrage. Il était réconfortant de savoir ce que vous êtes censé faire à un moment donné. C'était ce que j'aimais tellement dans les Marines, l'absence de questions. Être dans la patrouille de Grigor était quelque chose de similaire. Je savais quoi faire quand je me levais, où aller, avec qui faire le point, et que je devais me référer à Grigor s'il y avait un problème.

Ce qui avait commencé comme une place en arrière-plan, à écouter, à observer, changea au cours des dix-huit derniers mois en une place de leader. Grigor apprit à me faire confiance pour faire les choses sans qu'il soit présent ou que j'aie besoin de faire le point avec lui. Je n'étais pas quelqu'un qui avait besoin d'être géré à chaque instant, et il appréciait ça. Puisqu'il voyageait presque exclusivement avec Doran Loncar, qui était en charge de sa protection, cela ne laissait ainsi que Pravi, Marko et Luka Novak à faire les choses pour lesquelles Grigor préférait ne pas se salir les mains.

Par exemple, Grigor ne voulait pas parler avec les vendeurs de drogue. Il n'avait aucun intérêt à les rencontrer, à la distribution du produit, ou à s'assurer qu'il ait été vendu et que l'argent qui rentrait soit équivalent. Marko n'était pas beaucoup plus patient avec ça non plus. J'avais été surpris qu'il y ait un Russe dans le Cercle Interne de Grigor, une fois que j'avais conclu que tous les autres étaient serbes, et il s'avéra que Marko était tout aussi étonné de mon intégration.

— Comment as-tu commencé à travailler avec Grigor ? demandai-je à Marko, assez saoul pour avoir le courage de poser la question, mais assez sobre pour comprendre la réponse.

— Grigor et mon ancien patron, ils voulaient faire affaire ensemble, mais il n'y avait pas de confiance.

— OK.

— Donc ils nous ont échangés, moi pour lui. Je devais protéger Grigor ; Todor, l'homme de Grigor, il devait protéger Bohdan.

— Mais ?

Il se pencha un peu plus sur la table, me regardant, et je réalisai qu'il était aussi ivre.

— Todor, il était pas bon, et Bohdan est mort en s'étouffant avec son propre sang.

— Qu'est-ce que tu as fait ?

— J'ai étripé Todor et tué l'homme qui est venu s'en prendre à Grigor pendant la nuit.

— Est-ce que celui qui a repris les rênes après Grigor voulait te récupérer ?

Il souleva ses sourcils pour indiquer que oui.

— Mais déjà, ma loyauté allait à Grigor. Si j'étais retourné avec le nouveau boss, je serais redescendu au bas de l'échelle.

— Ça craint.

— *Da.*

Je clignai des yeux.

— Comment ça se fait que « oui » se dise pareil en russe et en serbe ?

Il me fixa un instant.

— C'est bizarre, n'est-ce pas ?

Il hocha plusieurs fois la tête lentement indiquant que « peut-être ».

— On est en train de nouer des liens là, j'ai pas raison ?

Le regard que je récoltai m'indiqua que le jury n'avait toujours pas tranché sur la question, mais ce n'était pas grave. Nous étions les deux vilains petits canards, les deux que tout le monde regardait de travers quand ils nous rencontraient pour la première fois, ce qui, bien sûr, nous rapprocha. Il était celui que je finissais par prendre avec moi à chaque fois que j'allais parler avec les propriétaires de clubs, une autre chose que Grigor n'aimait pas faire.

Collecter le pizzo sur une large échelle était quelque chose que Grigor approuvait. Rien de petit, pas de station-service tenue par maman-et-papa, pas de café-restaurant, pas de pittoresques chambres d'hôtes. De grosses discothèques, des bars, des restaurants, et tous ceux qui possédaient une attache dans quelque chose comme des concessions de voitures, camions-restaurants, ou dans ces commerces qui échangent votre chèque contre du liquide étaient des cibles légitimes. Il aimait que l'argent tourne, mais encore, aller à ce genre d'endroit, se montrer, n'était pas sa tasse de thé.

Pas que je le blâme. Étant à la tête de la mafia serbe de Las Vegas, il était plus chic de faire des transactions avec les barons des cartels de drogue que de collecter de l'argent auprès des proxénètes, enquêter et retrouver les

17

gars qui nous ont volé des armes ou des produits, ou encore tuer des gens. Avec moi en charge de ces tâches, Grigor s'éloigna de plus en plus de quoi que ce soit de criminel. Et même si personne n'était assez stupide pour penser que Grigor Jankovic était complètement réglo, il ne pouvait pas être directement lié à quoi que ce soit de particulièrement illégal… du moins sur le papier. Il faudrait creuser pour trouver la crasse, et puisque personne ne pourrait obtenir un mandat pour pouvoir creuser, de l'extérieur il était blanc comme neige.

Il fit de grosses affaires dans l'immobilier en achetant et vendant des hôtels aussi bien qu'en investissant dans les start-ups et les casinos sur lesquels il avait déjà la main, et puis aussi sur le marché boursier. Il construisit une aile dans l'hôpital local pour enfants auquel il put participer à la cérémonie d'inauguration où il coupa le ruban rouge. Il donna une tonne d'argent à l'orchestre symphonique et obtint son box privé, et il aimait vraiment changer de manoir. Pas ces énormes maisons, mais de vrais manoirs qui se soldaient en millions. Quand il reprit un centre commercial qu'il transforma en projet de rénovation urbain, il ne pouvait plus être vu en public avec moi et les autres. Seuls son avocat, son comptable et Doran étaient autorisés à être photographiés avec lui. Le reste d'entre nous était un petit peu trop suspect.

Quand il fut invité à une levée de fonds par le maire, je pensai que Marko allait s'étouffer de rire.

— Quoi ? demanda Pravi.

— C'est tellement…

Marko me regarda, faisant signe avec ses doigts, cherchant le bon mot en anglais.

— Comment tu dis… contre ce qui est juste ?

— Hypocrite ?

— *Da.*

Pravi acquiesça.

— Il ne fait pas ses propres meurtres.

— C'est pour ça que nous sommes là, lui répondis-je.

Alors qu'il allait partir le soir suivant, juste avant qu'il rentre dans la limousine habillé de son smoking Armani avec sa petite amie de l'élite mondaine héritière dans l'industrie du tabac à son bras, il m'arrêta et me donna une boîte. Il me tapota la joue puis il était parti.

À l'intérieur, il y avait un Armscor Rock Island Armory M1911A1 nickelé avec une crosse en perle. Il était magnifique, et identique à celui qu'il portait. J'étais très touché.

— C'est arme de fille, dit Marko plus tard ce soir-là au dîner après que nous eûmes fait notre tour.

Luka Novak, qui avait rejoint la famille juste avant moi, vivait toujours avec sa mère, et quand nous le déposions chez lui – ou essayions de le faire – elle faisait toujours en sorte que nous ayons quelque chose à manger avant que nous rentrions chez nous.

À ce moment-là, elle s'activait autour de la table pour nous servir un goulash qu'elle avait fait qui sentait comme le paradis, les roulés au fromage et les Salcici – une sorte de pâtisserie soufflée fourrée avec de la confiture – pour le dessert.

— Elle cuisine beaucoup trop pour nous, dis-je à Luka, souriant à Mme Novak alors qu'elle s'arrêtait derrière moi, mit ses mains sur mon visage puis m'embrassa la joue.

— Que dirais-tu de mon agréable neveu, Ceaton. Il a demandé de tes nouvelles vendredi dernier après la messe.

Je geignis et regardai Luka, qui prétendit être très intéressé par son roulé.

— Oh, Ma, le fromage de ces roulés est vraiment bon.

Elle fut ravie et voleta dans la cuisine pour lui en ramener un ou deux de plus.

— Tu n'aurais jamais dû dire à qui que ce soit que tu étais gay, statua Pravi. C'était une erreur. Maintenant toutes les mères qui ont un fils qui ne veut pas être marié à une fille vont avoir les yeux sur toi.

— C'était erreur, acquiesça Marko.

— Au moins elles essaient de faire en sorte que je m'envoie en l'air, intervins-je. C'est gentil.

— Elles essaient de te marier, m'éclaira Pravi. Ce qui n'est pas si gentil.

Le problème était que, mis à part les rendez-vous à l'aveugle, je ne voyais vraiment personne. Il n'y avait pas le temps pour ça. Tout comme les autres gars, si j'avais une envie, si le manque de sexe durait depuis si longtemps que je pensais que j'allais mourir, alors je me trouvais un gars qui voulait et était capable de m'aider. Je tirais un coup occasionnellement, mais ce que je faisais ne pouvait, en fait, pas être classé comme un coup d'un soir parce qu'ils ne prenaient jamais aussi longtemps.

19

J'avais couché avec des hommes dans des toilettes, à l'arrière de voitures, dans des ruelles, et vraiment rarement, dans leurs appartements. Ça n'avait aucune logique de les suivre jusque chez eux pour repartir quinze, vingt minutes plus tard. J'aurais pu durer plus longtemps, mais je voulais juste me soulager et partir. S'embrasser était un art perdu pour moi ; je n'en voyais pas l'intérêt, ça prenait trop de temps. Baiser c'était rapide, sale, excitant et fini.

J'avais essayé de vouloir plus des gens, mais personne ne retenait mon attention. Je ne m'étais jamais figé, submergé par la beauté ou le charme d'une autre personne. Je remarquais les hommes, mais aucun ne rendait mon corps statufié d'anticipation à la prochaine parole pouvant sortir de leur bouche. Je ne suis jamais resté scotché, captivé, par l'éclat d'une autre personne.

Pas que je ne voulais pas trouver un homme qui attirerait mon regard plus d'une seconde. Je rêvais de trouver *le seul et unique*, ce gars qui serait intéressé autant par mon avis que par mon corps. J'avais le fantasme du dimanche décontracté à la maison, où on ferait l'amour et parlerait toute la journée.

Mais ma réalité était faite de gars accrochés à un croc de boucher pendant que Marko découpait des morceaux de leur corps afin que leur boss ou leurs amis ne cherchent pas d'ennuis à Grigor. Nous devions intimider et imposer le respect, collecter et distribuer ; c'était un travail à temps plein qui ne laissait pas beaucoup de temps pour faire des rencontres. Ce que je réalisais, cependant, c'était qu'en dépit de tout ça, au fond, j'étais toujours un romantique. Et même si c'était difficile, entouré par la mort, par l'existence solitaire que je menais en dehors du travail, je prenais toujours chaque tournant en me demandant si ce serait celui qui me conduirait à *mon seul et unique amour*.

Cela ne serait pas facile avec les personnes avec qui je passais mon temps.

— Tu ne devrais pas te marier, dit Marko, interrompant mon train de pensée. Laisser quelqu'un derrière pour t'enterrer n'est pas gentil.

Je lui lançai un regard que j'espérais douloureux.

Il grimaça rapidement.

— C'est vrai.

— Cela ne vaudrait-il pas le coup si on trouvait l'amour ?

— Pour qui ?

Il haussa un sourcil dans ma direction.

— Et est-ce juste d'entraîner une personne gentille dans cette vie faite d'armes et de mort ? demanda Pravi. Je dis que non.

Tous les deux soulevaient de bons points.

Marko fit un mouvement de tête en direction de ma nouvelle arme dans mon étui d'épaule.

— Tu ne devrais pas porter ça. Les gens vont vouloir essayer de te la prendre sans raison valable. Un homme qui porte ce genre d'arme a une petite queue.

Je lui souris.

— Grigor porte la même arme, couillon.

Il haussa les épaules et se pencha sur le côté, enlevant une arme de son étui de cheville et me la passant. C'était un Sig Sauer P226.

— Prends ça.

— Je n'ai pas besoin d'une nouvelle arme, M, lui assurai-je. J'ai toujours celle qu'il m'a donnée quand je suis arrivé et maintenant j'en ai une qui est vraiment belle.

— C'est trop *belle*, déclara-t-il, réutilisant ma description et la rendant stupide à entendre. Et celui que je t'ai donné, j'ai un silencieux Osprey qui va dessus. Tu as besoin de ça.

Je jetai un coup d'œil à Pravi, qui était bouche bée, puis à Luka dont les yeux étaient grands ouverts. Je comprenais pourquoi. Marko ne donnait pas d'arme à n'importe qui juste comme ça.

Quand je vis Grigor l'après-midi suivant, je lui dis à quel point j'adorais l'arme qu'il m'avait donnée mais que la porter attirerait beaucoup trop l'attention, même sous mon manteau, et que ce n'était pas une bonne idée. L'idée était de passer inaperçu, oubliable au possible.

— Donc l'arme est trop belle ?

— Ouais.

Il plissa les yeux.

— C'est la même arme que je porte.

— Vous ne la portez quasiment plus maintenant.

— C'est vrai.

— Et quand vous n'aviez pas d'argent, je pense que vous la portiez pour qu'on se souvienne de vous, n'ai-je pas raison ? lui demandai-je espérant que cela soit logique pour lui.

Je ne voulais pas le blesser en n'utilisant pas l'arme qu'il m'avait offerte. Mais Marko avait raison, elle était trop voyante pour moi.

Son acceptation ainsi que son sourire suffisant me firent rire.

— Tu n'es pas aussi oubliable que tu le penses, m'assura-t-il. Tu es un bel homme, Ceaton Mercer. Toutes les femmes posent des questions sur toi.

Je grognai.

— Tu as de la chance d'être gay, ou j'aurais dû me débarrasser de toi.

— Oh ?

— Aucun homme ne veut être en compétition avec ses propres hommes, et j'ai déjà assez de problèmes avec Pravi.

Il avait raison à ce propos. Pravi donnait un nouveau sens au mot « charmeur ». Le charme que dégageait cet homme était létal. Plusieurs fois il y avait eu une femme au bras de Grigor qui avait regardé Pravi avec les yeux d'une chasseuse. Et même si je pensais au ridicule de la conversation, je voyais comment le regard fixe et neutre de Grigor était devenu alors qu'il regardait au loin.

Il n'aimait pas arriver deuxième dans aucun des aspects de sa vie, et cela incluait d'être l'homme le plus attirant d'entre nous tous. Je n'avais jamais vraiment envisagé l'idée que son ego aurait pu s'étendre à quelque chose d'aussi petit et insignifiant.

— Ouais, mais vous aimez les femmes élégantes, commentai-je, sous prétexte que nous bavardions et que ce n'était pas, probablement, une discussion pour savoir si Pravi allait vivre ou mourir. Et vos hommes les aiment faciles.

Cela prit un moment avant qu'il n'assimile mes paroles, mais il finit par se tourner vers moi et me sourit.

— Oui, c'est vrai. Pravi a un certain type.

J'eus un rire narquois.

— Et ce n'est pas le même que le vôtre. Pouvez-vous imaginer Brooke Collingsworth s'attarder sur Pravi ?

Elle était la dernière conquête faisant partie de l'élite mondaine de Grigor, son père valait un coquet milliard.

— Non, répliqua-t-il d'un air suffisant, elle ne le ferait pas.

Je haussai les épaules.

— Donc qui s'en soucie.

Il acquiesça et me fit signe de m'asseoir avec lui.

J'allais faire ce qu'il me demandait quand la porte s'ouvrit et Jaja entra précipitamment dans le salon puis vers Grigor. Elle lui attrapa la main et lui dit que quelque chose n'allait pas avec Sonya.

Normalement Sonya, la plus jeune fille de Jaja, appelait Grigor tous les dimanches pendant qu'il décuvait et regardait le foot. Ils avaient été élevés ensemble, et il pensait à elle plus comme à une sœur qu'une cousine. Parce que c'était le jour de détente de Grigor et le seul jour de la semaine où elle n'avait pas classe ou devait travailler, toujours, sans faute, ils se parlaient à un moment entre treize heures et seize heures. Il regarda l'heure et vit qu'il était seulement quinze heures, il lui dit donc de ne pas s'inquiéter.

— Non, insista-t-elle, la prise sur sa main se resserrant. Une mère sait. Je sais.

Il fixa sa tante un moment avant de se tourner vers moi.

— Va vérifier que Sonya va bien.

— J'y vais de ce pas, acquiesçai-je en sortant mon téléphone et appelant Pravi. J'appellerai quand nous y serons, dis-je à Grigor avant de sortir de la pièce.

Luka, Marko, Pravi et moi étions dans l'avion pour Boston deux heures plus tard.

UNE FOIS que nous eûmes atterri, Luka nous réserva une suite au centre-ville sur Court Street avec une magnifique vue sur les hauteurs. Il resta dans la suite pour passer des appels, commander à manger, nous approvisionner, et – le plus important – commença à pirater la base de données de la police pour savoir ce qu'ils savaient. Il chercha aussi dans les hôpitaux et les morgues, essentiellement, il fit tout ce qu'il pouvait numériquement parlant. Ce n'était pas mon domaine. J'étais plutôt du genre porte-à-porte.

Mis à part le fait qu'elle avait rejoint une amie pour aller en boîte vendredi soir – c'était dans son historique de SMS – nous nous retrouvâmes les mains vides sur la nuit précédente quand nous passâmes en revue son téléphone que Luka avait piraté. Pravi et moi étions au poste de police dès le lundi matin. Nous signalâmes la disparition de Sonya et son amie Ellen, et ils furent d'accord pour chercher les filles.

— Y a-t-il des pistes ? demandai-je à l'inspecteur avec qui nous nous assîmes enfin après près d'une demi-journée d'attente.

C'était la raison pour laquelle Marko ne nous avait pas accompagnés. Cet homme n'avait aucune patience.

— Nous avons retracé le téléphone de Mlle Crncevic jusqu'à une discothèque appelée *Carnal*, nous y allons donc maintenant pour parler avec le propriétaire et voir s'il se souvient d'elle. Auriez-vous une photo récente ? me demanda l'inspecteur Geary.

J'en avais plein.

Pendant que la police faisait ses affaires, nous avions quadrillé la ville tous les quatre. Luka avait vérifié à qui appartenait la boîte et une fois que nous avions trouvé que c'était un homme appelé Kostya Beron, nous avions commencé à voir qui il était.

Marko et Pravi avaient parcouru les rues du quartier autour de la discothèque et discutèrent avec les gens, se délestant de pas mal de billets pour garder leur enquête silencieuse pendant que Luka et moi tracions où l'argent rentrant de la boîte ressortait. Luka fit sa magie sur le Net et trouva un bon nombre de femmes disparues liées au lieu, et je gardais un œil sur les allées et venues. En peu de temps, nous avions une meilleure idée de ce qu'il se passait à l'intérieur après y avoir travaillé toute la journée. Je reconnaissais les signes.

— Alors ? me demanda Grigor quand il décrocha.

— L'endroit où elle a été vue pour la dernière fois ressemble au *Gen's club* avant que nous le reprenions.

Il soupira lentement.

— Donc des esclaves sexuelles et de la drogue ?

— Ouais.

— Qu'est-ce que te disent tes tripes ?

Je ne voulais pas le dire.

— Nous devons attendre et voir ce qu'ont trouvé les flics.

— Ce n'est pas ce que je t'ai demandé.

— Ne faisons pas de conclusions hâtives, dis-je avec prudence. Nous avons besoin de preuves concrètes.

Il s'éclaircit la gorge.

— Est-ce qu'il donne la même impression que le *Gen's club* avait ?

— Oui, dis-je platement.

Après un moment il renifla.

— Tu avais raison à propos de ce changement.

C'était nouveau.

— Vraiment ?

— Oui, vraiment. Je n'ai jamais voulu devenir un proxénète. Avoir des danseuses est une chose, et ce qu'elles font de leur propre corps… ne me concerne pas.

24

J'avais été avec Grigor pendant trois mois quand j'étais allé le voir et que je lui avais dit que je devais partir. Je ne voulais pas être mêlé à des affaires de prostitution. Après avoir finalement été jugé assez fiable pour me montrer toutes les facettes de l'entreprise, j'avais été horrifié quand on m'avait emmené voir une série d'apparts haut de gamme juste à côté de la rue pour y voir les femmes présentes. Drogue, armes, meurtre à l'embauche, protection, extorsion, blanchiment d'argent, chantage, prêts usurpés... tout ça ne me posait pas de problème. Mais les femmes, l'asservissement sexuel de n'importe qui, homme ou femme, n'était pas quelque chose que je pouvais tolérer.

Après être parti brutalement, j'avais pris un taxi pour retourner auprès de Grigor, j'avais fait irruption chez lui et lui avais annoncé mon intention de partir.

— Je ne peux pas faire partie de quelque chose où des gens sont blessés, lui dis-je.

Il rit de moi.

— Le meurtre ne blesse pas ? Battre des gens, casser des os, leur vendre de la drogue ? Rien de tout ça ne blesse ? Hein ? L'arme que je vends à quelqu'un qui va tuer son rival ? Ça ne blesse pas ? Mon Dieu, quel hypocrite tu fais !

Je levai les mains en l'air dans un signe de renoncement, laissant tomber le fait d'essayer de lui faire comprendre ma façon de voir les choses, puis me précipitai vers la porte.

— Attends ! tonna-t-il, ce qui me figea sur place avec la main sur la poignée de la porte.

Je me tournai vers lui.

— Explique-toi.

Je haussai les épaules.

— C'est comme si, si vous deviez tuer la vache, voudriez-vous toujours manger des hamburgers ?

Il plissa les yeux.

— De quoi tu parles ?

— C'est comme regarder le diable dans les yeux, vous voyez, essayai-je d'expliquer. Je ne peux pas regarder ces femmes et savoir que j'aide à les blesser.

— Mais les armes et la drogue et...

— Ce n'est pas *logique*, admis-je en soupirant. Je le sais. Mais je ne peux pas ignorer ce que je ressens et je ne peux pas voir ces femmes – ou ces hommes – me regarder comme si je pouvais les sauver sans pouvoir le faire. Je ne suis pas comme ça.

Il me fixa, je le regardai dans les yeux, soutenant son regard.

— Bien.

J'étais surpris.

— Pardon ?

Il me fit un geste dédaigneux de la main.

— Grigor ?

— Je dis que je suis d'accord, me dit-il de derrière son immense bureau. Ce n'est pas un gros problème, et j'ai eu beaucoup trop de femmes dans ma vie pour avoir à l'expliquer aussi.

Je restai planté là, agrippant la poignée de porte de son bureau, submergé par le fait de non seulement avoir été écouté mais aussi pris en compte.

— Viens ici, assieds-toi. Parlons de comment nous pouvons faire pour démanteler cette partie des affaires.

Cela avait été de loin plus facile que je ne m'y attendais. Certaines des filles furent renvoyées chez elles par bateau, d'autres devinrent strip-teaseuses, danseuses, hôtesses mais tout le monde fut d'accord avec les changements à l'exception de Gennadi Maksimov dit Gen. Il avait été l'un des hommes dont Grigor avait hérité quand il avait repris le territoire de l'ancien boss. Maksimov avait pensé que s'il était simplement insistant, Grigor reviendrait à la raison.

Je suis allé le voir et j'ai emmené Marko avec moi.

Nous nous tenions dans le salon, la cheminée dans le dos, regardant Maksimov et ses sept hommes. Ils étaient prêts à nous tuer et à déclencher une guerre avec Grigor. Marko se tenait à mes côtés, plissant les yeux derrière ses Aviator, et j'essayais de penser à une manière d'atteindre Maksimov sans avoir à tuer tous ses hommes, le laissant vulnérable. Le salut vint quand sa femme entra dans la cuisine, des sacs de shopping dans ses mains parfaitement manucurées ruisselantes de diamants et d'or.

— Madame Maksimov, l'appelai-je.

Elle se retourna pour me regarder.

— Pourriez-vous, s'il vous plaît, dire à votre mari que je ne veux pas lui prendre son argent ; je veux juste qu'il arrête le trafic de prostituées.

— Ferme ta gueule, me lança-t-il d'une voix rageuse en se levant.

Elle siffla quelque chose en serbe et vint se placer derrière le canapé, me fixant.

— Je ne veux pas qu'il soit un proxénète, je veux qu'il soit un légitime homme d'affaires, continuai-je.

Ses yeux se plissèrent alors qu'elle claquait lentement son mari.

Je le regardai broncher, je vis les muscles de son visage se contracter puis l'adoucissement de ses yeux alors qu'il regardait sa stupéfiante femme. Elle avait été un top model avant qu'ils ne se marient, j'en avais tellement entendu parler, et à l'inverse de beaucoup de couples, ils avaient été ensemble pendant plus de vingt ans. Elle possédait la moitié de son monde et maintenant j'avais planté la graine du doute.

Il se retourna pour me regarder.

— Venez me voir demain matin à la première heure au club.

Je lui souris.

— Oui, monsieur.

Grigor avait été étonné quand Marko et moi revînmes sans avoir eu à utiliser nos armes.

— Comment ?

— Lui, répondit Marko en m'indiquant d'un signe de tête. Vraiment intelligent.

Je haussai les sourcils une ou deux fois en regardant Grigor.

— C'est pourquoi je l'ai engagé…

— Ceaton ?

La voix cassée de Grigor me ramena au présent.

— Sonya a été enlevée, n'est-ce pas ?

— Grigor…

— Ceaton !

— Oui, murmurai-je.

Il y eut un long silence.

— Elle est morte, hein ?

— Je vais la retrouver.

— Tu…

Je pouvais entendre les larmes contenues dans sa voix.

— …ne la trouveras pas. Tu retrouveras juste ce qu'il en reste.

— C'est ce que je pense, acquiesçai-je.

— Je serai là bientôt, dit-il doucement.

— D'accord, lui répondis-je avant de raccrocher.

Je pensai alors à Beron, et à quiconque d'autre qui avait pu blesser Sonya, et je me demandai s'ils lui avaient ri au nez quand elle leur avait dit qu'ils allaient mourir en hurlant une fois que son cousin aurait découvert ce qu'il lui était arrivé. Ils n'avaient aucune idée qu'ils tuaient un prophète.

QUAND GEARY me rappela enfin plus tôt ce soir-là, il me dit que la police était allée au *Carnal* et qu'on leur avait montré une vidéo d'une Sonya ivre à peine capable de marcher quittant la discothèque avec Ellen, qui était à peu près dans le même état. Il n'y avait pas de caméra à l'extérieur, mais la police était instantanément venue à la conclusion que les deux femmes n'avaient pas été enlevées. Elles étaient sorties de leur propre volonté et dormaient probablement quelque part pour décuver, trop honteuses pour en parler à leurs familles respectives. Ils étaient certains qu'elles réapparaîtraient.

— Vous avez besoin d'amener le propriétaire du club au poste et de le questionner, dis-je à Geary alors que je vérifiais mon arme, tout en regardant Marko, Pravi et Luka ranger les leurs dans leurs étuis, se préparant à aller au *Carnal* nous-mêmes.

Toutes les pistes y menaient, exactement comme nous savions qu'elles le feraient ; nous avions simplement besoin d'être plus persuasifs que la police n'en était capable.

— Nous avons fait ce que nous pouvions, monsieur Mercer. Mlle Crncevic a clairement quitté la discothèque en un seul morceau. Nous devons juste réunir des indices pour savoir où elle est allée ensuite. Nous appelons toutes les entreprises de taxi et nous cherchons dans le métro et même Uber. Nous allons les retrouver.

Je ne me faisais pas d'illusions.

Nous nous préparions à aller au club quand je reçus un autre appel de Geary. À peine une demi-heure s'était écoulée depuis le dernier.

— Monsieur Mercer, soupira-t-il, le poids de l'âge se faisant ressentir.

— Inspecteur Geary, répondis-je, sachant déjà, le sentant, et pourtant je retenais toujours mon souffle.

Les autres se figèrent, me fixant.

Il s'éclaircit la gorge.

— Mlle Crncevic et Mlle Campbell ont été identifiées.

Pas trouvées. Identifiées. Grosse différence.

— Oui.

— Elles ont été découvertes ce matin dans une décharge près de Mission Hill. Leurs identités viennent d'être trouvées dans la base de données. Nous sommes vraiment désolés.

— Alors ?

— Je ne…

— Combien de temps ?

— Combien de temps quoi ? Depuis combien de temps elles sont mortes ?

Je grognai.

— Sur place, le médecin légiste a estimé leur mort autour de trois jours.

J'assimilai l'information.

— Où est-elle maintenant ?

— Avec le légiste, dit-il doucement. Vous aurez besoin d'y aller pour…

— Compris, répondis-je avant de raccrocher.

Je secouai la tête en regardant les gars. Pravi et Luka se laissèrent tomber sur le canapé, et Marko marcha vers la fenêtre et regarda la ville pendant que j'appelais Grigor.

— Ceaton ?

— Je suis désolé, Grigor ; elle était déjà partie avant même que nous ne posions le pied dans l'avion.

Il y eut un silence.

— Je vais découvrir tout ce qui s'est passé, lui assurai-je brusquement, ma propre voix sombre et grave.

Elle avait été une fille douce, fougueuse mais bienveillante, et cela allait me manquer de ne plus la voir dans la vie de Grigor. Elle avait été une lumière dans les ténèbres qu'il était. Son influence avait été bonne.

— Oui, dit-il d'une voix rauque.

— Nous allons trouver les hommes qui sont responsables.

Il toussa.

— Jaja voudra que ce soit œil pour œil, dent pour dent.

— Bien sûr, lui assurai-je parce que je savais qu'il ne parlait pas seulement de sa tante.

Il était celui qui voulait que tous ceux d'impliqués soient tués, et il voulait des preuves à montrer à Jaja.

— Je vous appellerai pour vous tenir au courant.

— Tu devrais prendre contact avec la famille de l'amie de Sonya et les informer de ce qui s'est passé.

— Je le ferai, soupirai-je, redoutant déjà la discussion.

— Ceaton.

J'attendis.

— Je suis content que tu sois là-bas. Je suis content que ce soit toi qui aies appelé.

— Je vais m'occuper de tout.

— Je sais, dit-il, sa voix se cassant.

— Laissez-moi parler à Doran.

— Raccroche pas.

Il y eut un son étouffé et puis :

— Hé.

— Ne le laisse aller nulle part sans toi, point barre.

— D'accord.

— Je m'en fous de ce que tu as à dire ou faire… ne le laisse pas seul. Dis-lui que je te l'ai demandé, s'il s'énerve contre toi.

— Tu sais que j'ai été avec lui plus longtemps que toi, non ?

— Qui est ici, Dor, et qui est là-bas ?

— Va te faire foutre, Ceaton.

— Écoute, je…

Marko m'arracha le téléphone des mains.

— Doran Loncar, grogna-t-il en utilisant le nom complet de l'homme. Il arrive quoi que ce soit à Grigor après que Ceaton t'a demandé de veiller sur lui, et toi et moi allons avoir besoin de discuter quand je rentrerai.

Il écouta pendant un moment.

— *Da*. Je le préfère, finit-il simplement puis il me rendit mon téléphone. Il veillera sur Grigor comme tu lui as demandé.

— Merci.

Il fit un léger signe de tête, me faisant savoir qu'il avait entendu, puis pivota et se dirigea vers la porte. Je pris une profonde inspiration, me demandant quand nous reverrions la suite.

Le trajet vers la morgue sembla prendre une éternité. Monter simplement les marches de l'entrée et prendre l'ascenseur vers le sous-sol était accablant.

Je franchis seul les portes pour rencontrer le médecin légiste, Gi Thomas. C'était une femme charmante, grande et élancée avec des traits fins et délicats ainsi qu'une ferme poignée de main. Mais je remarquai principalement ses profonds yeux sombres remplis de tristesse.

— Monsieur Mercer ?

J'acquiesçai. Elle me conduisit vers un brancard et retira le drap, juste assez pour que je puisse voir le doux visage de Sonya.

30

— Ouais, c'est elle.

— D'accord, soupira Thomas en replaçant le drap, puis elle me regarda, incertaine.

J'aurais dû partir mais je ne le fis pas.

— J'ai besoin de savoir ce qui s'est passé, lui dis-je, la voix ferme et basse.

Elle prit une inspiration.

— J'ai un rapport d'écrit pour…

— S'il vous plaît, l'amadouai-je gentiment. Il est impératif que je le sache.

Ça l'était. Je devais en être conscient pour savoir quel genre de punition appliquer quand j'aurais retrouvé les responsables.

— A-t-elle été violée ?

Thomas secoua la tête.

— Normalement, quand on trouve ces filles couvertes de bleus, de sang, de marques d'aiguille, elles ont été agressées sexuellement. Mais votre fille… elle a dû être une vraie combattante.

— Comment ça ?

— Elle a des blessures défensives sur le visage et tout le long du corps, et il y a plus que juste du tissu sous ses ongles, il y a aussi du sang.

— Donc elle opposé un sacré combat.

— Oui, acquiesça Thomas. Et même si je ne suis pas sûre, je suspecte que dans ses efforts pour s'échapper, quelqu'un l'ait frappée trop fort… ou quelque chose comme ça.

— Ils l'ont littéralement brisée, dis-je platement.

— Oui, confirma-t-elle gravement. Les indices pointent dans cette direction.

— Qu'est-ce qui l'a tuée ?

— Son cou a été tordu sur le côté puis cassé.

Je hochai la tête.

— Pourquoi voudriez-vous que je vous raconte ce genre de chose ? Il n'y a pas besoin d'entendre ce genre de détails horribles, monsieur Mercer.

Je la regardai dans les yeux.

— Si, pour des raisons spécifiques, docteur Thomas.

Elle inspira.

— Je ne pense pas que je veux savoir.

— C'est probablement mieux ainsi.

J'allais me retourner pour partir mais elle me tendit la main que je pris entre les deux miennes.

— Je vais prendre soin d'elle, monsieur Mercer.

— Merci. Des dispositions sont en train d'être arrangées pour que nous puissions la ramener à la maison.

Elle hocha la tête.

— Comment a-t-elle été trouvée ?

— Nue et enroulée dans une bâche.

— Jetée comme des ordures.

— Une fois encore, je vous présente mes sincères condoléances pour votre perte.

Je serrai brièvement ses mains entre les miennes une dernière fois, j'étais à la porte quand elle me retint de nouveau.

— Pardonnez ma franchise, monsieur Mercer, mais vous ne semblez pas en colère ou terriblement triste mais plutôt… résigné. Ai-je raison ?

— Oui, m'dame.

— Je suis désolée. Je ne rencontre pas beaucoup d'anges vengeurs dans ma ligne de travail.

— Pas un ange, lui assurai-je. Définitivement pas ça.

J'avais aussi découvert que cela était vrai au cours des dernières années.

Quand j'étais devenu un Marine, j'avais pensé que j'aiderais le monde, faire le bien, changer des vies, mais il n'y avait aucun moyen de faire de vrais changements significatifs en étant seul. Même en faisant partie d'un peloton ou d'une formation plus grande, avec autant d'hommes que nous avions, une fois que nous quittions un endroit, c'était soit pire soit un tant soit peu mieux, mais les effets, avais-je découvert, pour moi, étaient minimes. Travailler pour Grigor était en fait un peu pareil. Je retirais une mauvaise herbe ; une autre repoussait directement à la même place. La différence étant que d'une certaine manière, si je creusais assez profondément et brûlais toutes les racines, cela restait mort.

Je supposais que nous serions à Boston jusqu'à ce que chaque petit rouage de la machine qui avait orienté son regard dégoûtant sur Sonya soit éviscéré. Nous commencerions au début.

LA POLICE ne pouvait rien faire d'autre sans preuve les dirigeant vers quelqu'un, mais pour nous, encore une fois, toutes les pistes menaient à

Beron, le propriétaire du *Carnal*. Il s'avéra être facile pour lui de mentir à la police. Mais pas si facile de mentir à Marko, Pravi, Luka et moi.

Nous nous sommes garés de l'autre côté de la rue devant la discothèque. Il était tard dans la soirée du lundi, donc nous attendîmes jusqu'à ce qu'elle se vide, nous attendîmes le bon moment jusqu'à ce que les hommes qui étaient là avec Beron boivent et se resservent puis couchent avec les filles encore présentes dans les chambres à l'arrière de la discothèque et puis, finalement, après deux heures du matin, sortent en titubant. Et seulement une fois que tout l'endroit fut dégagé et que Beron fut parti avec trois de ses gardes du corps, nous bougeâmes, le filant sur un peu plus d'un demi-kilomètre avant que Pravi ne grogne.

— Ouais ? demandai-je depuis le siège passager.

— *Da*, acquiesça-t-il, hochant la tête vers une zone industrielle que nous dépassions. C'est bien.

Nous sortîmes nos armes alors qu'il appuyait sur l'accélérateur. La Chevrolet Suburban louée s'élança vers l'avant alors que Pravi nous manœuvrait violemment autour puis devant eux avant de freiner brusquement, leur coupant la route, les forçant à un arrêt rebondissant et grinçant. Il n'y eut pas de temps pour s'orienter avant que Marko ne soit hors du SUV.

Il tira rapidement sur le conducteur et le passager – un, deux, bam-bam, c'était rapide, pas d'énorme coup de mitrailleuse, pas de jaillissement de balles à la Hollywood, c'était juste fait. Il ne glandait pas. Et quand Beron et un autre gars à l'arrière sortirent, Pravi descendit l'homme dont nous n'avions rien à faire alors que je me chargeais de Beron.

— Vous ne savez pas à qui vous avez affaire ! me hurla-t-il dans un anglais à l'accent russe très prononcé.

— En fait, je suis au courant, l'informai-je. Malheureusement, c'était *vous* qui n'aviez aucune idée de à qui vous aviez affaire. Ou devrais-je dire, avec les filles de qui vous aviez affaire.

Il était effrayé mais tout aussi confus.

— Ne vous inquiétez pas, dis-je alors que Marko lui prenait son arme. Je vais vous expliquer.

À l'entrepôt désert où Luka nous conduisit, j'eus de nouveau le droit à son baratin.

— Je ne sais pas qui vous pensez que vous êtes, bordel, mais je suis Kostya Beron !

— Comme si je m'en préoccupais, lui dis-je en m'accroupissant pour le regarder dans les yeux.

Je n'étais pas un géant mais à 1m88, je devais toujours m'agenouiller pour avoir une conversation avec les gens attachés à une chaise.

Quand il me vit, prit réellement conscience de mon expression ennuyée, de mes muscles développés, la largeur de mes épaules et la taille de mes mains, il avoua toute l'histoire. Oui, Sonya et Ellen était parties de leur propre volonté, mais elles n'eurent le temps que d'atteindre le trottoir. Elles pensaient s'en être sorties mais elles avaient été lourdement droguées. Les hommes de Beron les avaient enlevées alors qu'elles marchaient sur le trottoir et les avaient mises dans la voiture.

— Ils sont allés où ensuite ? demandai-je doucement, gentiment.

— Je ne sais pas. C'est Sergei qui s'occupe des filles.

— Sergei qui ? Incitai-je patiemment.

— Va te faire foutre, répliqua-t-il, essayant d'être féroce, essayant de me cracher dessus, mais il était trop effrayé pour avoir un surplus de salive à gaspiller.

J'étais passé par là ; je savais ce qu'on ressentait. Être terrifié vous rendait la bouche sèche, donc il finit par avoir des haut-le-cœur à la place.

Marko me passa un couteau – il n'avait pas à le faire, je portais le mien, mais le voir me le tendre donna à Beron le temps de retrouver sa voix.

Il finit par cracher le nom de Sergei Utkin.

C'était assez. Le nom nous donnait notre prochaine étape et était, en fait, tout ce que Beron savait. Et puisqu'il ne pouvait pas y avoir de procès – ce qui était parfaitement logique – il n'y avait rien d'autre à faire que de nettoyer les dégâts.

Pendant que je prenais mon arme et vissais le silencieux dessus, je ne fus pas surpris quand Beron se mit à pleurer. De mon expérience, tous les criminels agressifs s'effondraient à la fin. C'était l'épiphanie d'une mort imminente – toutes les affaires non finies – et le sentiment profond d'impuissance. Combien de personnes cet homme avait-il assassinées, massacrées, jetées de côté comme n'étant rien ? Et maintenant venait sa justice karmique, et tous ses péchés me seraient transférés. Parce que je ne m'étais pas enfui ; ma propre âme récupérait les dommages collatéraux après le premier homme que j'avais tué dans cette vie que j'avais choisie.

— Assez, grogna Marko.

Je me tournai vers lui alors qu'il renversait d'un coup de pied la chaise de Beron et lui tirait une balle dans la tête. C'était salissant, mais les giclées de sang se répandirent loin de nous et pas sur nos vêtements. J'avais fait cette erreur plusieurs fois au début. C'était rapide, pas de souffrance, la chute avait été la part la plus secouante.

— Qu'est-ce qui ne va pas chez toi ?

— Toi, souffla-t-il. Tu rends ça si déprimant.

Je croisai les bras, tenant toujours mon arme.

— Oh ?

— Oui, râla-t-il, pleurnichant presque. Toujours à te réprimander après, chaque putain de fois, et tu penses, un mort de plus à mon compte, mais Ceaton... si c'était de bons hommes, pourquoi les aurions-nous vus ?

Il y avait ça.

— Pourquoi serais-je ici, ou toi, ou Pravi, ou Luka ?

— Tu deviens réellement maussade après, intervint Luka.

— Vraiment ? demandai-je, impassible.

Il haussa les épaules.

— C'est une bonne chose, ajouta Pravi.

Marko lui lança un regard noir.

— Non, je veux dire, c'est une bonne chose qu'il ne soit pas un psychopathe, non ?

— Je n'en suis pas si convaincu, conclut Marko.

Pravi grogna.

— Je pense que c'est une bonne chose que tu ne veuilles tuer personne, clarifia Luka, nous montrant tous du doigt. Mais je pense aussi que tu ne devrais pas prendre tout ça pour toi, comme si à l'instant où tu mourras tu iras en enfer ou quoi que ce soit. Parce que si tout ça est le plan de Dieu, n'en sommes-nous pas aussi une partie ?

— Non, non, non, dit Marko, se rapprochant de moi, une main sur mon épaule. Nous allons tous aller en enfer, ne te fais pas d'illusion. Nous tuons des gens, nous allons tous à l'église, nous ne sommes pas des hommes stupides. Nous savons tous comment ce sera.

— Je ne vais pas à l'église, intervins-je.

— Tu vois, c'est un péché aussi, déclara Marko.

— Maintenant je suis déprimé, taquina Pravi.

— Mais qu'est-ce que l'enfer ? questionna Marko. Un endroit que tu ne quittes jamais, où tous tes amis sont ?

Il haussa les épaules.

— Donc, vraiment, à quel point ça peut être mauvais ?

Je regardai les hommes avec qui je passais tout mon temps.

— Donc vous êtes en train de me dire de me détendre ?

Marko m'offrit une claque dans le dos.

— *Da.*

— D'accord, alors, dis-je en soupirant, laissant la tension s'évacuer. Je vais essayer de ne pas laisser tous les meurtres me déprimer.

— *Dobro*, dit Pravi avec un petit rire.

— Ne commence pas avec le serbe, le prévins-je.

— Tu as besoin de l'apprendre, comme je l'ai fait, râla Marko en allant chercher le jerrican d'essence qu'il avait apporté avec nous puis retournant près du corps de Kostya Beron qu'il aspergea.

Il n'avait pas de briquet. Il ne faisait pas confiance aux briquets à butane pour allumer ses cigarettes ou cigares, seulement aux allumettes. Quelque chose à propos de la saveur. Ces allumettes s'étaient révélées pratiques plusieurs fois au cours des années.

Alors qu'il s'éloignait, j'entendis d'abord le claquement de l'allumette sur le côté de la boîte et puis le souffle des flammes derrière nous. Comme Marko, j'étais un supporter pour mettre le feu aux choses. C'était difficile de retirer des preuves ADN de quelque chose de carbonisé, peu importe ce qu'ils pouvaient dire à la télé.

— Retournons à sa boîte, suggérai-je.

Tout le monde acquiesça.

Nous retournâmes donc au *Carnal*. Après que nous eûmes soigneusement tout passé en revue, s'assurant que personne ne dormait pour décuver, je vidai les bouteilles d'alcool sur tous les meubles alors que Marko préparait des cocktails Molotov et les alignait sur le bar.

Pravi alla dans le bureau à l'arrière, rapporta quelques chaises qu'il cassa pour en faire du petit bois, et Luka pirata la vidéo surveillance afin de pouvoir faire une copie de la vidéo de Sonya sortant du club. Il la téléchargea sur l'iCloud de Grigor afin que notre boss puisse la voir puis téléchargea un virus sur leur VPN – ça serait la cerise sur le gâteau pour Utkin de perdre Beron puis son club dans la même journée.

Cela devait être détruit. Il nous était impossible de laisser la toile d'araignée pour qu'un autre petit papillon d'une mère s'y égare et ne soit jamais revu. Et une fois qu'il fut complètement englouti par les flammes, brûlant chaudement et rapidement, j'eus le sentiment de pouvoir tourner la page. De cette manière, nous envoyions un message à la police aussi – vous auriez dû surveiller cet endroit.

NOUS CHANGEÂMES d'hôtel. Pas que l'endroit ne soit pas parfait, mais les choses allaient exploser, donc nous allions avoir besoin de pouvoir bouger rapidement et tranquillement. Et être coincé au sommet d'un gratte-ciel était peut-être génial pour un sniper mais pas pour quelqu'un d'autre. De plus, nous avions besoin de payer en liquide. Mais l'objectif principal était de donner l'impression que nous nous étions enregistrés quelque part puis que nous étions partis. Les traces écrites étaient importantes.

Pour autant que la police de Boston soit au courant, nous étions partis le jour avant que le club de Beron ne soit détruit dans un incendie et n'avions rien à voir avec cet incident. Quand ils vérifièrent, nous avions affrété un jet privé pour chez nous à Vegas. Mais ils n'avaient aucun moyen de savoir que seul le corps de Sonya faisait le chemin du retour, avec Doran, qui était arrivé avec l'avion pour repartir tout aussi tôt à la maison. Il m'avait demandé de le laisser rester et d'envoyer Luka à la maison à la place, mais Luka était mon gars – Doran avait toujours été celui de Grigor. Même ne serait-ce que de considérer sa requête me faisait me sentir mal.

— C'était le bon choix, me dit Marko alors que nous nous éloignions de l'aéroport. Tu dois avoir les hommes que tu connais.

Je hochai la tête alors que je prenais la bretelle de sortie de gauche de l'autoroute.

— Vous savez que j'ai confiance en vous avec ma vie. Vous êtes coincés avec moi maintenant.

Cela me prit quelques minutes pour réaliser que personne ne parlait, et finalement je ne fis plus attention à l'endroit où me conduisait Google Maps et jetai un regard à Marko.

— Quoi ?

Il secoua la tête.

Je vérifiai à l'arrière dans le miroir du rétroviseur central et vis Pravi derrière moi, regardant par la fenêtre. Quand je regardai Luka, ses yeux étaient baissés, quelque chose sur son téléphone devait être tout à fait fascinant.

— C'est quoi ce bordel ? leur grognai-je.

— *Jebi se*, gronda Pravi, frappant l'arrière de mon siège. Va te faire foutre, C.

— Bon Dieu, mec, tu vas me faire avoir un accident ! hurlai-je.

— Donc dis pas de telles conneries, se plaignit Marko, frappant ma poitrine avec l'énorme patte qui lui servait de main. Rien de ça n'a besoin d'être dit. Nous suivrons – ce n'est pas important.

Ils étaient vraiment cinglés. Rien de tout ça n'était logique.

— Tu n'as pas besoin de dire des trucs comme ça, expliqua Luka après un moment de silence. Nous sommes – tous les quatre – c'est fait.

— Ouais, mais Grigor peut…

— Non, dit Marko d'un ton neutre, ne tournant pas la tête, ne me regardant jamais. Les choses sont différentes depuis que tu es là.

— Comment ?

— Grigor te fait confiance, répondit Pravi de derrière. Grigor te donne des choses à faire, toute la merde qu'il ne veut plus faire.

C'était vrai.

— Tu te souviens quand nous l'avons vu au dîner à *Scarpetta* avec les gens du casino ? me rappela Luka.

— Ouais.

— Et il ne s'est même pas levé pour nous saluer.

— Oh allez, contrai-je. Qu'est-ce qu'il aurait bien pu dire à ces gens ? Ce sont les gars qui tuent pour moi ?

— Non, murmura Marko, ne me regardant toujours pas. Mais il aurait pu s'excuser et nous rejoindre au bar.

Il aurait pu, oui.

Luka s'éclaircit la gorge.

— Tu étais à ce rendez-vous avec le steward, et tu l'as emmené au Jardin.

— En effet.

— Et puis après, vous marchiez dans le Wynn, et Pravi et moi étions là.

— Je sais, enfoiré. Je l'ai dirigé vers vous pour vous le présenter, les gars.

— *Oui*, acquiesça Luka. Tu l'as *fait*.

Je n'étais pas sûr de savoir pourquoi c'était important.

— Tu as choisi de rencontrer mon frère quand sa correspondance était à Vegas, grinça Marko.

— Ouais, il m'a dit à peine deux mots.

Il toussa.

— J'ai demandé à Grigor de venir, juste pour le saluer.

— Non, je sais, mais il était…

— Tu étais celui qui était occupé, me dit-il. Mais tu es arrivé à l'heure.

J'avais toujours pensé que Marko était terrifiant mais putain j'avais tort. Son frère – qui avait été tué dans une fusillade depuis – était deux fois plus large et avec des cicatrices sur le visage qui auraient dû le laisser sans yeux. Je n'avais jamais vu un homme qui paraissait aussi effrayant. Il était un méchant sorti d'un film de James Bond – l'homme était plus imposant de cette façon que la plupart des gens – mais maintenant je savais… que cet effort avait été important. Avait signifié plus que ce que Marko avait bien pu laisser entendre.

Il était toujours tourné à mon opposé. En fait, ils l'étaient tous, tous les trois, les yeux tournés vers l'extérieur, aucun sur moi.

— Qui veut manger ?

Ils étaient tous prêts pour le déjeuner.

Nous n'abordâmes plus jamais le sujet d'être une famille. Pas que nous ayons réellement le temps, mais quand même, j'avais saisi. J'avais le même sentiment que quand j'étais dans le Corps, quand tout allait bien, et que cette bulle glacée au fond de moi, d'être abandonné, d'avoir été rejeté, se remplissait de chaleur au regard de ces trois hommes. Et puis il y avait Grigor, bien sûr, mais c'était devenu secondaire, et c'était aussi bien. Cela n'importait pas. Il nous gardait ensemble, et c'était son rôle même s'il se distançait de nous.

Mais ce jour-là à Boston, j'avais saisi. Et après le déjeuner quand nous allâmes dans un motel pas cher et attendîmes, faisant de nous-mêmes des cibles faciles, je me sentais mieux que je ne l'avais été depuis presque deux ans.

— Je pense que nous devrions aller au bowling.

Nous nous tournâmes tous vers Luka.

— Quoi ?

— Bowling ? lui demanda Pravi depuis le lit simple où il s'était allongé, affalé avec son arme et son silencieux sur les genoux.

— Ouais, lui répondit Luka. C'est censé être une façon géniale et décontractée de rencontrer des femmes.

Marko, qui était appuyé contre le montant de la porte de la salle de bain, lui jeta un regard noir.

— Tu veux que nous portions de stupides chemises.

— Je veux que tu joues au bowling, *kurac*, et essaies de ne pas effrayer les gens.

Il secoua la tête comme si Luka était un idiot.

— C ?

— Je jouerai, lui dis-je. Mais je vais me procurer mes propres chaussures. Les louer est dégoûtant.

Marko me pointa du doigt.

— *Da*. On achète.

Pravi leva les yeux au ciel alors que nous entendîmes tous une voiture se garer dans l'allée.

— Je pense que j'ai besoin d'un gilet pare-balles, annonça Luka. Cela rassurerait sans doute ma mère.

Je grognai ainsi que Pravi, mais Marko dit oui, pour Mme Novak, il lui en obtint un.

— Excellent, dit gaiement Luka en sortant son arme.

Le gars qui avait déboulé par la porte d'entrée et celui qui avait fait le tour et était rentré par l'arrière étaient morts en quelques secondes là où ils se tenaient. La bonne nouvelle était que le motel était tellement merdique que personne n'entendit quoi que ce soit, et étant au rez-de-chaussée, les corps étaient facilement transportables dans le coffre du SUV. La mauvaise nouvelle était qu'après les coups de feu nous n'avions qu'un seul gars pour nous parler d'Utkin, et il retourna sa veste contre son boss beaucoup trop rapidement. Marko n'eut même pas besoin de sortir son matos, ses pinces ou ses couteaux ; le gars nous raconta tout ce que nous avions besoin de savoir juste avec une arme pointée au visage.

— Décevant, grommela Marko, en refermant le coffre du Suburban après y avoir déposé le gars qui avait vomi ses tripes.

Littéralement. Encore une fois, nous ne pouvions laisser passer aucun détail. Quel genre d'homme laisse un Glock l'effrayer ?

— Écoute, lui répondis-je en soupirant. Tout le monde n'est pas un ancien des forces spéciales russes, d'accord ?

Il me jeta un regard noir par-dessus son épaule.

— Je connais des hommes sans aucun entraînement militaire qui ne sont pas effrayés par un seul petit flingue.

— Ouais, mais réellement, combien ? dis-je avec un large sourire. La plupart des gars se pisseraient dessus.

Je reçus un sourire rare de sa part, du genre de ceux qui mettent une étincelle dans ses yeux aussi sombres que de l'encre. Il était un des hommes les plus effrayants que je connaissais, et j'étais vraiment content de pouvoir dire qu'il était mon ami.

— Hé, offris-je avec entrain. Peut-être que tu vas pouvoir torturer quelqu'un plus tard.

Le sourire qu'il me rendit me fit comprendre qu'il n'était pas aussi optimiste.

IL SE révéla que Marko put casser quelques os avec le lot d'hommes suivant, et après avoir vu trois de ses hommes mourir en hurlant devant lui, Utkin balança *son* boss, Feliks Volkov.

— Tu vois, dis-je à Marko alors qu'il enroulait deux des morts, avec la masse qu'il avait utilisée, dans une bâche plastifiée. Tu as pu t'amuser un peu plus cette fois.

Il ne semblait pas content. Bien sûr Utkin, qui était attaché à une chaise, paraissait beaucoup moins content que mon ami irrité.

J'appelai Grigor alors que Luka s'asseyait dans une chaise devant son PC portable, se plaignant du froid, et que Pravi répandait de l'essence un peu partout dans un autre entrepôt abandonné.

— Ceaton, m'accueillit-il.

— Nous avons un nouveau nom qui je pense est aussi haut dans la hiérarchie que se peut ici.

— Bien. Attendez-moi, alors. Ne faites rien de plus jusqu'à ce que j'arrive.

— Bordel, pourquoi venez-vous ici ?

Ce n'était pas logique.

— Tu sais pourquoi.

Il aimait voir les gens obtenir ce qu'ils méritaient, et d'un boss à un autre, il voulait voir Volkov mourir. Ne laissez jamais dire que Grigor Jankovic n'était pas aussi assoiffé de sang que Marko Borodin.

— C'est trop risqué. La police enquête sur les meurtres, et quand cet entrepôt sera détruit, ils vont savoir ce qui se passe, c'est certain. La seule chose qui relie ces hommes, c'est Sonya.

— Tu penses que la police a fait ces liens ?

— Bien sûr. C'est leur ville ; ils savent ce qui se passe. Et personne n'est aussi stupide. Ils vont savoir que c'est une vendetta.

— Et tu penses qu'ils vont me suspecter ?

— À cause de nous, oui. Nous sommes la seule chose qui est différente dans cette affaire, et nous sommes venus pour vous et votre famille. L'inspecteur, Geary, il sait ça aussi.

41

— Il ne sait pas que vous êtes encore là-bas.

— Il n'aurait pas à chercher trop durement. Il ne l'a juste pas encore fait.

Grigor était silencieux, songeant à mes suppositions.

— Je vais venir quand même. Je vais prendre un vol commercial et faire le voyage sous mon alias.

— Est-ce qu'il y a quoi que ce soit que je puisse dire pour vous dissuader ?

— Non. J'ai besoin de regarder cet homme dans les yeux.

— D'accord, alors, nous allons attendre.

— Bien. Je t'enverrai le numéro de mon vol par SMS.

La pause me donna le temps de parler avec la famille d'Ellen, les Campbell, qui étaient des gens adorables venant du Midwest où ils possédaient une ferme et une petite affaire en ligne qui expédiait du beurre pomme-cannelle et des bougies aux senteurs fruitées dans tous les États-Unis. La police les avait contactés, et j'avais découvert que le frère d'Ellen était aussi à Boston pour essayer de trouver des réponses. Quand j'étais allé le voir dans un *diner* à Beacon Hill, Marko me suivant, il avait été ravi de nous rencontrer.

Quand je pris un siège en face de lui, ma première pensée fut qu'il était certainement attirant. Je ne remarquais normalement pas à quoi ressemblaient les gens quand je travaillais, mais il me rappelait mon prof de maths de seconde pour lequel j'avais eu le béguin. Harper semblait gentil, studieux et doux. Il était magnifique de cette manière qui pouvait s'insinuer en vous avec le temps, et pas le genre élaboré au fil des virées shopping comme Pravi l'était. Cela me secoua un peu que je le remarque, parce que je n'aurais pas dû.

Ce qui me disait aussi que je devais vraiment m'envoyer en l'air quand je serais rentré.

— Hé, le saluai-je, souriant, essayant de paraître le moins menaçant possible.

Entre le manteau et la largeur de mes épaules, ce n'était pas toujours évident.

Marko attrapa une chaise à ma droite afin qu'il puisse voir la porte et les fenêtres frontales en même temps, et je remarquai comment Harper lança un regard à Marko une fois puis une autre rapidement. Il inspira par le nez brusquement, et pendant une seconde, je pensai qu'il était effrayé –

jusqu'à ce que je voie ses lèvres se séparer et puis le léger frisson qui le traversa.

Au milieu de l'horreur qui le prenait, il réagissait viscéralement à Marko. Je comprenais, vraiment. C'était comme voir un tigre au plus près ; vous êtes terrifié et en même temps excité. De plus, si vous cherchiez à vous sentir en sécurité et pouviez voir au-delà de son effrayante carapace, Marko Borodin était le gars que vous voudriez pour votre sécurité.

— Alors, dis-je à Harper une fois qu'il put lâcher Marko des yeux. Je suis vraiment désolé pour votre sœur.

— Merci, dit-il tristement, la douleur et la lassitude de continuer à vivre en connaissant la douleur de la perte d'un être aimé l'enveloppaient comme un linceul.

— Est-ce qu'elles étaient proches ? Ellen et Sonya ?

Il acquiesça.

— Ouais, elles étaient amies depuis la première année à l'université.

— C'est bien, dis-je maladroitement.

— Vous savez, la seule raison pour laquelle Sonya était à Boston, c'était pour aider El à s'installer.

Je savais ça. Sonya avait pris l'avion pour passer un peu de temps avec Ellen avant qu'elle-même ne déménage à San Francisco avant de commencer à travail pour un magazine. Je ne savais juste pas l'étendue de leur amitié. J'espérais qu'elles avaient eu un peu de réconfort dans la présence l'une de l'autre dans leurs derniers instants.

— Je veux dire… peut-être que Sonya serait toujours en vie si elle n'était pas venue ici pour aider El.

— Non, dis-je catégoriquement, tendant le bras et lui attrapant l'épaule, la serrant fermement, ayant besoin qu'il écoute ce que j'allais lui dire. Elles sont mortes parce qu'elles ont croisé le chemin d'hommes mauvais.

— Je…

— C'est tout, lui assurai-je.

Il lança un regard à Marko, qui affichait un air renfrogné et inclina rapidement et brièvement la tête en signe d'accord à mes paroles.

— Votre sœur et la cousine de Grigor, elles étaient des proies. Vous comprenez ?

Harper acquiesça avant de se tourner de nouveau vers moi.

— Tout blâme que vous ou votre famille pouvez ressentir, débarrassez-vous-en, lui affirmai-je, le relâchant et m'appuyant au dossier de la chaise. C'est de la connerie. C'était de jeunes femmes vivant leur vie, rien de plus.

— D'accord, dit-il alors que des larmes s'échappaient de ses yeux.

— Vraiment, insistai-je. Leurs actions – ces hommes responsables – c'est tout ce qui importe.

Il inspira précairement.

— Je vais ramener le corps d'Ellen à la maison, expliqua-t-il, complètement brisé.

— Bien.

Il releva la tête pour croiser mon regard.

— Êtes-vous croyant ?

— Non, lui répondis-je gravement. J'ai vu beaucoup trop de choses pour que Dieu ne soit logique.

— Je le suis, dit-il après un moment.

— C'est bien, lui assurai-je. Cela vous sera un réconfort alors.

— Ça ne l'est pas, cependant, expliqua-t-il. Je suis allé à l'église, j'ai parlé à un prêtre – à plusieurs en fait – et ils disent tous la même chose, qu'elle est avec Dieu maintenant, que je devrais être content, qu'elle est en sécurité et en paix.

— C'est des conneries, maugréa Marko, se penchant pour regarder Harper dans les yeux. Il n'y a aucun réconfort pour vous à présent mis à part la justice.

— Oui, souffla Harper, ses yeux fixés sur Marko avant qu'il me jette un regard.

— Vous ressemblez à un homme qui a des questions, dis-je parce que c'était évident.

Il continua de me fixer.

— Sonya faisait toujours allusion au fait que son cousin était un homme dangereux qui avait des hommes effrayants travaillant pour lui.

Je restai immobile, ne voulant pas l'interrompre.

— Son cousin, commença-t-il de façon hésitante, il ne va pas attendre que Dieu punisse les hommes qui ont tué Sonya, n'est-ce pas ?

— Qu'est-ce qui vous fait dire ça ?

— Sonya nous a porté à croire, ma sœur, moi et mes parents, que son cousin Grigor était le genre d'homme qui s'occupait de ce qui importait par lui-même.

— *Da*, répondit Marko, semblant ennuyé.

— En effet, acquiesçai-je.

— Donc c'est un oui alors. Il ne va pas attendre que Dieu le fasse.

Normalement, je n'aurais rien dit parce que cela m'incriminerait ainsi que Marko et Grigor. Mais Harper était en deuil, ainsi que sa famille, ce qui rendait l'inquiétude prioritaire au fait d'être prudent.

— Non, lui répondis-je d'une voix grave.

— Et ça ne sera pas juste une vengeance pour Sonya.

Je secouai la tête.

— Non. Ça sera pour Ellen aussi.

— Vraiment ?

— Bien sûr, admis-je de manière stoïque. Vous devez réfléchir au fait que, si quelque chose était arrivé à Ellen et que Sonya l'avait découvert, alors qui aurait-elle appelé pour rendre justice à son amie ?

— Ouais, OK. C'est logique.

— Qu'est-ce que vous essayez de me demander ?

Il s'éclaircit la gorge.

— Va-t-il... Est-ce que Grigor... Va-t-il... blesser...

Il prit une profonde inspiration.

— Allez-vous blesser ces hommes ?

— Nous allons tuer ces hommes, lui répondit Marko d'un ton neutre. Nous avons déjà commencé.

Pas d'inspiration brusque, pas de halètement outragé ou inquiet. Harper tourna juste ses beaux yeux gris vers moi.

— Je... Si je peux... Si vous me laissez... J'aimerais voir ce qui arrive aux hommes qui ont tué ma sœur.

— Vous voulez regarder ?

— Si je peux.

— Êtes-vous sûr ?

Ses yeux vides étaient figés dans les miens.

— Je le suis.

Je devais le prendre au mot, mais quand même.

— Vous ne pourrez jamais oublier si vous regardez.

— J'ai dû identifier le corps à la morgue, répliqua-t-il simplement. Cela ne me dérange pas d'avoir quelque chose d'autre dans la tête pour effacer ça de ma mémoire.

Je comprenais.

Donc, le jour suivant, chacun d'entre nous, incluant Grigor et le doux frère d'Ellen Harper, allâmes parler à Feliks Volkov.

Cela n'aurait pas dû être aussi simple de l'atteindre, de percer les défenses de son manoir et de passer par la porte d'entrée. Ce n'est pas important que nous étions ridiculement bien armés, que j'avais été un ancien tireur d'élite, et qu'il était facile de descendre les hommes depuis la maison abandonnée de l'autre côté de la rue, ou que Pravi et Luka, couverts de Kevlar, fauchèrent tout ce qui bougeait, ou que Doran, qui était revenu à Boston avec Grigor, était monstrueusement doué avec des couteaux – ceux de lancer particulièrement, de chasse, résultant d'un entraînement militaire – et trancha tout ce qui était dans la maison sauf la servante qu'il enferma dans le placard à balais.

Marko avait fait le tour de la maison et avait fait en sorte que les hommes patrouillant dans le périmètre rentrent les chiens dans le chenil avant de les tuer. Les hommes bien sûr. Pas les chiens. Il avait un petit faible pour toutes les créatures à quatre pattes. Quand il se pencha sur le côté de la maison, faisant des signes de ses bras vers moi, m'indiquant que la voie était libre, je l'appelai.

— Il n'y a personne d'autre à l'arrière, me rapporta-t-il.

— Ouais, je pense qu'on est bon à l'avant aussi.

Il fit claquer sa langue.

— C'est décevant.

Je savais que ça l'était. Il aurait dû y avoir plus de combat, cela aurait dû être plus difficile pour nous, facilement une trentaine contre sept, en comptant Marko, Grigor et aussi Harper, qui était assis tranquillement à mes côtés avec des jumelles et qui tenait un décompte des morts. Mais il se révélait que j'avais joué à de plus durs niveaux à *Call of Duty*.

Je devais donner du crédit à Volkov qui ne s'était pas lâchement reculé dans un coin quand nous sommes entrés dans la tanière de sa maison, ce qui aurait dû être un lieu sûr. À la place, il se tenait debout devant la cheminée, un bras sur le manteau, sirotant un verre de bourbon. Cela aurait été plus impressionnant si les glaçons n'avaient pas tinté contre les bords de son verre à cause du tremblement de sa main. Mais quand même, je devais lui accorder ça.

— Qui me prendra en chasse quand vous serez mort ? demanda Grigor.

C'était toujours une bonne chose d'obtenir le plus d'informations possible dès le début.

Volkov le menaça alors, expliquant que son boss à St. Pétersbourg ne le tuerait pas seulement lui mais aussi toute sa famille.

— Il est chanceux alors, que toute la famille que j'ai est celle que vous voyez ici, mentit Grigor en ajoutant un rire moqueur rempli de dérision.

— Vous allez tous mourir, jura Volkov, sonnant moins comme un homme et plus comme une bête blessée.

— Pourquoi Sonya ? voulut savoir Grigor. Pourquoi Ellen ?

Et la réponse, venant seulement après que Marko lui eut pris ses yeux, était simple. Les filles avaient été là. C'était un crime de convenance.

Harper vomit, mais il s'essuya juste la bouche quand il eut fini et resta debout au côté de Grigor.

— Vous a-t-elle dit que vous mourriez en hurlant ? voulut savoir Grigor.

— Elle l'a fait, admit Volkov avant que Marko lui coupe la langue.

— Vous auriez dû l'écouter, fut la dernière chose que dit Grigor.

Je ne restai pas jusqu'à la fin. Je n'en avais pas besoin. Même si Volkov respirait encore, cela ne durerait pas longtemps. Donc j'étais déjà dehors quand Marko l'aspergea d'essence et que Grigor lui mit le feu. Le dernier acte était juste les cris, jusqu'à ce que ça aussi, finalement, cesse. Grigor filma tout pour Tante Jaja et plaça les yeux de l'homme dans un sac de congélation qu'il lui remettrait en main propre quand il retournerait à la maison. Harper fut autorisé à prendre quelques photos, cinq au total, et elles ne pouvaient rester que sur son téléphone, pas de sauvegarde ailleurs. Grigor lui faisait confiance – ils étaient maintenant frères dans leur deuil – et moi aussi. C'était un gars doux qui avait été envoyé en enfer une journée. J'étais inquiet de comment cela l'affecterait sur le long terme mais je n'étais pas préoccupé par le fait qu'il nous balance. Nous étions ceux qui lui apportaient la justice divine et il nous aimait pour ça.

— Je dois retourner à l'hôtel et appeler Jaja, me dit Grigor alors que je me tenais debout à côté de sa voiture.

Doran était déjà derrière le volant, m'ayant serré le bras avant de monter dans la voiture. En règle générale nous n'étions pas proches, mais ces deux jours avaient été étranges, et comme moi, j'étais sûr, il se sentait libéré. Quoi que ce soit de familier faisait du bien.

— Juste pour lui dire que c'est fini ?

— Non. Elle va vouloir tous les détails.

— Mais quel est le but de tout ça ? demandai-je. Pourquoi voudrait-elle entendre toute l'histoire du début à la fin de la mort de sa fille ?

Ça me semblait un peu masochiste.

— Pour qu'elle comprenne précisément ce qui est arrivé à son enfant et quand.

Ma gorge devint sèche et un nœud se forma dans mon estomac juste à la pensée des animaux qui avaient blessé le petit oiseau de Jaja. Même s'ils étaient tous morts maintenant, quand même, cela allait détruire Jaja de savoir les détails.

— Et elle va faire quoi, penser à Sonya l'appelant, voulant sa mère à ses côtés avant qu'elle meure ? Je ne peux pas… C'est horrible.

— C'est ce que Jaja a besoin de savoir.

— Faites juste en sorte qu'elle voie la vidéo, d'accord ? Toute la vidéo. Montrez-lui comment ce gars est mort en hurlant à quel point il était désolé.

— Je vais le faire. Tu sais que je vais le faire.

— Peut-être que quand elle saura tout… Peut-être alors qu'elle sera capable de faire son deuil.

— Elle le sera, murmura-t-il. Tourner la page est une guérison.

— J'espère, concédai-je en me tournant pour partir.

Il me stoppa en enroulant une main autour de mon biceps, s'assurant que je ne puisse pas m'échapper de sa poigne.

— Grigor ?

— Toi et les autres, murmura-t-il en me relâchant seulement pour venir agripper mon épaule. Quand vous avez fini le ménage, venez au Hyatt et restez dans la suite avec moi et Doran. Je ne vous veux pas dans ce trou à rats plus longtemps.

— C'est plus sûr, lui assurai-je.

Il haussa les épaules.

— S'ils demandent, si qui que ce soit demande, je suis venu voir la ville dans laquelle ma cousine est morte et j'ai amené mes hommes avec moi.

— Vous ne pensez pas que cela semble un peu trop suspicieux ?

— Je ne pense pas que qui que ce soit aura les couilles de me questionner puisqu'ils ont été incapables de la protéger ou de la trouver avant qu'il soit trop tard.

— Grigor…

— Bien, claqua-t-il, sa main sur le côté de mon cou. Laisses-y les autres, mais toi… toi je te veux là avec moi. Tu es le seul avec qui je peux parler.

Mais nous ne parlions pas habituellement. Ça je le faisais avec Pravi et Luka, et Marko. Grigor et moi nous asseyions simplement, la plupart du temps en silence, et c'était tout, à dire vrai, c'était ce qu'il aimait le plus. Ne pas avoir à remplir chaque moment avec des conversations était une bénédiction en soi.

— OK, acquiesçai-je en lui souriant.

Je me penchai en avant, me reposant contre lui et lui donnant l'accolade qu'il recherchait et accepta.

— Nous allons déposer Harper, finir le nettoyage et chercher nos affaires.

— Bien, dit-il de façon bourrue, essuyant son visage sur mon épaule.

J'y vis des larmes, qu'il n'aurait autorisé personne d'autre à voir.

Quand je retournai auprès des autres, je leur annonçai le plan et Marko fit un bruit qui était à moitié entre un grognement et un claquement de langue, pas du tout flatteur, principalement moralisateur.

— Quoi ?

— Il te veut avec lui, mais tu n'irais pas sans nous, donc maintenant, l'offre nous inclut tous.

— Tu as tort.

— J'ai rarement tort, m'assura-t-il, avant d'indiquer Harper d'une main ouverte.

— Quoi ?

— Je pense qu'il va s'évanouir.

Et Marko avait raison, comme souvent.

Harper, qui suivait Pravi, chancela pendant une seconde, me donnant juste assez de temps pour l'atteindre avant que sa tête parte en arrière et qu'il ne s'affaisse sur le sol. Il s'évanouit dans mes bras.

— Débutant, plaisanta Luka, et nous nous rappelâmes tous la dernière fois qu'*il* s'était évanoui – quand Marko avait travaillé sur un gars avec un chalumeau.

J'installai Harper dans la voiture, le mettant entre moi et Pravi à l'arrière. Luka conduisit, et quand nous atteignîmes l'hôtel de Harper, il gara la voiture et nous laissa moi et Marko sortir. À l'accueil, j'expliquai que l'enterrement de vie de garçon avait été dingue et que notre pote était bourré.

— Ohmondieu, il en tient une bonne, gloussa la jolie employée, clairement amusée par la condition de Harper. Et regardez-vous, tout musclé et fort, le portant partout comme si ce n'était rien.

Je lui fis un grand sourire et haussai un sourcil.

— Peux-tu simplement me dire dans quelle chambre il est, ma puce ? J'ai sa carte, je ne sais juste pas dans quelle chambre je dois le déposer.

Plus de gloussement et elle me donna le numéro de chambre – et me nota son numéro de téléphone sur un Post-it.

Dans l'ascenseur, Marko grogna.

— Quoi ?

— Les femmes t'aiment. Elles ne voient pas que tu es gay.

Certaines le voyaient, d'autres non, mais il avait raison : je me faisais draguer par beaucoup de femmes, d'hommes aussi. Mon problème n'était pas de trouver des gens qui s'intéresseraient à moi, mais qui m'intéresseraient aussi, et pour plus d'une nuit. Vraiment, avec mon travail, une relation était un rêve ridicule. Je comprenais comment cela pouvait marcher pour Grigor et les autres gars de son niveau, mais je n'avais aucune idée de comment c'était censé être possible au mien.

— Je ne porte pas de signe, crétin, râlai-je à Marko, irrité par ma situation, pas par lui.

Un second grognement.

— Peut-être que tu devrais.

Il était juste d'humeur massacrante. Il n'avait pas tué assez de personnes sur ce petit voyage. À la maison nous pouvions toujours trouver quelque chose – c'était Las Vegas – mais ici, c'était un peu la pénurie.

Dans la chambre d'hôtel, Marko utilisa la salle de bain pour nettoyer le sang qui avait été caché par ses gants et sa veste pendant que je déposais Harper sur le lit.

Je le déshabillai, le laissant en boxer ; je lui enlevai tout – veste, polo, jean, chaussettes, ses Converse blanches maintenant couvertes de suie, tout – et les déposai dans le sac en plastique qui était censé servir pour la lessive. Il n'avait pas été assez proche pour avoir des traces de sang sur lui, mais quand même, mieux valait prévenir que guérir. Je le mis sous les draps, fermai les rideaux, éteignis les lumières et, après avoir vérifié son billet d'avion, appelai le concierge pour mettre en place un appel-réveil pour lui demain matin.

En sortant, sa voix me stoppa.

— Merci pour tout.

— De rien.

— J'espère ne jamais vous revoir de ma vie.

— Moi aussi, acceptai-je gentiment, fermant la porte derrière moi, ses vêtements en main.

Marko m'attendait.

— Oh, tu as l'air mieux, commentai-je en lui indiquant le tee-shirt sous sa veste de costume. Très urbain.

Il me fit un doigt d'honneur et nous redescendîmes dans le hall ensemble.

LE BORDEL était la dernière chose de toute cette merde dont nous devions nous occuper. Donc avant que nous ne rencontrions Grigor plus tard cette nuit, nous allâmes à l'endroit où Sonya et Ellen avaient été emmenées. Il se révéla que cela n'avait rien à voir avec ceux que Grigor avait l'habitude de diriger à Vegas, à la place c'était une simple maison avec un étage dans le quartier miteux d'East Boston. Nous aurions pu ne pas nous en occuper, mais comme le club de Beron, *Carnal*, cela devait être pris en charge. Pas seulement un détail à régler, mais ayant pris sa propre décision à propos du commerce du sexe pour lui-même et ses affaires, Grigor n'accepterait jamais de laisser le bordel, dans lequel Sonya avait été tuée, continuer. Cela aurait été une vraie maison close, le genre dans lequel les femmes – et les hommes – étaient là de leur propre vouloir, il aurait pu le laisser tranquille. Mais le point était que toute la chose même avait été mise en place sans la moindre permission ; il n'y avait eu que des victimes, aucun participant volontaire. Pour ces raisons, et par-dessus tout à cause de la menace de viol qui existait ici, et la moindre des choses à cause de Jaja ayant besoin de tourner la page, nous étions ici pour raser le bâtiment.

Après avoir rapidement fait notre chemin à l'intérieur à force de coups de feu, nous rassemblâmes tous les hommes dans le salon au rez-de-chaussée, les mîmes à genoux, les mains derrière le dos, et les bâillonnâmes avec des écharpes, taies d'oreillers, chaussettes, quoi que nous trouvions. Puis nous amenâmes les femmes – habillées, et non plus nues ou en lingerie – en groupe. Je me tins derrière chaque homme, un par un, et demandai aux filles oui ou non.

Elles comprirent même si la plupart parlaient une langue différente de la mienne ou de celle des autres filles.

Après avoir tué les deux premiers, le troisième se fit dessus. J'étais prêt à appuyer sur la détente, mais il se révéla qu'il était un des bons gars. Toutes les filles secouèrent la tête, me faisant des signes de la main, et dirent non. Il était bon. Il les nourrissait. Il insistait pour que les salles de bains soient réparées pour qu'elles n'aient pas besoin de pisser dans un seau, et il faisait en sorte qu'il y ait toujours des préservatifs de disponibles, et les laissait se doucher. Je le relevai du sol, et même s'il tremblait et pleurait – et était couvert d'urine – il attrapa ma main et l'embrassa.

— Vous ne m'avez jamais vu, d'accord ?

Il hocha la tête et courut hors de la maison. Je n'avais aucun doute qu'il courait pour raconter à qui que ce soit de plus haut que lui ce qu'il se passait, mais ils étaient déjà tous morts, donc je n'étais pas trop inquiet. J'exécutai quinze autres hommes qui avaient, en tant que groupe, violé et battu chacune des filles ici. Quand j'eus fini, j'appelai le 911, leur donnai l'adresse, et dis aux filles que de l'aide allait arriver.

Tout d'abord, elles voulurent venir avec nous.

— Vous avez besoin de rester ici. Nous allons vous envoyer des gens pour vous soigner, promis-je même si deux d'entre elles m'agrippèrent chacune un avant-bras.

Elles venaient juste de me voir tuer de sang-froid, et pourtant elles se collaient à moi comme de la glu.

— Vous n'avez plus besoin d'avoir peur.

Ensuite elles voulurent que nous restions.

— Nous allons aller en prison, leur assurai-je.

C'est seulement à ce moment-là qu'elles nous dirent de partir.

Nous conduisîmes jusqu'au coin de la rue et observâmes d'une allée la police, le SAMU et une mer d'autres secours se montrer.

— Bien joué, dit Pravi à moi et Luka en drapant un bras sur les épaules de Luka et en posant une main sur mon dos. Venez. Maintenant, nous buvons.

Et c'est ce que nous fîmes. Beaucoup trop. Mais pas avant que je ne me sois arrêté et aie brûlé les vêtements de Harper et que nous ne retournions à l'hôtel où nous rejoignîmes Grigor. Les détails à régler, j'ai vraiment horreur de ça.

TARD CETTE nuit-là, j'étais assis devant la fenêtre qui donnait sur le centre-ville de Boston quand Pravi s'affala à mes côtés. Marko était de l'autre côté, endormi, et Luka était allongé de tout son long sur l'autre canapé. Aucun de nous n'était allé dans une des chambres pour dormir, même Grigor ; à la place nous restâmes cloîtrés ensemble dans le salon commun de la suite.

— On dirait que tu contemples la signification de la vie, me taquina Pravi, murmurant de manière à ne pas réveiller les autres.

Je me tournai, lentement, et le regardai.

— Pourquoi tu penses qu'ils ne se battent jamais ?

— De quoi tu parles ?

— Comme ces gars ce soir, lui expliquai-je, me déplaçant plus près de lui de manière à ce que nos épaules se touchent. Nous les avons agenouillés et ils sont juste restés là.

— Qu'est-ce que tu aurais voulu qu'ils fassent ?

— Se battre.

— Comment ?

— Nous charger, refuser de se mettre à genoux, quelque chose.

— Pour faire quoi, mourir plus vite ?

— Mais regarde, c'est ça le truc. Si tu sais que tu vas mourir de toute façon, pourquoi le faire comme ça ?

— Ça n'a aucun sens ce que tu dis.

— Si, c'est sensé, contrai-je, toujours un peu étourdi par l'alcool, mais décuvant rapidement. Je veux dire, je comprendrais si nous avions leurs familles ou quoi, et qu'ils restaient calmes et faisaient ce que nous leur demandions parce qu'ils ne voudraient pas que nous tuions quelqu'un qu'ils aiment, mais de juste rester assis là comme des moutons… je ne comprends tout simplement pas, finis-je pendant que je regardais l'horizon.

Je me tus, réfléchissant, et quand Marko bougea, me heurtant, s'étirant de manière à ce que ses cuisses recouvrent les miennes, je me tournai vers lui et le regardai. Ses yeux étaient entrouverts, mais il était réveillé.

— Auto-préservation.

— Quoi ? lui demandai-je calmement.

Il déglutit avant d'attraper la bouteille d'eau à côté de lui sur la table d'appoint. Après l'avoir vidée d'un trait, son attention se reporta sur moi.

— Tu as demandé pourquoi ces hommes ont fait ce que nous demandions et ne nous ont pas combattus.

— Ouais.

Il grogna.

— T'es en train de dire que c'est par auto-préservation.

— *Da*.

— Mais ils savaient qu'ils allaient mourir.

— Peut-être. Le plus longtemps ça dure, peu importe ce que c'est, tu as la chance de t'en sortir. Comme l'homme du bordel que tu as laissé

53

vivre. S'il s'était battu, il serait mort. Mais ce soir, il vit – nous supposons.
Peut-être que s'il reste quelqu'un de l'organisation de Volkov, il l'a tué pour
s'être enfui quand tu l'as relâché. Nous n'en savons rien, on s'en fout. Mais
les autres, ils pensaient – je vais retarder la mort le plus longtemps que je le
peux. C'est tout.

— Je ne comprends pas ça. Si tu sais que tu vas mourir, pourquoi ne
pas te battre jusqu'à ton dernier souffle ? Pourquoi s'asseoir là et me laisser
te tuer ?

— Moi aussi, je me battrais, dit-il en bâillant. Mais nous ne sommes
pas des moutons, nous sommes des hommes.

— C'est trop simple comme réponse.

— Ou bien tu réfléchis trop.

— Peut-être.

— La plupart des gens laissent tomber, dit Marko avant de fermer
les yeux. Ce n'est pas notre manière à nous, donc ça ne nous traverse pas
l'esprit.

Je m'interrogeais à propos de ça aussi.

Sur le vol de retour à la maison dans le jet affrété, Grigor annonça que nous
retournerions à Boston. Il avait décidé d'en faire notre nouvelle maison.

— Quoi ? me plaignis-je, de douleur due à la gueule de bois et à la
confusion, comme tous les autres.

— Nous avons démantelé une large part des affaires russes très
rapidement, nous rappela-t-il. Nous devrions voir ce qui nous pouvons faire
d'autre.

— Vraiment ? geignis-je en plissant les yeux vers lui derrière mes
Aviator.

Bon sang, je savais qu'il ne fallait pas essayer de battre Marko sur la
quantité d'alcool que nous pouvions ingérer, même si cela avait été de la
tequila à la place de la vodka.

—Oui, vraiment, dit-il gaiement. De cette tragédie, nous en retirerons
un nouveau foyer. Vous verrez, cela sera une bonne chose pour nous.

Je n'étais pas convaincu, mais je n'avais rien à dire sur le sujet. Et
prêt ou non, que je l'aime ou pas, nous partirions de Vegas pour déménager
à Boston.

III

LA SONNERIE du téléphone me réveilla d'un profond sommeil. J'étais entraîné à faire ça, de passer d'un état inconscient à alerte en quelques secondes, et cela me servait autant maintenant que quand je servais encore mon pays. La sonnerie était forte. Je n'avais aucune idée de pourquoi jusqu'à ce que je me souvienne combien cela avait été assourdissant dans le club la nuit dernière, j'étais rentré à la maison et m'étais affalé dans mon lit sans le mettre sur silencieux.

Roulant sur le dos, je retirai mon téléphone de la poche de poitrine de ma veste de costume.

— Quoi ?

Un rire moqueur s'ensuivit.

— Sympa.

— Va te faire foutre, grognai-je à Aleksandar « Aca » Jankovic, l'ennuyeux neveu de mon boss, fraîchement arrivé à Las Vegas et chargé d'apprendre les affaires. Qu'est-ce que tu veux bordel ?

— Grigor a dit que je pouvais demander à n'importe qui pour faire le tour des affaires aujourd'hui, donc je veux que tu viennes avec moi.

Normalement je lui aurais dit quelque chose d'autre avant de raccrocher, mais j'étais trop fatigué et il était vraiment ennuyeux. Bon Dieu, à quel point était-il stupide ? Des choses comme ça, les affaires, n'étaient jamais discutées au téléphone. Et même si c'était le cas, où diable avait-il pu croire que j'irais avec lui ? Quand Grigor avait dit qu'il pouvait prendre n'importe qui avec lui, il pensait à certains gars, les nouveaux, juste du muscle, rien d'autre. Je n'aurais pas été inclus dans cette liste.

Quand le téléphone sonna de nouveau, je vérifiai le numéro avant de répondre. C'était encore Aca. Je ne décrochai pas, et alors que l'appel était redirigé vers ma messagerie vocale, je vérifiai l'heure – un peu après une heure de l'après-midi – et réalisai que nous étions déjà dimanche. Les week-ends filaient rapidement ces derniers temps. J'espérais vraiment que Grigor rencontrerait quelqu'un qu'il aime bien bientôt, ainsi il passerait ses vendredis et samedis soir à se terrer chez elle à la sauter au lieu d'écumer les clubs jusqu'au petit matin. C'était exténuant de garder le rythme avec lui quand tout ce que je voulais faire, c'était de passer la soirée à regarder Netflix.

La troisième fois que le téléphone sonna, je décrochai même si le numéro ne m'était pas familier. Parfois Grigor appelait de là où il était, où que ce soit, juste pour emmerder les fédéraux et leur donner encore un numéro à ajouter à leur toujours grandissante liste de ceux qu'ils mettaient sur écoute. Comme s'il ne savait pas qu'ils avaient planqué des micros. Ils n'étaient pas vraiment subtils avec leurs vans de surveillance sans marque ou, plus récemment, des hommes en voiture avec des plaques du gouvernement. Grigor s'était fait un nom à Boston au cours des trois dernières années, et bien que la police n'ait absolument rien sur lui, ils le surveillaient toujours. C'était ridicule et c'était la raison pour laquelle il allait falloir s'occuper du faux pas d'Aca.

— Allô ?

— *Kako si* ? vinrent les mots sans aucun indice d'accent.

— Pourquoi tu m'agresses avec du serbe quand tu sais que je viens juste de me réveiller ?

— Tu as demandé de l'aide, donc j'aide.

Putain.

— OK, tu peux répéter ?

Il y eut un moment de rire vaguement grogné avant que l'ordre « Réfléchis » ne vienne.

J'étais fatigué, ou cela n'aurait pas été aussi dur.

— Oh, tu as demandé comment j'allais.

— *Da.*

Je devais faire fonctionner mon cerveau et, au mieux, il était embrouillé.

— Hum, *dobro. A ti ?*

— Bien, dit-il avec un petit rire. Tu t'améliores.

— J'essaie.

Vraiment. J'en avais fait mon objectif, enfin, après tout ce temps, de maîtriser la langue. Il y a une semaine j'avais demandé une aide sérieuse, Pravi et Luka avaient vraiment essayé de me faire rattraper le temps perdu.

— Alors, qu'est-ce qu'il y a ?

— Je voulais savoir…

Luka bâilla.

— … ce qui s'était passé avec toi la nuit dernière.

— De quoi tu parles ? Tu étais avec moi la nuit dernière.

— Non, plus tard, avec la fille.

— Fille ?

— Ouais.

— Quelle fille ?

Il m'avait perdu.

— Pourquoi il y aurait eu une fille ?

— Je sais, acquiesça-t-il en se moquant. C'est ce que j'ai dit à Marko, mais il a dit que t'étais en train de peloter une nana blonde.

Je grognai.

— Pourquoi tu te fous de ma gueule alors que tu sais que j'ai la gueule de bois ?

— Écoute, je pensais avoir vu une fille te chauffer et puis Marko m'a dit que ouais, c'était le cas.

— Quand ?

— Au club.

— Oh, pour l'amour de Dieu, lequel ?

Il rit.

— Combien t'as bu de verres hier soir ?

J'avais l'impression de compter plutôt en litres.

— Tu étais là.

— J'ai vu les shots de vodka et la bière. Il y en avait plus que ça ?

— Apparemment.

— Mec, t'as besoin de ralentir.

— Dis ça à Grigor, me plaignis-je.

— Tu te souviens de la fille ou pas ?

Je retraçai mentalement ma nuit, essayant de me souvenir d'un visage qui me marquerait. Une blonde ? Quelle blonde ? Il y avait eu un serveur coréen vraiment chaud au MEJU, où nous avions dîné – le trajet entre le manoir de Grigor à Back Bay et Somerville n'était même pas une option tellement nous avions tous envie d'autre chose. Toute la semaine d'avant nous nous étions terrés dans un immeuble de Grigor à Bratva pendant que la poussière retombait sur un léger malentendu avec les Russes sur un chargement d'héroïne. Un juste retour des choses, ils avaient pris plusieurs caisses de cocaïne à Grigor deux semaines plus tôt. C'était juste un retour sur investissement. Pourquoi ils devenaient tout graves et bruyants quand nous ripostions était au-delà de mon entendement. C'était, comme le disait toujours Grigor, le coût de faire des affaires. Vous ne gagniez pas à chaque fois, et s'inquiéter pour de petites choses n'allait que vous pousser dans la tombe trop tôt. Mais même si c'était pour se donner de grands airs, la meilleure chose à faire était de faire profil bas et de rester hors de vue pendant au moins cinq jours. C'était généralement un signe de respect, faire semblant que vous étiez effrayé. Ils l'avaient fait pour nous quand les rôles avaient été inversés.

Mais se planquer signifiait que nous étions coincés ensemble avec Grigor cuisinant parce qu'il aimait ça, et chez lui avec sa mère, il n'en avait pas l'occasion. Cela commençait toujours très bien, les ragoûts qu'il savait cuisiner, comme le *pileći* au paprika, qui était à base de poulet, le *gulaš*, ou un goulash au porc, *slatki kupus*, qui était en gros une soupe au chou auquel vous pouviez rajouter de la viande, et toute une variété d'autres choses frites comme les *shufnoodles* avec de minces morceaux de pain frits, ou le *Karađorđeva šnicla*, qui se traduisait par « Karadjordje's steak », lequel était mon favori : une escalope de porc panée sans os. Mais quand même, peu importe à quel point c'était bon, Dieu, d'ici la fin de la semaine, nous mourrions tous pour quelque chose, n'importe quoi, d'autre que sa cuisine. Donc après que nous étions rentrés, douchés, changés et réunis à son manoir, j'avais annoncé que j'allais manger coréen, et soudainement tout le monde voulait ça aussi, serait en fait mort pour ça, si besoin.

— Ceaton ?

Je ne pouvais pas me rappeler une blonde même si ma vie était en jeu.

— Mec, je devais vraiment être bien fait parce que je ne me rappelle aucune fille.

— C'est parce que tu ne semblais pas intéressé, donc après qu'elle a vérifié tes amygdales, elle est rentrée avec Pravi.

Et là c'était logique. Pravi était le gars le plus charmeur que je connaisse. Il était tout en charme et chaleur avec des traits du visage aristocratiques, fins et ciselés, et entre les muscles définis, les glorieux tatouages, et le costume à mille dollars, les femmes se jetaient grossièrement à ses pieds.

— Tout le monde rentre avec Pravi.

— Je sais, se plaignit-il.

— Tu as besoin d'apprendre à jouer sur l'accent comme il le fait.

— J'ai essayé. J'ai l'air d'un imbécile quand je le fais.

— Ouais.

— Ne sois pas d'accord avec moi, connard. Tu es supposé être mon ami.

— Ah ouais ? Si nous sommes de si bons amis, comment ne peux-tu pas savoir que je ne serai jamais intéressé par les femmes, grognai-je.

Il gloussa bruyamment.

— Tu ne te trouveras jamais de femme.

— Tu sais que je possède un flingue, non ?

Il rit un peu plus.

— Bien, un mari, peu importe. Tu ne veux pas t'installer ?

— Dans notre branche ? Vraiment ?

— Quoi ?

— Allez, Luka. Tu sais que la mort est toujours une réalité possible. Tu penses que demander à quelqu'un ce genre d'engagement envers moi, envers l'un d'entre nous, est une bonne idée ?

— Tu ne penses pas que les gars dans notre branche se marient ?

Je n'allais pas débattre de ça avec lui.

— Tu dois réfléchir à ton futur.

— Uh-huh.

— *Jebi se*, murmura-t-il dans sa barbe. Viens dîner à la maison. Ma mère veut que tu viennes.

La dernière fois que j'avais été mangé chez Luka et sa mère, avec Marko et Pravi, au milieu du repas elle s'était tournée vers moi et m'avait souri.

— Mme Novak ?

— Ceaton, soupira-t-elle. Je veux que tu viennes avec moi à l'église jeudi.

Je jetai un regard vers Marko, qui secoua rapidement la tête, et puis à Pravi, dont le large sourire pouvait seulement être décrit comme un sourire de faux-cul.

— Je ne suis pas vraiment…

Je toussai.

— … un homme qui va à l'église, madame Novak. En fait, je n'y suis jamais allé.

Elle frappa des mains joyeusement.

— Oh, ce sont de merveilleuses nouvelles. Maintenant je peux être celle qui t'y emmène et te faire baptiser. Je serais ta marraine.

Je lançai un regard à Luka qui aurait pu le tuer.

— Hum, vous ne pensez pas que cela pourrait être interprété comme hypocrite, sachant ce que je fais pour vivre ?

— Non, mon cher, m'assura-t-elle. Nous avons tous besoin de l'amour de Dieu dans notre vie, et la vôtre en particulier, les garçons… toi, en particulier, accentua-t-elle en pointant Marko, … a besoin du pardon.

— Qu'est-ce que tu as été dire à ta mère sur moi ? aboya Marko à Luka.

— Ma, se plaignit Luka.

— Mais toi, Ceaton, roucoula-t-elle en me prenant la fourchette de la main afin qu'elle puisse l'envelopper des siennes. Tu es un si bon garçon, toujours à s'inquiéter pour les autres, à faire en sorte qu'ils soient en sécurité. Tu as besoin de Dieu dans ta vie, et nous avons une nuit LGBT au centre de loisirs maintenant.

Je fis une lente grimace à Luka.

Il ne me regardait même pas.

Pravi gloussa alors qu'on sonnait à la porte d'entrée.

— Oh, merveilleux, s'écria-t-elle joyeusement en se levant pour répondre à la porte.

— Je vais te tuer, assurai-je à Luka.

Il leva les mains.

— Je n'ai pas… oh.

Et je vis Pravi s'arrêter de manger à mi-bouchée alors que lui aussi se tournait vers Luka.

Marko eut un rire moqueur dans sa barbe jusqu'à ce qu'une troisième fille, qui se tenait apparemment en retrait, n'atteigne aussi la porte et se glisse à l'intérieur.

— Plus si drôle maintenant, hein, réprimanda Pravi.

— Venez, venez, s'épancha joyeusement Mme Novak en guidant les femmes vers la table après avoir déposé leurs manteaux sur le dos du canapé.

C'était Yuliana, Zuzana et Hildur, et vraiment, elles semblaient toutes pouvoir faire partie du concours pour Miss Univers : de simples éblouissantes et sculpturales femmes qui trouvaient réellement leur place sur les couvertures de magazines de mode. Je baissai les yeux sur mon assiette et me mordis les lèvres pour ne pas éclater de rire à m'en tordre sur le sol.

— Tu as quelque chose à dire ? me grogna Pravi à travers ses dents serrées alors qu'Hildur s'asseyait à ses côtés.

— Mmmm-mmm, marmonnai-je sans lever le regard, essayant désespérément de ne pas sourire.

— Donc Pravi, commença Mme Novak, Hildur vient de Novi Sad.

Comme s'il y connaissait quelque chose à la Serbie. Il était une seconde génération d'Américains – seule la famille de Grigor avait été aux États-Unis plus longtemps – et son serbe était principalement lacé d'obscénités parce que c'était ce qu'il avait retenu. Sa mère, comme celle de Grigor, parlait anglais à la maison. Les deux parents de Pravi étaient serbes, mais ça ne voulait pas dire qu'il était sur le marché pour une femme serbe. Ou pour n'importe quelle femme du tout, pour ce que ça importait, ou même pour un engagement plus long qu'une nuit. Aucun de nous n'était plus qu'un gars d'un soir.

— Oh, fut tout ce qu'il put penser à dire.

Je mis ma main sur mon visage et me cachai les yeux, ne voulant pas éclater de rire maintenant.

— Marko, Yuliana vient de Moscou.

C'était tout ; je devais voir le visage de mon ami.

Je relevai la tête juste à temps pour voir un de ses épais et parfaitement arqués sourcils se lever avant qu'il ne dise quelque chose à la jeune femme qui lui fit tout d'abord pousser un petit cri de surprise, puis rougir et enfin se tourner vers moi le regard absolument horrifié.

— Il a été élevé dans une ferme, lui assurai-je en souriant et lui tapotant gentiment le bras.

Elle mit ses mains sous sa chaise et la leva, se rapprochant de moi.

Pour sa part, Marko leva les yeux au ciel et recommença à manger, pelletant juste la nourriture dans sa bouche alors que Luka proposait à son « rendez-vous », Zuzana, quelques pommes de terre rôties, tout en gardant une discussion continue. Il était difficile de dire si elle lui plaisait ou s'il faisait le show pour sa mère. Cela n'importait pas cependant : quinze minutes après leur arrivée, les trois femmes étaient penchées avec leur coude sur la table, fixant Pravi.

C'était drôle parce que, oui, il était sexy, et oui, il avait des tatouages et des muscles, mais vous ne remarquiez pas tout ça à première vue. Ce que vous remarquiez était son rire, et la manière dont ses yeux s'illuminaient quand il parlait de quelque chose qui l'intéressait, ou à quel point son profil était aristocratique. S'il marchait, il y avait la démarche fière à prendre en compte et la façon dont ses vêtements accrochaient à chaque courbe de ses muscles.

J'étais un fan.

Je prenais plaisir à le regarder moi-même, mais je savais qu'en dessous il était juste un joueur, envers et contre tout. Le grand baraqué et taciturne Marko n'avait aucune chance, Luka était beau à la manière d'un chaud expert-comptable ou d'un conseiller d'orientation dans une école qui semble constant et fiable. Si vous cherchiez un mari, il était ce que vous vouliez. Mais si Pravi Radic était assis à la table aussi… plus vraiment.

Elles partaient toutes avec le coureur de jupons pour aller en boîte.

Je pris la main de Mme Novak dans la mienne.

— Peut-être que la prochaine fois, il vaudrait mieux en ramener de moins jolies. Des enseignantes ou des infirmières.

— *Da*, acquiesça Marko toujours en mangeant. Une infirmière pourrait nous être utile.

— Infirmière, dit Mme Novak en hochant la tête, faisant clairement une note mentale avant de me sourire de nouveau. Donc, jeudi ?

— Je pensais, commençai-je inconfortablement, que les catholiques n'étaient pas en très bons termes avec l'homosexualité.

— Qui t'a dit de tels mensonges ? voulut-elle savoir, visiblement prête à écraser qui que ce soit ayant osé entacher la bonne réputation de l'Église.

Elle était l'une des femmes les plus douces que je connaisse, toujours à vouloir que l'on prenne de la nourriture chez nous, toujours à nous remplir des Tupperware et à nous emballer du pain dans du papier d'aluminium et à vouloir nous embrasser et toucher nos visages, à faire des commentaires sur la longueur de nos cheveux et à nous rappeler de boire moins, faire plus d'exercice, et par-dessus tout, à *nous marier*.

— Ceaton, chéri, dit-elle en souriant brillamment. On est d'accord pour jeudi ?

Dieu merci nous étions occupés cette semaine-là, donc j'avais été capable de rater le rassemblement au centre de loisirs rattaché à St. Anne au centre-ville avec une excuse valable.

— C, claqua Luka, me sortant de mes pensées et me ramenant au présent. Dîner ? Ouais ?

— Dis-lui merci, mais je vais juste me poser et regarder du football. Je te verrai demain.

— Ta perte, dit-il d'un ton sec, et je savais pourquoi.

Il n'y avait aucun moyen qu'il veuille rester de nouveau seul avec sa mère. Elle le cuisinait quand ils étaient seuls. La seule raison pour laquelle j'avais des remarques merdiques sur le fait de me marier de sa part était parce qu'il entendait la même chanson et danse de sa mère.

— Ramène-moi des restes.

Il grogna et raccrocha, ce qui voulait dire que j'avais cinquante pour cent de chances qu'il m'en apporte.

J'étais surpris quand mon téléphone sonna de nouveau un moment plus tard. Je n'étais pas si populaire habituellement. Quand je vérifiai le numéro, c'était un numéro privé, mais je répondis quand même.

— Allô ?

— Ceaton, vint mon nom dans un soupir.

Jonas Graham l'avocat de mon boss.

— Ouais, dis-je tendu, parce que pourquoi avais-je droit à un appel de sa part ?

— Qu'est-ce que vous faites ?

— Rien.

— Moi non plus, dit-il, mais rien de plus.

J'attendis mais ne reçus que du silence.

— Et ? demandai-je pour faire avancer les choses.

— Et je suis à la maison et je me disais que vous pourriez venir.

Ce n'était pas la première fois qu'il me le demandait, mais ma réponse serait toujours la même, même si tard, avec les heures que je faisais, j'avais rarement le temps de sortir en boîte et de me trouver quelqu'un. Puisque poster un profil sur Grindr dans ma branche n'était tout simplement pas possible, quand Jonas avait appelé il y a un mois de ça – la première fois des nombreuses qui suivirent – et m'avait offert son cul, j'avais pensé accepter pendant une seconde et demie. Mais je savais comment cela tournerait parce qu'il n'y avait rien à son sujet qui m'y ferait regarder une deuxième fois dès le départ, donc il serait, comme la plupart de mes rencontres l'étaient, complètement oubliable. Et parce que je ne m'en souciais pas, j'avais simplement dit non. Heureusement, j'avais une excuse toute faite.

— Je ne pense pas, lui dis-je.

— Et pourquoi pas ?

— Vous savez pourquoi, répondis-je platement.

— Non, je ne sais pas. Pourquoi ne m'éclaireriez-vous pas.

— Et si vous me laissiez tranquille et arrêtiez de me casser les couilles.

— Non, ce n'est pas comme ça.

— Alors qu'est-ce que c'est, Jonas, parce que vous savez que Grigor a des règles.

— Oh, allez, dit-il, je ne pouvais pas louper le mépris dans sa voix.

J'étais silencieux, le laissant aux prises de ce qu'il connaissait de mon boss.

— Comme si Grigor Jankovic en avait quelque chose à faire de savoir qui l'un de vous baise.

C'était vrai, ou l'aurait été si nous ne travaillions pas tous les deux pour lui. Mais au vu des choses, Grigor *se sentirait* concerné simplement parce qu'il avait fait ses règles et que ces règles étaient faites pour être suivies.

— Qu'est-ce qu'il dit toujours ? demandai-je à Jonas.

— Quoi ?

— Grigor, insistai-je. Qu'est-ce qu'il dit ?

— Je n'ai aucune idée de quoi…

— Ne chie pas où tu manges.

— C'est…

— Il dit ça tout le temps. Quand les nouveaux gars commencent, c'est ce qu'il leur dit.

— Ce n'est pas du tout la même chose.

— Non ?

— Ceaton, tu…

— Je pense que peut-être que vous le connaissez mieux que moi, alors, concédai-je. Je pense que même si je le connais depuis plus longtemps, vous avez trouvé le chemin sur le fonctionnement de ses réflexions.

— Ce n'est pas ce que je dis.

— Mais pour moi, continuai-je en l'ignorant, je vais avoir besoin de plus de garantie que vos mots, donc allez-y et obtenez une explication de sa part, OK ?

Le silence qui suivit n'était pas une surprise.

Ce n'était sacrément pas possible que Jonas Graham ait les couilles de demander à Grigor s'il se sentait concerné si nous baisions tous les deux, je souriais rien qu'à l'imaginer tenir cette conversation.

— Je n'ai pas besoin de demander.

J'eus un rire loin d'être amical.

— C'est parce que vous connaissez déjà la réponse.

— Vous avez tort.

— En fait, j'ai raison.

Et c'était vrai.

— Comment le savez-vous ?

— Je l'ai déjà vu.

— Oh ?

Il semblait intéressé.

— Quand était-ce ?

Je n'allais pas rentrer dans le sujet avec lui. Il n'avait pas besoin de savoir à propos d'Aram Banič et d'une danseuse d'un club appartenant à Grigor qu'il avait l'habitude de gérer avant qu'il monte en grade. Je ne connaissais même pas l'histoire complète – c'était arrivé avant que je ne rejoigne sa famille à Vegas – mais des bouts que j'avais été capable de rassembler des choses que m'avait dites Marko… Grigor avait perdu son meilleur ami.

Apparemment la fille qu'Aram aimait avait été le plan cul favori de lui et du boss de Grigor. À la fin, il avait tué Aram et Grigor l'avait tué. Et oui, c'était ce qui avait amené Grigor à prendre la tête de l'organisation, mais il aurait aimé son ami d'enfance avec lui. Après ça, personne n'était autorisé à batifoler dans sa *familia*.

— Ceaton ?

— Ce ne sont pas vos affaires, dis-je sombrement.

— Je pense que vous mentez.

— À propos du fait que ce ne sont pas vos affaires ?

— À propos du fait qu'il y ait même une histoire pour commencer.

— Vraiment ?

— Grigor sait que vous êtes gay, donc pourquoi se sentirait-il concerné si vous couchiez avec moi ? Ce n'est pas logique.

— Il le serait simplement.

— Vous êtes sorti du placard ou pas ?

— Je le suis, répondis-je, parce que je n'avais jamais caché qui j'étais. Rien de bien ne ressortait jamais de garder des secrets.

— Donc je ne comprends pas.

— Les autres gars ne peuvent pas baiser les filles qui dansent dans les clubs ou aucune des serveuses, donc que nous soyons ensemble compromettrait Grigor…

— Je ne parle pas de nous étant autre chose qu'un rapide coup d'un soir.

Et voilà.

— Oh, dis-je rapidement. Un coup d'un soir. Je n'avais pas compris ça.

— Attends…

— Problème résolu alors.

— Ceaton...

— Vous cherchiez juste une baise rapide.

— Non, ce n'est...

Tout comme moi. Toujours. Je ne cherchais pas quelque chose de sérieux, et normalement j'étais plutôt chanceux d'obtenir un prénom. Mais de cette façon avec Jonas, je pouvais le rejeter et être en même temps la partie lésée. Ce qui, en fait, assurerait qu'il me laisse tranquille, ce que je voulais. Grigor n'aurait pas à me tirer une balle pour avoir baisé son avocat, mais je ne voulais même pas avoir cette conversation avec lui sur le sujet. Jamais.

— Ce n'est pas si grave. Je vous verrai à l'occasion.

— Je sais que vous n'allez pas ignorer...

Je raccrochai parce que, vraiment, à quoi ça servait ? Il avait dévoilé sa main. Je n'étais rien pour lui.

Quand mon téléphone sonna une nouvelle fois – c'était dingue à quel point j'étais populaire soudainement – privé pour la seconde fois aujourd'hui, je laissai l'appel être redirigé vers ma messagerie vocale. Au moins c'était fait. Il y avait quelque chose de réconfortant là-dedans. Parce que peu importe ce que Jonas pensait, Grigor n'aurait pas voulu savoir que je baisais son avocat. Il serait inquiet que, d'une quelconque manière, si Jonas devait choisir entre Grigor et moi, Jonas me choisirait si nous baisions ensemble. Je savais mieux. Jonas serait toujours du côté de l'argent.

Cependant, la chose était que je ne voulais pas faire quoi que ce soit qui puisse faire pencher la balance avec Grigor parce que, ces derniers temps, il me regardait bizarrement. C'était plus un sentiment que tout autre chose, mais j'avais l'impression qu'il y avait de la tension entre nous, et je n'avais aucune idée de pourquoi. C'était comme si j'étais assis au milieu d'un échiquier géant et que les pièces étaient déplacées sans que je ne sois au courant. Tout à coup, il voulait que je prenne quelqu'un de nouveau avec moi au lieu de Pravi ou Luka, il gardait constamment Marko avec lui, et il demandait à Doran de gérer des choses qui étaient habituellement mes tâches. Le problème avec les Russes avait été un mélange de positif et de négatif parce que, oui, nous étions coincés dans un appartement exigu pendant une semaine, mais c'était presque comme si nous en avions besoin – comme si créer des liens avait été nécessaire.

Je somnolais à nouveau quand le téléphone sonna, *encore*, bordel de merde, et c'était Marko.

— Hé, l'accueillis-je.

— J'ai besoin d'une faveur, OK ?

— Peut-être. Qu'est-ce que c'est ?

— Jonas Graham, l'avocat de Grigor. Il a besoin de te parler, mais il n'a pas ton numéro. Je lui ai dit que je ne pouvais pas le lui donner, mais que j'allais te dire de l'appeler.

Merde.

— Donc tu vas le faire ?

— Je doute qu'il ait besoin…

— Juste, appelle-le, comme ça Grigor ne nous posera pas de problème.

— OK, acquiesçai-je.

— OK.

— Eh, attends.

Il grogna.

— Je n'ai pas eu l'occasion de te parler seul à seul cette semaine.

— Non.

— Donc quoi… tu apprécies de traîner avec Grigor ?

— Ça importe peu.

Je m'éclaircis la gorge.

— Tu deviens amical avec Doran ?

— Doran a peur de moi ; nous ne pouvons pas être amis à cause de ça.

C'était logique.

— J'ai demandé à Grigor de te laisser revenir travailler avec moi, Luka et Pravi, mais il a dit qu'il avait besoin de toi avec lui.

— *Da*. C'est toi.

— Excuse-moi ?

— Il pense… Je ne sais pas à quoi il pense. Mais les autres… Ils parlent de toi. Ils ne disent pas Grigor, ils disent Ceaton.

— Mais c'est ce qu'il voulait, tu te souviens ? Il voulait être le visage public d'une entreprise légitime. Il nous l'a dit.

— *Da*, mais être légitime, il n'y a aucune peur là-dedans.

— Qui s'en soucie ?

— Il s'en soucie, m'assura-t-il. Les gens disent, « oh Grigor, il vaut tellement, il a tellement de choses, mais Mercer… ne mettez pas Mercer en colère, vous serez mort avant le petit matin ».

J'eus un petit rire moqueur.

— Personne ne dit ça.

67

— Tu es un homme effrayant, et tu as effrayé des hommes qui te sont loyaux. Pourquoi Grigor ne se sentirait pas menacé par un tel homme ?

— C'est dingue, lui dis-je, ennuyé, ce que je pouvais entendre transparaître dans mon ton. Donc il va faire quoi, me tuer sur la base de ce qu'il pense que je veux, qui il pense que je suis ?

— Des gens sont morts pour moins que ça.

— Putain.

— Tu as demandé.

— Je vais aller lui parler.

— Couvre tes arrières. Je vais garder un œil sur Doran.

— Merci.

— *Nye zaboyteya.*

— Oh, va te faire foutre, dis-je en riant. Ce n'est pas du serbe.

— Je suis russe, connard, m'informa-t-il en rigolant avant de raccrocher.

À la place de faire ce qu'on m'avait demandé et d'appeler Jonas, j'attendis le prochain appel d'un numéro privé et répondis.

— C'était une chose merdique à faire.

— Tu n'as pas le droit de juste me couper comme ça.

— Merde si je n'ai pas le droit, claquai-je. C'est Grigor mon boss, pas vous.

— Calme-toi et…

— Pourquoi êtes-vous si sacrément persistant ? Ayez une vie, Graham. Trouvez-vous un minet qui se fout de savoir que vous êtes un crétin d'avocat riche.

Rapide expiration.

— Écoute, je suis désolé, d'accord ? C'était merdique ce que j'ai dit tout à l'heure. Je ne le pensais pas.

— Pourquoi c'est important ? claquai-je, plus qu'ennuyé maintenant parce que j'étais inquiet à propos de Grigor et c'était une complication dont je n'avais pas besoin.

— C'est important. Tu es important.

— Depuis quand ?

— Juste… Viens.

— Est-ce que vous êtes défoncé ?

— Non. Pourquoi penserais-tu que je le suis ?

— Parce que vous êtes vraiment bizarre, grommelai-je.

Puis je me demandai pourquoi il voulait tellement que je vienne. Est-ce que c'était un traquenard ?

— Est-ce que Grigor est avec vous ?

— Quoi ?

— Est-ce que Grigor est chez vous ?

— As-tu perdu… Pourquoi Grigor serait-il chez moi ?

Je devais arrêter avant de devenir complètement paranoïaque.

— Rien. Ça ne fait rien.

— Merde.

Et tout aussi rapidement, j'étais de nouveau sur lui en plein milieu d'un début de crise de nerfs.

— Qu'est-ce qui se passe avec vous ?

— J'ai besoin de te voir.

Besoin ?

— Dans quel but, bordel ?

Il grogna.

— Écoutez, je suis sûr que vous connaissez beaucoup de gars que vous pouvez appeler pour venir assouvir vos besoins.

— Je ne veux pas n'importe quel gars.

Mais c'était trop tard, et franchement, je ne m'en souciais pas.

— Appelez quelqu'un d'autre. Je suis claqué, dis-je froidement – je pouvais entendre la glace se former dans mon ton.

— Non, tu ne l'es pas.

— Au diable si je ne le suis pas ! hurlai-je, irrité, fatigué, et l'estomac noué qui réagissait au fait de savoir que Grigor me voulait peut-être ou peut-être pas hors de son chemin.

Cela arrivait tout le temps, un jour vous étiez à couteaux tendus avec le boss et le lendemain vous étiez mort dans un fossé. Je n'étais pas stupide ; je savais que c'était une possibilité. J'avais juste pensé que Grigor et moi étions au-delà de ce genre de conneries. Mais peut-être que non.

— Juste…

— Nous avons eu une putain de semaine merdique ! pestai-je contre Jonas parce que c'était commode et j'avais besoin de vider ma frustration sur quelqu'un. Et la nuit dernière nous sommes tous restés debout beaucoup trop tard. C'est même une chance que je sois conscient maintenant !

— Pourquoi ?

— Pourquoi quoi ? Pourquoi je suis fatigué ?

— Ouais.

— Je viens de vous le dire, dis-je en grimaçant et ressentant une vive douleur. Merde, aïe.

— Qu'est-ce qui ne va pas ?

— Ma lèvre s'est fendue et vous me rendez…

— Pardon ?

— J'ai dit ma lèvre…

— Qu'est-ce qu'il s'est passé ? demanda-t-il.

Je pouvais entendre l'inquiétude claire comme le jour dans sa voix.

Eh bien, merde. Je ne pouvais pas être un complet enfoiré avec lui s'il continuait à jouer gentil.

— Tu sais, croassai-je, la gorge aussi sèche que le désert, la colère s'atténuant un peu. Les risques du métier.

— Tu devrais arrêter et venir travailler pour moi, dit-il d'une voix rauque.

— Quoi ?

— J'ai dit…

Il toussa.

— Tu devrais venir travailler pour moi.

— Oh ?

— Oui. Tu pourrais être notre enquêteur en interne à la boîte.

— Je pourrais ?

— Tu pourrais, confirma-t-il. Facilement.

— Facilement, lui fis-je écho.

— Est-ce que tu me traites de menteur ?

— Je n'ai rien dit de la sorte.

Il y eut un long silence.

— Juste… Ceaton, tu es fait pour de meilleures choses que simplement être du muscle au service de Grigor Jankovic.

Je m'éclaircis la gorge.

— Je ne suis pas qualifié pour faire autre chose que ce que je suis déjà en train de faire.

— Nous savons tous les deux que c'est un mensonge.

— Ça l'est ?

— Oui, ça l'est, dit-il catégoriquement. Tu es intelligent. Tu observes les gens et écoutes, et chaque fois que Grigor a besoin de trouver quelqu'un, il vient à toi.

— Tu…

— Je t'ai vu, Ceaton. Tu trouves les personnes chaque fois. C'est pour ça que je sais que tu ferais un bon détective privé. Tout ce dont tu as besoin, c'est d'une licence, ce qui devrait être assez simple à acquérir.

— Je…

— Tout le monde t'aime. Tout le monde veut te parler ou te faire une faveur. C'est tout une partie de ton charme.

— Je porte une arme, l'éclairai-je. C'est la raison pour laquelle les gens me parlent.

— Non, ce n'est pas ça. Arrête de te comporter comme si je n'avais pas vu toutes ces choses.

Je grognai.

— Je te connais.

Comme s'il me connaissait. À cet instant précis, il y avait seulement trois gars sur la planète qui savaient tout sur moi, et il n'était pas l'un d'entre eux.

Si on m'avait posé la question la nuit dernière, j'aurais compté Grigor comme un ami aussi. Mais maintenant, simplement avec ces quelques mots échangés avec Marko… Maintenant… Tout était différent. Changé.

Soudainement, j'étais presque de retour où je l'avais été il y a cinq ans, debout sur le côté de la route, à regarder une voiture se garer en face de moi. J'étais de nouveau effrayé, sur un sol tremblant, incertain de rester ou partir, courir ou faire front. C'était se battre ou s'enfuir. Si Grigor ne me faisait plus confiance, qu'est-ce qu'il y avait à gagner ? Sa foi ? Sa confiance ? Sa loyauté ? Tout cela n'avait-il pas été prouvé il y a des années ?

Pas encore. Je ne pouvais pas repartir à zéro après tout ce que j'avais construit.

Ma tête me tournait, et Jonas Graham n'aidait pas, avec ses fausses platitudes destinées à lui donner accès à mon pantalon.

— Ceaton, je…

— Tu ne sais rien du tout sur moi, dis-je, un avertissement clair dans ma voix dû au tranchant de ma diction.

— Je…

— Je fais ce que je fais pour une raison, donc ne commence pas à parler de nous comme si nous étions amis.

— Nous ne sommes pas amis, acquiesça-t-il, et son ton était froid. Mais j'en sais plus sur toi que tu le penses, et je sais aussi que tu es plus intelligent que tu te le crois.

— Quand je raccrocherai cette fois-ci, ne rappelle pas Marko, d'accord ?

— Juste… Tu as d'autres options, insista-t-il. Des offres légitimes, des offres légales. Tu as besoin de ta cervelle pour une fois et de penser au-delà du présent.

Il marquait un point. Tomber endormi dans son costume parce qu'on est ivre et en sang ne nécessite pas d'utiliser son cerveau. J'avais besoin de ralentir, d'arrêter de boire autant, et je réalisais que je n'allais pas mourir à trente ans parce que cela faisait un an que j'avais passé ce cap. J'avais besoin de réfléchir à un vrai plan pour ma vie parce qu'être les muscles de Grigor n'en était pas un bon, ni, il semblait, quelque chose avec un futur prometteur.

— Est-ce que tu m'écoutes ?

Non.

— Ceaton ?

— Désolé, quoi ?

— J'ai dit que tu pouvais faire autre chose.

— Comme quoi ?

— Comme je l'ai dit, je peux te trouver une place dans l'entreprise.

— Ah ouais ? Est-ce que ça implique de te baiser ?

— Je n'y serais pas opposé.

— Oublie ça un peu.

— Tu me rends dingue.

— Ouais, eh bien, tu t'en remettras, dis-je avant de raccrocher.

J'étais surpris qu'il rappelle aussitôt. *Encore.*

— Bordel, qu'est-ce qui ne va pas chez toi ? hurlai-je, m'asseyant, tellement prêt à balancer mon téléphone à travers la pièce. Es-tu sourd ?

— Je veux te voir !

— Il y a des centaines de gars qui te donneront ce que tu veux ! criai-je à moitié. Et ils vont tous adorer que tu les baises. C'est quoi ton problème ? Pourquoi tu insistes autant ?

Silence.

— Tu n'as pas besoin de moi pour t'envoyer en l'air.

— Tu es très grossier.

Je soupirai.

— Tu n'as vraiment pas entendu quelque chose de grossier si tu penses que ça, ça l'est.

— Ceaton…

— Et je pense que c'est la plupart de ce que tu aimes à mon sujet : ma grossièreté.

— Pas du tout. Tu es de loin plus attrayant que tu le penses.

Je rigolai alors que je roulais sur le côté et réalisai que j'étais allongé sur mon arme. Ce n'était pas bien de dormir sur son arme. Pas bien pour un Sig Sauer P226, pas bien pour le corps. Le cran de sécurité était enclenché, bien sûr, donc il n'y avait pas d'inquiétude à avoir qu'un coup parte, mais quand même… À quel point j'avais été fatigué pour simplement me laisser tomber sur mon lit ? Il y avait aussi des taches de sang sur mes draps.

— Merde, grommelai-je.

— Qu'est-ce qui ne va pas ?

— J'ai mis du sang sur mes draps en coton égyptien, marmonnai-je. Je vois de la javel dans mon futur.

— Tu es inquiet à propos de tes draps ?

— Ce sont des draps vraiment beaux, me plaignis-je.

— Ceaton…

— Écoute, pourquoi tu n'appelles tout simplement pas un des autres…

— Ils ne sont pas… Ils ne peuvent pas…

— Quoi ?

— Seulement toi… déjà… tu as dit… Tu as promis de… Ceaton.

Oh. Je comprenais finalement son raisonnement. Nous avions eu une discussion qui expliquait son entêtement, et maintenant je me souvenais des détails.

— Tu as besoin de moi parce que les autres gars sont seulement passifs.

J'entendis sa profonde expiration.

— Et ce n'est pas ce dont tu as besoin maintenant.

Il raccrocha. Je comprenais. C'était un peu trop honnête, un peu trop comme une confession. C'était une chose d'appeler pour arranger une partie de jambes en l'air. C'était autre chose d'avoir à expliquer ce dont vous aviez besoin.

Quand mon téléphone résonna de la sonnerie prédéfinie pour Grigor, j'inspirai profondément avant de répondre, essayant de relâcher toute irritation de ma voix avant de décrocher.

— Hé, l'accueillis-je.

— Où es-tu ?

— Chez moi, pourquoi ?

— J'ai besoin que tu viennes ici.

73

Ce qui voulait dire qu'il ne pouvait pas me parler de ce qu'il voulait au téléphone.

— Est-ce que j'ai le temps de prendre une douche ?

— Douche-toi et fais un sac.

Je grimaçai, reconnaissant qu'il ne puisse pas me voir. Est-ce qu'une pause serait trop demandée ?

— Pour combien de temps ?

— Seulement trois jours, j'espère.

Bon Dieu.

La dernière fois que j'avais suivi des instructions de ce genre, j'avais fini à Reno à me débarrasser de sept corps pour lui. J'espérais que ce soit quelque chose de moins ardu. La soude était une chose salissante, et bien la nettoyer était épuisant. Je fis un bruit sans vraiment le vouloir.

— Est-ce que tu viens juste de pleurnicher ?

Et la moquerie dans son ton, la tendresse, me coupa presque le souffle. Parce que s'il pouvait donner cette impression au téléphone, familier, jovial, taquin – alors nous devions être bien et il flippait pour rien.

— Je… Quoi ? Non.

Il gloussa.

— Tu n'as pas à quitter l'État.

Je me redressai un peu.

— Ah non ?

— Non. J'ai juste besoin que tu suives quelque chose pour moi.

C'était nouveau.

— Quel genre de quelque chose ?

— Je te le dirai quand tu seras là.

— Pouvez-vous être plus énigmatique ?

— Je pourrais, oui. Je pense.

Grigor ne s'en sortait pas bien avec le sarcasme, mais quand même, quand il soupira – et que je l'entendis – je pouvais de nouveau respirer.

— Je saute dans la douche.

— Bien. Dépêche-toi.

J'essayai de ne pas m'inquiéter de nouveau quand il raccrocha.

IV

QUAND J'ARRIVAI au manoir à Back Bay, une fois que j'eus passé l'énorme portail en fer forgé à l'entrée et que j'eus parcouru l'allée en demi-cercle, je réalisai que je voyais plus d'une trentaine de voitures. Quelque chose de mauvais se passait, je garai donc ma Land Rover de 1971 – complètement pas à sa place à côté des voitures de sport aux lignes pures et SUV haut de gamme – et me dirigeai vers la porte d'entrée. Je reçus un signe de tête de la part des quatre hommes gardant la porte et me glissai à l'intérieur du manoir. Je tendis l'oreille pour entendre le son de voix, entendis des hurlements, et marchai non pas vers son bureau mais la grande salle.

Grigor était au téléphone, faisant les cent pas devant la cheminée et s'énervant, criant en serbe, la mâchoire serrée, les muscles de son cou tendus comme une corde, et sa main libre s'agitant dans tous les sens, puis ses doigts passèrent à travers ses épais cheveux rêches qui lui tombaient sur les épaules.

— Qu'est-ce qui se passe ? demandai-je aux six autres dans la pièce.

Reagan Corbett, son expert-comptable, quitta le bar où il buvait et traversa la pièce jusqu'à moi.

— Nous venons de découvrir que la cargaison que nous attendions en provenance de Budapest a été ramassée par les hommes d'Ivan Aristov.

La mafia russe, la mafia irlandaise, le cartel colombien, le cartel mexicain – qui l'avait prise importait peu. Ce qui était perdu était perdu, et maintenant les personnes qui attendaient les produits allaient devoir se les procurer ailleurs à moins qu'une solution appropriée ne soit trouvée.

— Mais plus important, commença Seth Jaffe, le bras droit de Corbett, d'où il était assis sur le canapé avec un verre de scotch. Les flics ont trouvé Pavle, Goran et Sava tous tués d'une balle à l'arrière de la tête au club de Sava à Dorchester ce matin.

Je n'entendis que « plous » et puis « Dorchestah ce ma'in ». Jaffe avait l'accent, celui de Boston que vous entendiez si souvent parler. N'étant pas originaire d'ici – étant arrivé tard dans la partie – je ne l'avais jamais assimilé.

C'était d'étranges nouvelles. D'un côté il y avait des hommes que je connaissais, même s'ils n'étaient pas particulièrement sympas – en particulier Sava, dont le tempérament meurtrier était légendaire – c'était toujours surréaliste qu'ils nous aient quittés. Et d'un autre côté, les hommes dans les affaires de Grigor, en règle générale, ne finissaient pas comme des vieux hommes, donc il n'était pas si surprenant non plus qu'ils soient morts. Nous en avions perdu beaucoup au fil des ans. Seuls moi et les quatre autres qui étaient arrivés de Vegas ensemble étions toujours là. Je l'attribuais au fait que nous veillions les uns sur les autres. Même la mère de Luka – qui avait déménagé ici, tout comme celle de Grigor, pour être près de lui – gardait un œil sur nous tous.

— Qu'en est-il de leur famille ? demandai-je automatiquement.

— Nous nous assurons qu'ils soient pris en charge, m'assura Seth. Grigor m'a fait mettre en place des fonds fiduciaires tout de suite après que nous avons appris la nouvelle.

Je hochai la tête.

— C'est bien.

Il haussa les épaules.

— Le moins que nous puissions faire, n'est-ce pas ?

En effet.

— C.

Me tournant, je me retrouvai être l'objet de l'attention de Grigor. Il me fit signe de l'approcher, et je traversai la pièce à son invitation. Quand je fus assez proche, il posa une main sur mon épaule.

— Aca dit que tu lui as raccroché au nez quand il t'a appelé aujourd'hui.

J'attendis parce que je n'avais pas de quoi m'inquiéter, au moins à ce propos. Si Grigor allait se retourner contre moi, cela ne serait pas à cause de son bon à rien de cousin qui nous ennuyait tous. Sa question était au sujet d'Aca, pas moi.

— En effet.

— Dis-moi, m'incita-t-il, semblant déjà peiné, éprouvé, grimaçant déjà à ce que j'allais lui dire.

— S'il pouvait peut-être ne pas vouloir parler d'aller faire le tour des affaires pendant qu'il était au téléphone avec moi… ça pourrait être bien, non ?

Il grogna alors que Pravi entrait dans la pièce et se dirigeait vers nous.

— Qu'est-ce qui ne va pas ? demanda-t-il à Grigor, même s'il me jeta un coup d'œil avant de regarder de nouveau notre boss.

— Est-ce qu'Aca a parlé des affaires avec toi aussi au téléphone ?

— Il a essayé, confirma Pravi. J'ai raccroché.

— *Govno*, dit Grigor dans sa barbe.

Cela voulait dire « merde ». Je souris parce que c'était le premier mot que j'avais appris.

— Pas étonnant que je ne puisse pas tenir une conversation en serbe parmi la bonne société, taquinai-je Pravi.

Il hocha la tête parce qu'à ce stade il ne pouvait pas argumenter.

Grigor appuya sur un bouton de l'écran de son téléphone et le porta à son oreille. Aca devait avoir décroché parce qu'il grogna « *Tvoj ćale bolje da je izdrkao nego što je tebe napravio* » après un moment et puis cria pendant quelques minutes de plus.

Quand je regardai de nouveau Pravi, il secoua la tête alors qu'il pressait fermement ses lèvres fermées. Apparemment quoi qu'il se dise n'était *vraiment* pas bon.

— C'est juste un gamin, dis-je, essayant d'excuser Aca, mes mots dirigés à Pravi.

— C'est une menace, rétorqua Grigor ayant arrêté de crier sur son cousin pendant une seconde. Et tu le sais.

Je le savais, mais je savais aussi qu'il pouvait apprendre si on lui en donnait l'occasion.

Grigor raccrocha et lança son téléphone sur le canapé avant de se tourner vers Pravi.

— Va le chercher.

Pravi me fit un signe de tête avant de se tourner pour partir. Grigor me fit ensuite face.

— J'ai une faveur à te demander.

Depuis quand demandait-il ? Il ne demandait pas ; il ordonnait.

— Bien sûr, dis-je même si ce n'était pas nécessaire.

Il s'éclaircit la gorge.

— J'ai besoin que tu ailles à Nahant et que tu veilles sur le fils du juge Ammon Hardin.

Grigor avait tellement de juges faisant partie de ses affaires qu'il était dur de garder la trace de tout le monde.

— Lequel est Hardin ?

— C'est celui qui se présente en tant que procureur cette année.

— Le « je-me-fais-dix-mille-dollars-par-mois » ?

— Oui.

77

— Et ?

— Et j'ai besoin que tu ailles à Nahant.

— Qui est où ?

— Juste en dehors de Boston.

— OK.

J'étais confus parce que ce qu'il disait n'était pas logique.

— Il me semble me rappeler que le fils vit à New York, dis-je à Grigor. Est-ce que Luka et moi n'avions pas été obligés d'aller là-bas et de payer une femme qui avait pris des photos de lui en train de sniffer de la cocaïne et baiser un gars ?

— Oui.

— Et la fille d'Hardin, c'est celle qui a dû aller en désintox à Aspen. ? Il hocha la tête.

— Donc quel gosse vit là-bas ?

— Le fils illégitime.

— Qui ?

Il s'éclaircit la gorge.

— Brinley Todd, le plus jeune fils du juge Hardin, fait des recherches au Centre des Sciences Marines de la Northeastern Université, qui est ici à Nahant.

— Rembobine, je viens juste de me réveiller.

Il fit un geste dédaigneux de la main.

— Tu sais comment ces choses fonctionnent.

— Normalement, ouais, mais depuis quand la maîtresse d'un homme puissant peut avoir des enfants ?

— Apparemment la famille du juge, les Hardin, et la famille de sa femme, les Kellog, ont magouillé ensemble et ont rassemblé leurs enfants quand il était à Harvard et qu'elle était à Radcliffe.

Pourquoi connaissait-il tout ça, et étais-je censé m'en soucier ?

— Depuis quand vous et le juge êtes si proches ?

Son rire moqueur était fort.

— Quoi ? Est-ce que vous allez au golf ensemble maintenant ?

Il ignora mon commentaire.

— Hardin m'aide à rendre plusieurs de mes affaires légales. Tu sais ça.

En effet.

— Qu'est-ce que tout ça a à voir avec son bâtard ?

— Il ne pense pas à lui de cette manière.

78

— Et pourquoi je m'en soucie ?

— Il aime la mère de Brinley.

Pas assez pour divorcer.

— Bien sûr qu'il l'aime.

— Tu n'as pas une once de romantisme en toi.

Le sacrifice était romantique. Porter atteinte au porte-monnaie et à la réputation de quelqu'un que vous aimiez… ça en disait beaucoup pour moi. Vivre dans un mariage sans amour pour le prestige et l'argent n'était pas un idéal romantique dont j'avais entendu parler.

— Hardin m'a raconté qu'il avait rencontré la mère de Brinley à une levée de fonds. Elle était une des serveuses en service et il a été aveuglé par son humour et sa chaleur.

Grigor ne parlait pas comme ça ; il répétait quelque chose que le juge lui avait raconté.

— Il lui a menti, a enlevé son alliance, lui a dit qu'ils seraient ensemble.

— Quand a-t-elle découvert la vérité ?

— Ses parents étaient en ville, et il s'est avéré qu'ils avaient des amis en commun avec Hardin et sa femme. Alors quand tout le monde s'est rassemblé pour assister au ballet, leurs chemins se sont croisés, et Erin Sullivan a appris la vérité sur Ammon Hardin.

— C'est affreux.

Erin était, me dit Hardin, l'âme même de la discrétion et n'avait jamais laissé sous-entendre qu'ils s'étaient déjà rencontrés. Cependant, elle avait fait en sorte de s'asseoir à côté de sa femme, et avait appris tout ce qu'elle pouvait sur où ils habitaient, ses enfants et depuis combien de temps ils étaient mariés.

— Quand il est allé voir Erin plus tard cette nuit-là, elle avait emballé toutes les affaires qu'il avait laissées chez elle, les avaient laissées dans l'entrée et lui a demandé de partir.

— Et quand lui a-t-elle dit à propos de Brinley ?

— Elle ne l'a pas fait. Il l'a découvert quand sa femme est tombée sur Erin dans la rue et a découvert qu'elle était enceinte.

J'étais impressionné par Erin pour ne vouloir rien avoir à faire avec cet infidèle de pacotille qu'était Hardin.

— Est-ce qu'il l'a tout de suite contactée ?

— Non. Il ne voulait pas avoir affaire à elle ou son fils.

— Même s'il savait qu'il était le père ?

— C'est elle qui a mis un terme à leur relation.

Je ris.

— Je te connais. Une femme tomberait enceinte de ton enfant et tu les soutiendrais tous les deux jusqu'à la fin de leur vie.

Il grimaça mais me fit un acquiescement réticent de la tête.

— Donc qu'est-ce qui s'est passé avec le juge ?

— Il a veillé sur eux et a finalement offert de l'aide à Erin.

— À laquelle elle a dit non.

— Tout à l'exception d'une seule chose.

Je savais déjà ce que ce serait sans qu'il ait besoin de me le dire.

— L'argent pour l'université.

— Oui. La seule chose qu'Erin ait accepté qu'il fasse pour eux au fil des ans était de mettre de l'argent sur un compte pour que Brinley ait un fonds à sa disposition pour quand il serait prêt à passer son diplôme.

— C'est une femme intelligente.

— Je suis d'accord.

Il devait y en avoir plus.

— Et ?

— Et maintenant il a besoin d'aide.

— Hardin ou le fils ?

— Hardin.

— Donc il s'est tourné vers vous.

— Oui.

— Pour quelle raison ?

— Apparemment, Hardin a reçu des menaces à propos des accords en affaires que nous avons qu'il a été, bien sûr, hésitant à reporter aux autorités.

Je m'y serais attendu. Le juge Hardin avait accepté pendant tellement longtemps des pots-de-vin que lui et beaucoup d'autres juges et assistants du procureur qu'il connaissait seraient tous compromis si un quelconque lien devait être établi entre lui et Grigor. Voir le FBI creuser dans la relation qu'entretenaient lui et Grigor serait un cauchemar.

— Donc qu'est-ce qui se passe maintenant ?

— On lui a dit que s'il ne jouait pas le jeu…

— Avec qui ? l'interrompis-je. Qui le fait chanter ?

— Je pense que c'est Djordjevic et McNamara, mais je ne suis pas sûr. Je suis en train de faire des recherches.

Anton Djordjevic était arrivé de Chicago il y a un an et, étant aussi serbe, était entré en contact avec Grigor aussitôt qu'il était en ville. Mais il était rapidement devenu évident qu'il était plus intéressé par reprendre les affaires de Grigor que de devenir son ami. Il était aussi très voyant et son gang était violent, sans aucun respect pour le fonctionnement des choses. Il s'était rapidement couché avec la mafia russe et irlandaise, rendant les choses embarrassantes avec Grigor, qui avait déjà passé des accords avec les Colombiens et les Italiens. Parce que Grigor et Djordjevic étaient, supposément, du même côté, cela donnait des rencontres tendues à chaque fois que leurs chemins se croisaient. Tôt ou tard, je savais qu'il y aurait un règlement de comptes.

— Donc ils essaient de recruter tes gens en les menaçant eux et leurs familles ?

— Ils ont essayé de faire chanter trois ou quatre autres aussi, mais Marko et Pravi en ont pris soin et ont envoyé un message en même temps.

Je ne voulais pas savoir.

— Mais pour Hardin, ils ont menacé son fils.

— Pas seulement sa vie, mais aussi de partager le secret de sa parenté.

— Vous ne pouvez rien faire pour ça.

— Personne ne le peut. Erin n'a jamais rempli la case du père sur le certificat de naissance, donc il n'y a rien de concret qui les relie.

— Alors quoi ?

— Quelqu'un a fini par regarder à qui allait l'argent pour le fonds universitaire.

— Suivre l'argent est toujours la chose intelligente à faire.

— Oui.

— Donc la piste les a menés au fils illégitime.

— En effet.

— Mais l'argent seul ne prouve rien.

— Non, mais ça semble mauvais. Parce que si Hardin n'est pas lié à Brinley, alors c'est un vieil homme qui donne de l'argent à un plus jeune, et ça implique la question du… pourquoi ?

— Hardin est inquiet à ce sujet ? Ressembler à un sugar daddy ?

— Non. Hardin n'est pas inquiet que son secret soit dévoilé du tout. Ce qui l'inquiète c'est la sécurité de son fils.

— OK. Est-ce que quelque chose s'est passé jusqu'à présent ?

— Ce matin ils ont appelé et ont dit à Hardin qu'ils avaient déjà Brinley, mais il a appelé et a confirmé que Brinley était chez lui à Nahant et que tout allait bien pour le moment.

— Donc Hardin et son fils sont proches maintenant ?

— Pas proches, mais apparemment sa mère lui a dit il y a quelques années qui était son père, et ils ont maintenu une relation polie depuis.

— Qu'est-ce que ça peut même vouloir dire ?

— Cela veut dire que s'ils se parlent au téléphone, ils sont gentils l'un envers l'autre.

— Ah.

— Hardin a dit que Brinley était surpris de son appel, mais ils ont discuté plusieurs minutes, et pendant cette conversation il a dit à son fils qu'il avait quelques problèmes avec un criminel et que Brinley, ainsi que ses autres enfants, pourrait être en danger.

— Et Brinley a avalé ça ?

— Son père est un juge. Est-ce que ce serait si improbable qu'il soit menacé ?

Je haussai les épaules.

— Après qu'il a raccroché avec Brinley, c'est là qu'il m'a appelé.

— Donc il t'a demandé de fournir une protection à son fils.

— Oui.

Je soupirai lourdement parce que, sérieusement ? C'était ce pour quoi j'étais bon ?

— Quoi ?

— Ne devrais-je pas être celui qui va parler à Djordjevic ?

Il secoua la tête.

— Je ne peux rien faire à Anton directement. J'ai quelques problèmes de Belgrade et McNamara – il est un fils irlandais favori.

— Cela ne veut pas dire que tous ceux qui sont sous eux sont hors limite.

— Je suis d'accord, claqua-t-il, ce qui ne lui ressemblait pas. Tu penses que je ne le sais pas ?

Je lui lançai un regard noir.

— Qu'est-ce que vous avez ?

Il secoua la tête.

— Je t'ai laissé traiter ce genre de chose pendant trop longtemps.

— Qu'est-ce que c'est censé vouloir dire ?

Il rencontra mon regard.

— Je dois riposter contre Aristov aujourd'hui pour Pavel, Goran et Sava.

— Donc vous savez déjà qui a fait ça.

Rapide hochement de tête.

— Doran l'a déjà découvert.

— Et vous voulez gérer ça vous-même au lieu de me laisser faire ?

— Je pense que je le dois.

— Pourquoi ça ?

— Je ne peux pas maintenir le contrôle si je me distance moi-même plus loin que je l'ai déjà fait, dit-il platement. Tout le monde me dit, « Oh, Ceaton va les tuer ».

Je restai planté là essayant de lire une quelconque expression sur son visage.

— Donc tu es la main de Dieu, et je suis quoi ? questionna Grigor.

— Je pense que c'est censé être comme ça.

Il secoua la tête.

— Non. *Je* suis Dieu, pas toi.

Rien de ce que je dirais ne pouvait faire de bien pour le moment.

Le sourire qu'il se força à faire ne fit rien pour me faire me sentir mieux.

— Je vais prendre soin d'Aristov, et puis j'irai parler à Djordjevic et McNamara.

— Et je vais faire quoi ? Partir et faire du baby-sitting avec ce gosse ?

Son visage se tendit.

— Ce sont mes affaires, n'est-ce pas ?

— Non, je sais ça, mais sérieusement, vous pourriez demander à n'importe qui de surveiller ce gars.

Il s'éclaircit la gorge et fit un pas vers moi pour se rapprocher.

— C'est... Je te fais confiance. Seulement toi.

— Grigor...

— Le juge sait des choses sur moi, je sais des choses sur lui, et aucun de nous ne veut quelqu'un d'autre dans le coup.

Pourquoi cela devait être moi commençait à prendre du sens.

— Le juge a besoin de voir que je prends la situation de manière très sérieuse. Il a besoin de voir que mon meilleur homme est avec son fils.

Mon regard croisa le sien.

— Est-ce que c'est logique maintenant ?

Oui, en effet, et je me sentais mieux aussi parce qu'il semblait que la confiance dont j'avais été inquiet du déclin était, en fait, toujours bien en place.

— Après avoir raccroché le téléphone avec Hardin, j'ai appelé son fils.

— Pourquoi ?

— Je voulais lui rappeler qui j'étais.

— Vous connaissez le fils d'Hardin ?

— Bien sûr. Pourquoi ne le connaîtrais-je pas ?

Après y avoir réfléchi un moment, c'était parfaitement logique. Si quelqu'un avait une faiblesse, Grigor faisait un point d'honneur à la trouver. Dans le cas d'Hardin, sa faiblesse était son fils illégitime.

— Depuis combien de temps connaissez-vous son fils ?

— Seulement depuis cet été. C'est quand j'ai appris qui il était.

— Je vois. Et de quoi avez-vous parlé avec le fils du juge ?

— Je lui ai expliqué que son père m'avait demandé de lui fournir une sorte de protection et que j'allais envoyer quelques hommes pour faire ça.

— Attendez. Je pensais que vous vouliez que je…

— J'ai besoin de savoir ce qu'il sait.

Plus de tests.

— Je vois.

— Brinley m'a dit dans des termes hasardeux que s'il devait avoir un garde du corps, il ferait mieux de n'en avoir qu'un seul.

— Donc ce fils, il pense que son père a engagé une protection pour lui.

— Oui.

— Mais réellement, je ne comprends pas pourquoi Hardin ne fait pas juste ça. Quelques boîtes de sécurité privées ont des ex-agents des forces spéciales et des services secrets ou autres.

— Exact. Mais c'est une affaire personnelle. Hardin ne veut pas avoir à expliquer à une compagnie pourquoi cet homme en particulier a besoin de protection.

— Toute l'histoire du bâtard, quoi. OK, je comprends.

— Et si Hardin en ressort irréprochable aux yeux des fédéraux, ils vont vouloir savoir à propos des menaces et pourquoi elles ont été faites. Me demander, c'est garder les choses sous silence.

Exact.

— Et son fils…

— Brinley.

— Brinley… Il va juste me laisser rentrer dans sa maison ?

— Oui.

Je haussai les épaules.

— Je suppose que puisqu'il est d'accord pour suivre peu importe ce que vous ou Hardin dites, alors il y a…

— Il ne l'est pas.

— Il n'est pas quoi ?

— Il pense que son père est ridicule, et il m'a dit qu'il ne voulait rien avoir à faire avec qui que ce soit qui le protège.

— Mais ?

— Mais il est venu à la soirée du 4 juillet que j'ai eue au manoir, et il t'a vu, dit Grigor, me faisant un semblant de sourire.

— Moi ? sursautai-je, confus et immédiatement tendu.

Je n'aimais pas être remarqué, je n'avais jamais aimé être vu, préférant me fondre dans le décor. Mais maintenant Grigor me disait que j'avais été repéré en plein milieu de la foule.

— Êtes-vous sûr ?

Ses yeux s'écarquillèrent.

— Je suis sûr de quoi ? Qu'il t'a vu ?

— Ouais.

— Oui, Ceaton, il t'a parfaitement décrit.

Ce n'était pas logique.

Grigor plissa les yeux.

— Pourquoi c'est une telle surprise ?

— Il m'a vu ?

Grigor croisa les bras.

— Tu penses, quoi, que tu es si oubliable que ça ?

— Eh bien, ouais.

Il secoua la tête.

— Il est tombé dans la piscine.

— Qui ?

— Brinley.

— Pourquoi ?

— Parce qu'il te regardait.

J'attendis un moment.

— Est-ce que vous vous foutez de ma gueule ?

— Non, je ne me fous pas de ta gueule ! répliqua-t-il irrité. Pour l'amour de Dieu, Ceaton, tu n'es pas un lépreux ou autre.

— Donc qu'est-ce qui se passe maintenant ?

— N'aie pas l'air si peiné.

Je ne pouvais pas m'en empêcher. Beaucoup de choses me traversaient l'esprit en même temps. Est-ce que Grigor avait réellement besoin de moi pour veiller sur le fils du juge ? Étais-je, en fait, celui en qui il avait confiance ou tout cela avait-il été initié par ce Brinley ? Et si c'était

85

le cas, alors Marko avait raison et je serais toujours directement dans la ligne de mire de Grigor. Je voulais revenir à hier, quand les choses étaient parfaitement logiques et que je savais où je me tenais, mais je ne pouvais obliger mon esprit à y revenir. Je ne pouvais pas me détendre et je devais juste avoir foi en la parole de Grigor à la place de ce dont Marko avait rempli ma tête. Le manque de caféine n'aidait pas non plus. Essayer de découvrir la vérité d'un possible mensonge était de loin bien trop dur avec seulement une tasse de café.

— Hé, claqua Grigor.

— Désolé, répondis-je de façon absente.

Son visage se radoucit alors qu'il souriait, et je n'étais pas plus enthousiasmé par ça non plus. Depuis quand essayait-il de m'apaiser quand il me donnait un ordre ?

— Écoute, tu n'as pas vu les ravages que tu as causés chez lui parce que tu as dû partir pour t'occuper de l'effraction à Strobe avec Luka et Pravi.

Et peut-être que j'étais juste paranoïaque – je l'étais probablement. Nous étions ensemble depuis longtemps maintenant et donc il pouvait être débattu que notre relation puisse changer, changerait, à n'importe quel moment. Est-ce que les autres le remarquaient quand ils devenaient de plus en plus importants dans la vie de l'autre ? J'avais toujours des soucis à reconnaître l'affection chez les autres. Peut-être que Grigor et moi étions plus proches que je ne le pensais.

— C'était comme si Brinley avait été foudroyé quand il t'a vu.

Ou peut-être que j'étais bercé dans un faux sentiment de sécurité juste avant qu'il ne me tire une balle à l'arrière du crâne, juste comme il l'avait fait avec son ancien boss. Grigor avait la réputation de tomber sur les gens quand ils s'y attendaient le moins.

— Est-ce que tu m'écoutes ? grogna-t-il, et je l'entendis alors, le velours qu'il portait s'amincissant avec son irritation, sa colère barbelée.

— Oui, répondis-je platement.

Il prit une profonde inspiration.

— Comme je le disais, tu n'as pas vu les ravages que tu as causés.

— Que *j'ai* causés ? Je pense que j'étais là, quoi, dix minutes ce jour-là.

— Ce fut suffisant.

— Pour *quoi* ?

— Pour qu'il te voie.

Il voulait vraiment que je l'écoute sur cette chose avec Brinley. C'était important pour moi de comprendre que c'était Brinley qui me voulait là-bas et non Grigor. Il voulait être certain que c'était totalement l'idée du gosse.

— OK, répliquai-je, entrant dans son jeu.

Peu importe de quoi il était question, je le saurais bientôt.

Le bruit qu'il fit était rempli d'exaspération.

— Nous étions tous inquiets que Brinley se soit cogné la tête, mais il s'avéra que non, il avait juste marché en eau profonde.

— Et qu'est-ce que cela a à voir avec moi ?

— Il te regardait, Ceaton, et il ne pouvait rien faire d'autre.

Qu'est-ce que j'étais censé dire ? Je ne pouvais pas vraiment lui dire que j'étais indécis entre penser qu'il essayait de me tuer et penser qu'un gamin quelconque m'avait confondu avec quelqu'un d'autre.

J'étais déjà en train d'avoir le jour le plus bizarre de ma vie.

— Donc, soupira Grigor – exaspéré, je pouvais le voir.

Il était renfrogné et respirait par le nez.

— Tu vas y aller maintenant, veiller sur le fils d'Hardin, et faire en sorte qu'il te laisse rester avec lui et le protéger.

Je n'avais pas fini d'essayer de lui tirer les vers du nez.

— Pourquoi vous n'envoyez tout simplement pas Pravi ou Marko ?

— Parce que, comme je te l'ai déjà dit, tu es le seul qu'il a accepté de voir.

— Mais vraiment, dis-je en baissant la voix, un petit sourire au coin des lèvres. Depuis quand quelqu'un a quelque chose à dire dans les décisions que vous prenez, même si c'est le fils du juge ?

— Depuis que les choses vont dans le sens que je veux.

Et voilà, une autre ride. Parce qu'un Grigor distrait pouvait expliquer n'importe quelle froideur et même Marko penserait que notre boss planifiait quelque chose de sinistre.

Putaindesamère.

— Ferais-tu ça pour moi ?

Je n'avais pas le choix. Grigor était mon boss, et si je voulais garder mon travail, et plus important, ma vie… Je savais quoi dire.

— Ceaton ?

— Bien sûr.

— Bien, dit-il en me tapotant l'épaule. Laisse-moi te donner l'adresse.

V

NAHANT ÉTAIT une petite île au large de la côte ouest de Salem ; en fait, c'était deux îles connectées ensemble et au continent par une chaussée qui avait été construite pendant la Grande Dépression comme l'un des programmes des réformes du New Deal de Roosevelt. J'avais vécu à Boston pendant des années et n'y avais jamais été, malgré que cela soit si près – seulement à un peu plus d'une vingtaine de kilomètres de Back Bay. Mais les affaires de Grigor m'avaient gardé occupé, et depuis qu'il n'y avait pas eu d'ordre pour moi ou aucun des autres gars d'aller à Nahant, je n'avais jamais fait de ce court voyage une priorité.

Le temps était couvert alors que je conduisais : je pris la 1A Nord une fois l'aéroport Logan passé, traversait la ville de Revere en direction de la ville de Lynn. Avant que je n'arrive sur la chaussée menant à Nahant, je m'arrêtai pour déjeuner et me pris une assiette de palourdes farcies et une salade Caesar, le tout arrosé d'un martini vodka parce que je le pouvais et Dieu savait quand j'aurais de nouveau l'occasion de boire de l'alcool. Je n'avais aucune idée de ce que Brinley pouvait bien avoir chez lui. La serveuse m'expliqua que plusieurs films avaient été tournés à Lynn, et que certains avaient même inclus le restaurant. C'était sympa de discuter un peu, et je posai quelques questions au sujet de Nahant.

— Attendez de voir le coucher de soleil là-bas, déclara-t-elle joyeusement. C'est magnifique.

Je lui offris un sourire en retour.

— Que diriez-vous d'un autre verre ?

Cela devrait aller, deux verres avec la carrure que j'avais, le ratio poids-alcool… mais en bonne conscience je ne pouvais pas, et je pris donc un thé glacé pour finir.

— Vous rendez visite à un ami à Nahant ?

Je lui expliquai que mon pote était un étudiant diplômé à Northeastern et qu'il faisait des recherches sérieuses grâce à des subventions aux départements des sciences marines.

— Il a l'air vraiment intelligent.

Oui, en effet.

Une fois que j'eus fini, je m'engageai sur la chaussée, et dix minutes plus tard je traversais une petite ville qui, aussi loin que je pouvais dire, n'avait pas de feux de circulation. C'était étrange de passer de Boston à ça, et je me demandais à quelle vitesse me retrouver dans un endroit aussi petit allait me rendre fou. J'étais un oiseau de nuit ; j'aimais la vitesse et si je devais être honnête avec moi-même, je savais pourquoi. Si tout était toujours flou, je n'avais pas à réfléchir ou à ressentir ou quoi que ce soit d'autre, et j'aimais ça. Si je me concentrais sur ce que je n'avais pas – un foyer, une famille, quelqu'un de permanent – ça faisait mal. Aussi longtemps que j'avançais à la vitesse du son, rien ne pouvait m'atteindre.

Le GPS roucoula alors que je conduisais sur Nahant Road, dépassant le poste de police, la mairie et la bibliothèque quand, après deux ou trois virages rapides, je me retrouvai sur Willow Road, dirigé vers l'adresse d'un charmant cottage avec trois hommes sur le porche.

Après avoir garé mon vieux Land Rover dans l'allée, je sortis de la voiture, me tournai et fus bloqué par le regard sur le visage du plus petit des trois hommes, celui qui s'était avancé jusqu'à la balustrade pour mieux me détailler. Le sourire qu'il me lança était aveuglant, et entre ça et la chaleur rayonnant dans son regard, je me figeai.

Il soupira, et je vis mon nom se former sur ses lèvres même si de là où j'étais je ne pouvais pas l'entendre.

Que diable était-ce encore ?

Levant ma main dans un signe de salutation, je commençai à avancer de nouveau, et il fit trois pas sur le chemin pavé qui menait à la porte d'entrée. Nous nous rencontrâmes à mi-chemin.

— Bonjour, soupira-t-il lorsqu'il m'atteignit, se rapprochant et levant la tête pour pouvoir me regarder en face.

Puisqu'il faisait 1m73, peut-être 1m75, et que je faisais 1m88, il y avait une franche différence de taille à combler.

J'essayai de reculer afin qu'il n'ait pas un torticolis, mais il tendit la main et la resserra légèrement sur mon lourd sweat gris en laine, la partie sur mon torse qui n'était pas couverte par mon caban, pas trop serré, mais juste assez pour me stopper.

— Salut, dis-je doucement, m'accordant à son ton, ne lui offrant pas ma main pour je ne sais quelle raison, sentant que ce serait étrange.

— Merci d'être venu, dit-il, son regard me scrutant comme s'il m'inventoriait. J'apprécie vraiment, mais j'ai changé d'avis.

89

— Pardon ? demandai-je, lançant un regard noir aux deux gars qui nous rejoignirent, tous les deux en jeans avec de lourdes vestes et me souriant aussi.

Brinley lui-même était vêtu d'un pantalon en velours côtelé brun clair et d'un épais gilet en laine beige avec un col châle et des boutons surdimensionnés qui le rendaient plus jeune qu'il ne l'était probablement.

Il déglutit rapidement, laissa retomber sa main, et força un sourire qui n'atteignit pas ses yeux.

— J'ai essayé d'appeler mon père pour lui dire de ne pas te faire venir après tout, mais je n'ai pas pu le joindre.

J'observai attentivement son visage parce que ce n'était pas logique. Pourquoi son père rejetterait ses appels quand il était assez inquiet pour lui à en appeler Grigor ?

— Vraiment, dis-je facilement, ne montrant aucun doute, tout en jetant un regard aux hommes l'encadrant. Vous êtes qui, les gars ?

Celui de droite s'éclaircit la gorge et me tendit la main.

— Je suis Chris Eames, et c'est Tate Cayson. Nous sommes des potes d'école de Todd.

Je hochai la tête, reconnaissant le mensonge. Todd, hein ? Amis, mon cul. Ils ne savaient même pas que Todd était son nom de famille, pas son prénom.

— Qu'est-ce que vous faites ici ?

— Oh, dit Chris joyeusement, nous avons loué un petit cottage que Todd a derrière chez lui, juste après le jardin.

— Vraiment, dis-je à Brinley, qui me regardait avec ses grands et magnifiques yeux brun foncé rayonnant de peur et d'incertitude alors qu'un léger frisson traversait son corps compact.

— Oui, dit-il rapidement, tremblant un peu face au vent.

Ce n'était pas surprenant qu'il ait froid. Le vent soufflait de l'eau glacée et vivifiante et faisait des ravages avec son épaisse crinière noire qui tombait sur d'étonnamment larges épaules. Même s'il était plus petit que moi, avec des traits fragiles et délicats, il était fort avec des muscles serrés et fins. Il était plus un gymnaste qu'un danseur agile.

— Cela va être tellement sympa d'avoir des colocataires.

Est-ce que sa voix pouvait être plus vide que ça ?

— Ah ouais ?

— Absolument.

Je détournai mon regard pour le reporter sur Chris et Tate.

— Donc vous êtes tous ensemble au centre des sciences marines ?

— Ouais, répondit rapidement Chris.

— Vous faites aussi de la recherche ?

— Exactement, intervint Tate.

— Vous étudiez les grands requins blancs, comme Todd ? demandai-je, sortant ça de nulle part, et ayant l'air de dire la chose la plus cool que j'aie entendue dans ma vie.

— Bien sûr !

Je connaissais des gosses qui mentaient mieux que ces deux-là.

— C'est génial, dis-je en me tournant de nouveau vers Brinley. Ça doit être sympa d'avoir des gars avec qui tu vas à l'école ici, hein ?

Il hocha la tête, forçant un autre sourire avant de fermer les yeux un moment, démêlant quelques mèches folles de ses épais cils qui ressemblaient à de délicates plumes noires brillantes sur ses joues pâles. Beau ne rendait pas justice à l'homme ; il était tout simplement éblouissant. Je n'avais aucune idée de comment j'avais pu le manquer aux soirées auxquelles nous avions pu assister en même temps.

— Nous devrions rentrer, dit Chris, glissant une main sur l'épaule de Brinley. On dirait qu'il fait de plus en plus froid.

Brinley ouvrit la bouche pour me dire quelque chose.

— Laisse-moi au moins sortir la nourriture de la voiture que Grigor a envoyée avec moi, bâillai-je, mais tout en restant concentré sur Brinley. Tu sais combien il aime cuisiner, et il n'y a sacrément pas moyen que je fasse le chemin du retour avec. Ça sent déjà assez mauvais comme ça maintenant !

Si Brinley pensait que mes paroles étaient étranges, il ne dit rien, acquiesçant simplement comme si c'était parfaitement normal.

— C'est chaud, expliquai-je. Peux-tu courir à l'intérieur chercher des maniques, et je vais demander à tes potes de m'aider avec les tartes et le pain qu'il a envoyés.

Brinley acquiesça et courut vers la maison. Les deux hommes se déplacèrent de façon à le suivre.

— Salut, claquai-je, ce qui les stoppa. Je voudrais partir d'ici. Ce n'est pas mon idée d'un bon passe-temps, donc pouvez-vous me donner un putain de coup de main ?

C'était logique et j'étais totalement rentré dans leur jeu. Ils me voulaient parti plus que tout autre chose, donc ils se retournèrent pour faire quoi que ce soit qui avait besoin d'être fait.

— La nourriture est à l'arrière, expliquai-je avant de retourner en trottinant vers ma Range Rover. Vous allez devoir faire quelques allers-retours, les gars, Grigor ne fait jamais rien si ce n'est en grand, leur dis-je en faisant en sorte d'avoir une intonation blagueuse alors que j'ouvrais la portière côté passager et prétendais ramasser quelque chose sur le plancher, pendant que je glissais la main dans la poche de mon sac de sport pour récupérer le silencieux Osprey qui correspondait à mon Sig que j'avais maintenant dans l'autre main.

— Il n'a pas vraiment besoin de provisions, insista Chris. Prends juste tout avec toi ; nous devrions vraiment rentrer avant que nous ne devenions tous des glaçons.

— D'accord, acquiesçai-je, puis je tendis le bras et visai.

— Merde ! cria Tate avant que je lui tire une balle dans la poitrine.

J'eus Chris à l'arrière de la tête parce qu'il avait pivoté pour courir.

Je rangeai rapidement mon Sig dans mon étui d'épaule à l'intérieur de mon manteau alors que je voyais Brinley apparaître à la porte, prêt à sortir.

— Désolé, dit-il, haussant la voix afin que je puisse l'entendre à travers la cour. Je ne sais plus où j'ai mis…

— Ce n'est pas grave, dis-je, le stoppant avant qu'il pose un pied sur le porche.

— Est-ce que quelqu'un a crié ?

Je secouai la tête.

— Nope.

— Est-ce que tout va bien dehors ?

— Absolument, lui répondis-je.

— Est-ce que vous avez besoin d…

— Peux-tu faire du thé ?

— Du thé ? demanda-t-il comme si c'était une requête inhabituelle pour un jour froid.

— Ouais.

— J'ai du café. Je ne sais pas si j'ai du thé.

— Peux-tu regarder ?

Il plissa les yeux.

— Ouais, je… qu'en est-il des autres…

— S'il te plaît.

Son sourire était vraiment magnifique, et je le vis soupirer plus que je ne l'entendis. Il ne faisait aucun doute qu'il voulait me faire plaisir, et si c'était en me faisant du thé alors, par tous les dieux, il regarderait.

— Je vais en trouver, ne t'inquiète pas.

— Je ne suis pas inquiet, lui assurai-je.

J'eus droit à un dernier long regard avant qu'il ferme la porte derrière lui, disparaissant de nouveau dans la maison.

C'était une petite rue endormie pendant un frileux dimanche, personne n'était dehors, et pas une âme ne m'avait vu abattre deux hommes de sang-froid, mais quand même, je me dépêchai parce que je ne voulais pas tirer sur ma chance.

Retournant au Range Rover, j'ouvris l'arrière et attrapai la housse de matelas que je gardais enroulée et prête à l'emploi. C'était quelque chose que j'avais appris au fil des ans : la house simple et facile qui protégeait les matelas était bien plus facile à transporter que les lourdes couvertures en laine et beaucoup plus facile à manier que les bâches. De plus, la house de matelas deux places était juste la bonne taille, drapée sur mon épaule, pour porter un homme. Elles étaient faites pour garder un matelas immaculé, protéger de toutes sortes de choses, et elles fonctionnaient comme un charme pour éviter de tacher les vêtements de sang. Marko disait toujours qu'un poncho de pluie faisait la même chose, mais si vous deviez cacher quelqu'un à l'arrière de votre voiture, un poncho ne pourrait pas couvrir toute la zone, là où une house de matelas pouvait être étirée et enroulée autour du corps. Nous avions beaucoup débattu à ce sujet, mais je n'avais jamais été déçu de mon choix. Donc, une fois que je l'eus drapée sur moi, je marchai vers Chris, le hissai sur mon épaule à la manière d'un pompier transportant une victime, et sortis mon téléphone de ma main libre et appuyai sur l'écran.

— Ceaton ?

— Boss, l'accueillis-je alors que je me dirigeais vers le côté de la maison. Brinley veut jouer aux cartes, donc pouvez-vous envoyer Marko et Pravi ici pour que nous puissions faire une partie ?

Il fut silencieux pendant un instant.

— Si tôt ?

— Ouais, répondis-je d'un ton sec parce que, bien sûr, nous ne parlions pas d'une partie de poker.

Mais nous devions utiliser un code quand chaque organisme fédéral écoutait toutes nos conversations. Nous avions mis ça en place il y a plusieurs années.

— Je vais vous les envoyer maintenant. Est-ce que vous avez besoin qu'ils vous apportent quelque chose ?

— Juste les trucs habituels, soupirai-je, parce que le film alimentaire, les sacs-poubelle, la soude et les pelles seraient dans le van quand ils arriveraient. Et peut-être quelques bières.

— Ne t'inquiète pas. Je suis content que tu sois là pour jouer aux cartes avec lui.

— Ouais, moi aussi, lui assurai-je en finissant la conversation et continuant mon chemin autour du jardin de roses qui étaient maintenant en hibernation jusqu'à une cabane à outils.

C'était un bon endroit pour entreposer des corps, donc je balançai Chris dedans, retournai en courant à la voiture et puis empilai Tate sur son pote, les arrangeant pour optimiser l'espace, serrés ensemble, près d'un taille-bordure et quelques bidons de peinture avant de les couvrir tous les deux avec la house de matelas maintenant couverte de taches de sang. Une fois que ce fut fait, je retournai à la maison, faisant un détour pour attraper mon sac de sport à l'arrière de la voiture et la verrouillai.

Je dus attendre une ou deux minutes après avoir frappé à la porte avant que Brinley ne l'ouvre, un sourire penaud aux lèvres et mordant sa lèvre inférieure.

— Je cherche toujours le thé.

— Oh, ce n'est pas grave. Je suis plus un buveur de café de toute façon. J'essaie juste de réduire ma consommation de caféine, donc j'ai pensé – peut-être qu'il a du thé.

— La caféine n'est en fait pas mauvaise pour la santé, m'informa Brinley alors qu'il faisait un pas de côté pour me laisser entrer.

Il jeta un regard par-dessus mon épaule, cherchant les autres avant de sortir sur le porche et de balayer la cour du regard.

— Où sont-ils allés ?

Il avait raison, c'était étrange. La pelouse de devant était petite, se terminant à la petite et pittoresque palissade blanche et à la porte. Sur le côté gauche de la maison était rattaché un garage, sur la droite il y avait un chemin qui faisait le tour de la maison et menait à la cabane à outils à l'arrière – d'où je venais – et le cottage supplémentaire que les gars avaient soi-disant loué. Le jardin de derrière était petit aussi, mais il y avait quand même assez d'espace entre la maison et la cabane pour garantir un peu de vie privée. Cependant, le fait était que tout ceci se tenait sur peut-être mille mètres carrés de terrain, et de là où il se tenait actuellement, il devrait être capable de voir Chris et Tate.

— Est-ce qu'ils sont retournés en ville ?

— Rentre, lui demandai-je.

Il se déplaça rapidement, fermant la porte derrière lui avant de se placer devant moi et de me fixer dans les yeux.

— Alors, je suis le garde du corps, n'est-ce pas ?

— Pardon ?

— Je suis le garde du corps, réitérai-je.

— Oui, je sais ça, mais qu'est-ce que cela a à voir avec la nourriture ?

— Quelle nourriture ? lui demandai-je, lâchant mon sac sur le fauteuil à oreilles près du canapé avant de me retourner vers lui.

— La nourriture dans la voiture.

Est-ce qu'il plaisantait ?

— Il n'y a pas de nourriture. Pourquoi il y aurait de la nourriture ?

Il me fit un sourire énigmatique, incertain mais à la fois amusé.

— Je ne sais pas. Tu es celui qui a dit qu'il y en avait.

— Pourquoi Grigor te cuisinerait quelque chose ? Il ne te connaît même pas.

— C'est pourquoi j'ai trouvé ça étrange quand tu l'as dit, mais je ne voulais pas être grossier, clarifia-t-il. Et puis j'ai pensé que de la cuisine faite maison semblait sympa, donc j'espérais qu'il y en aurait mais maintenant tu dis qu'il n'y en a vraiment pas.

— Non.

— Oh, c'est dommage, dit-il déçu.

Il était étrange.

— D'accord, maintenant écoute…

Son visage s'illumina.

— Sont-ils partis ?

— Quoi ?

— Les agents, insista-t-il. Sont-ils partis ?

Agents ?

— En quelque sorte.

— Comment des gens peuvent en quelque sorte partir ?

— Quand ils ne partent pas, mais que tu ne les reverras jamais.

Il réfléchit à ça, et je pouvais dire la seconde où il en vint à la bonne conclusion.

Ses yeux s'écarquillèrent, sa bouche s'ouvrit dans un « o » parfait de choc et d'incrédulité complète, et son joli teint crémeux, pêche mélangé avec juste un soupçon d'or, devint gris comme la cendre. Quand sa respiration s'arrêta, je sus que nous avions un problème.

— OK, dis-je en même temps que le premier « aah » qu'il lâcha tout de suite suivi par un sifflement. Tiens bon.

Je le pris dans mes bras, un bras passé sous ses genoux, l'autre supportant son dos, je l'amenai au canapé moelleux et l'y installai. Je me précipitai vers la cuisine, fouillai les placards, et trouvai quelques sacs de congélation d'un litre – parce que, vraiment, qui utilisait encore des sacs en papier de nos jours – et retournai vers lui, repliant l'ouverture afin qu'il puisse prendre des respirations peu profondes dans le sac.

Je le regardai pendant plusieurs minutes répéter le processus et il me jeta un regard en coin, s'assurant que je ne bougeais pas. J'étais ravi que son regard ne semble pas effrayé, que je ne sois pas celui qui lui causait l'hyperventilation, mais quand même.

Il leva finalement la tête et me regarda vraiment.

— Tu vas bien ?

— Donc ils sont morts.

— Oui.

— Les as-tu mis dans ta voiture ?

— Non, je les ai mis dans ta cabane à outils.

Il assimila l'information.

— Ils ne peuvent pas rester là ; l'odeur va finir par alerter les voisins.

Son calme me faisait un peu flipper.

— J'ai quelques-uns de mes associés qui vont venir les récupérer.

— Des gens en qui tu as confiance ?

— Absolument, oui.

— Et tu ferais pareil pour eux ? Se débarrasser de cadavres ?

J'acquiesçai.

Il réfléchissait de nouveau, pesant les choses dans sa tête, je pouvais le dire.

— Est-ce que tu vas t'évanouir ?

Il eut une mine renfrognée immédiate.

— C'est une question raisonnable. Les choses semblaient un peu hasardeuses pendant une seconde.

96

— J'étais juste surpris. Tu étais très décontracté quand tu me l'as dit. En effet.

— J'ai l'habitude.

— Eh bien, tu devrais prendre ton audience en considération.

Cela n'aurait pas dû être amusant de l'écouter me remonter les bretelles, mais ça l'était et j'aimais ça, et je l'aimais bien.

— Pourquoi n'as-tu pas peur ?

— De quoi ?

— De moi, pour commencer ?

Il prit mes mots en considération, m'observant.

— Tu es ici pour me protéger, n'est-ce pas ?

Je l'étais, en effet.

— Oui.

— Bien, alors, dit-il calmement, les rides dues au rire qui s'étaient formées au coin de ses yeux se plissèrent.

Il était facile d'être avec Brinley, de façon tout à fait désarmante. Je me levai pour essayer de créer un peu de distance.

— Où vas-tu ?

Je marchai jusqu'à la fenêtre et regardai le terrain qui s'étendait sous mes yeux. Puisqu'il n'y avait pas de feuilles sur les arbres, depuis son salon je pouvais voir des quais et le port Boston à l'horizon.

— C'est Tudor Wharf, expliqua-t-il de là où il était assis, parce que même s'il n'avait pas bougé, il était, de toute évidence, familier avec la vue.

— Peut-être que je regardais autre chose, dis-je, juste pour être contradictoire.

— Et pourtant c'est ce que tu regardes.

Me retournant, je croisai les bras alors que je le prenais en considération.

— Tu as des questions.

— Exact. Je veux savoir ce que ces gars t'ont dit.

— Ils ont dit qu'ils étaient du FBI et qu'ils étaient là pour me protéger.

— Et tu leur as dit à mon sujet ? Que je venais ?

— Oui. J'ai dit que je n'avais pas besoin de leur protection parce que tu allais arriver.

— OK, et qu'ont-ils dit sur ça ?

— Ils ont dit que quand tu arriverais je devrais te dire de partir.

Je hochai la tête.

— Est-ce qu'ils t'ont montré leurs badges ?

Il plissa les yeux alors qu'il essayait de se souvenir.

J'aurais grogné, mais cela aurait été grossier.

— Sérieusement ?

Tout d'abord il grimaça, suivi d'un rapide haussement d'épaules et puis il se leva et se dirigea vers moi pour s'arrêter à seulement quelques mètres de distance. J'étais surpris quand il ratissa longuement du regard mon corps de haut en bas, allant si lentement que je ne pouvais pas manquer son intérêt.

— Eh, claquai-je irrité que nous ne nous soyons pas rencontrés dans un club où j'aurais pu faire quelque chose à propos de cette attirance.

J'étais en train de travailler – je devais le protéger – donc le plaquer sur la table de sa cuisine était hors de question.

— Désolé, quoi ?

Le subtil rougissement de ses joues était très sexy. J'avais la presque irrépressible envie de l'embrasser, et ce désir m'emmerdait royalement – il n'y avait rien que je puisse faire à ce propos – donc je lui aboyai dessus.

— Tu demandes *toujours* à voir le badge.

— Tu le fais ? Je veux dire, la plupart des gens font ça ?

— Bien sûr !

— Oui, mais c'est en quelque sorte grossier, n'est-ce pas ? De questionner ? De se méfier des gens ? Ça vous met directement sur un mauvais pied, tu ne penses pas ?

— Non, je ne pense pas, répliquai-je tendu. Tu dois toujours demander. Tout agent de la loi s'attend à ce que tu le fasses, à moins que tu ne voies déjà leurs badges.

Il hocha la tête.

— OK, je promets de vérifier à partir de maintenant.

Mon Dieu, il était mignon.

— Avec la chaîne sur la porte, ordonnai-je.

— Absolument, dit-il en me souriant largement. Donc, tu me parlais d'être mon garde du corps ?

Mais quelque chose me revint brusquement.

— Je pensais que tu étais effrayé tout à l'heure, mais tu ne l'étais pas, n'est-ce pas ?

Il grimaça.

— Pourquoi aurais-je peur ? C'était des agents du FBI.

— Alors quel était le problème ?

Il mordilla sa lèvre inférieure et évita mon regard.

— Brinley ?

— Brin, me corrigea-t-il.

Il se reconcentra sur moi pendant une seconde avant de se détourner de nouveau. Il s'empêchait visiblement de faire un autre pas vers moi.

— Juste… Brin.

— Quel était le problème alors, Brin ? essayai-je encore.

Il releva les yeux et je plongeai dans le velours brun chauffé par le soleil de son regard. Le réconfort que j'y voyais et qu'il était prêt et disposé à donner me fit serrer les dents. Il était immobile, et je ne pouvais pas m'empêcher de le fixer.

— Je ne voulais pas que tu partes alors que tu étais enfin ici.

Il y avait une histoire là-dessous. Nous ne nous étions jamais rencontrés – pour autant que je sois au courant – mais il se comportait comme si c'était le cas. Avant que je ne déterre ce mystère, cependant, je devais lui faire comprendre les risques. Il devait être beaucoup plus prêt et conscient qu'il ne l'était actuellement.

Je m'éclaircis la gorge.

— Alors, ils étaient là pour te tuer, n'est-ce pas ?

— Qui ?

— Ces deux gars.

— Les agents du FBI ?

Je secouai la tête.

— Ce n'étaient pas des agents du FBI. Je n'aurais pas eu à les tuer si c'étaient réellement des agents.

— Qui étaient-ils ?

— Je pense qu'ils travaillaient probablement pour Anton Djordjevic.

— Et qui est-il ?

— C'est le gars qui est actuellement engagé dans une lutte de territoire avec mon boss.

— OK.

— OK ? dis-je d'un ton rauque, devenant de plus en plus agité par l'apparente légèreté avec laquelle il prenait sa situation à risque. Ça te va que tu as presque été tué ?

— Je n'ai pas été près d'être tué ; tu étais là, donc je n'étais pas vraiment en danger.

Il était vraiment dédaigneux avec la menace contre sa vie.

— Tu es affreusement confiant.

— Es-tu ou n'es-tu pas mon garde du corps ?

99

— Ouais, mais ça ne veut pas dire que tu ne cours aucun risque en ce moment.

Il sembla perplexe, je le vis à la manière dont il fronça les sourcils, ce qui était mignon de dix manières différentes, comme un lapin confus, et à sa bouche qui eut un mouvement étrange sur le côté.

— Est-ce que tu m'écoutes ? demandai-je, commençant à me mettre en colère à nouveau.

C'était dingue. J'étais toujours calme, imperturbable, mais avec Brin, le regardant, cela me rendait anxieux. Déjà, si rapidement, d'une quelconque façon, je m'étais déjà assez attaché pour que je ne veuille pas le voir être blessé.

— Eh bien, à l'évidence, oui, m'apaisa-t-il, riant doucement. Mais je ne comprends pas.

— Je pense que si.

— Non, soupira-t-il en secouant la tête.

— Ces deux gars dont je me suis occupé étaient ici pour te tuer, lui soulignai-je d'une voix sévère, sentant mes sourcils se froncer et la tension dans mon front.

Il était si délicat et gentil et… juste penser à lui en sang me faisait mal à l'estomac.

Il croisa les bras alors qu'il me regardait.

— Mais vraiment, ce n'est pas logique.

— Quoi ?

Pris au dépourvu, ma réaction, aussi petite qu'elle soit, et combien je semblais être surpris, m'emmerda royalement. J'avais besoin de rester stable, ancré, mais pour je ne sais quelle raison il foutait le bordel dans mon équilibre. Et oui, il était beau – tellement beau – mais la beauté ne me stupéfiait pas normalement, donc quelque chose d'autre se passait.

— Je ne suis pas si important, m'assura-t-il en se rapprochant, respirant profondément, inhalant mon odeur naturelle alors qu'il tendait la main pour toucher l'ourlet de mon sweat.

J'aurais dû l'éloigner de moi ou mettre un peu de distance entre nous mais… je ne pouvais pas. Je ne voulais pas. Tout en cet homme était attirant. Son sourire, la courbe de ses lèvres délectables, la lueur espiègle dans son regard, le doux et sensuel timbre de sa voix, ses longs et épais cils, et le son rauque de son rire.

C'était quoi ce bordel ?

— Je parie que tu es couvert de muscles, n'est-ce pas ?

— Quoi ?

— Toi, ronronna-t-il, sous ces vêtements… je parie que tu es délicieux.

Délicieux ? Bordel.

— Rends-moi service et assieds-toi, veux-tu ? râlai-je.

Sans que j'insiste plus, il retourna vers le canapé et se laissa tomber dessus. J'allais prendre le fauteuil à oreilles, mais il tapota la place à ses côtés.

— Je serai très bien ici.

Il secoua la tête, ses yeux chaleureux alors qu'il me regardait.

Enchanteur fut le mot qui me vint à l'esprit. Pour je ne sais quelle raison, cet homme m'avait ensorcelé.

Une fois que je me fus assis, il se tourna pour me faire face, repliant à moitié sa jambe, faisant glisser son genou contre la partie extérieure de ma cuisse avant qu'il ne cale son mollet contre moi. J'allais bouger, lui donner un peu de place, mais il enroula son élégante main aux longs doigts autour de mon poignet et m'offrit un doux et rassurant sourire, concentré et prêt à entendre tout ce que j'avais à dire.

— Tu es étrange, lui fis-je part de mon opinion sur lui.

— Ou peut-être qu'en fait personne ne t'a jamais donné son attention complète. Est-ce que tu as déjà réfléchi à ça ?

Je n'y avais pas pensé, non.

— Tu ne ressembles pas à un diplômé, dis-je pour essayer de briser le sort qu'il m'avait jeté.

— Oh ?

Je haussai les épaules.

— À quoi je ressemble alors ?

— J'sais pas. Je devais prendre le temps d'y réfléchir une minute. Une rock star ou un truc comme ça.

— Vraiment ?

Ses yeux s'illuminèrent et le tourbillon d'or pailleté dans le somptueux cognac était quelque chose à voir.

— Qu'est-ce qui te fait dire ça ?

Je fis un vague geste de la main vers lui.

— Je ne m'attends pas à ce qu'un gars intelligent te ressemble.

Cela semblait stupide, embarrassant, et je racontais n'importe quoi, mais c'était vrai. Il n'était *pas* ce à quoi je m'attendais, pas du tout le binoclard que j'avais imaginé.

— Dans quel sens ?

— Je ne sais pas… tes cheveux.

— Qu'en est-il ? taquina-t-il.

— Ils sont longs.

— Plus longs que les tiens, oui, acquiesça-t-il, mais je ne pense pas que quelqu'un me laisserait faire partie d'un groupe de cheveux des années 80.

Non, en effet. D'aussi près, ses cheveux étaient épais et brillants avec juste assez de boucles pour qu'ils ne restent pas à plat. Ils étaient aussi sauvages et indisciplinés, ce qui donnait une estimation de l'homme lui-même. Il n'était pas ce à quoi je m'attendais, pas collet monté, gâté, guindé et coincé. Il y avait une insouciance séduisante chez lui qui avait besoin d'être protégée.

— Ceaton ?

Ennuyé de ma réaction face à lui, j'étais bourru quand je parlai.

— Parle-moi de ce que tu étudies.

— Vraiment ?

Son sourire était contagieux.

— Oui.

— J'étudie les homards.

Il devait y en avoir plus que juste ça. Et le fait que je voulais savoir, que cela m'importait un minimum, était stupéfiant. Je ne creusais jamais la question, mais pour lui je le ferais.

— Quoi ?

— Je ne suis pas stupide. Tu peux en dire plus que ça.

— Je n'aurais jamais pensé une telle chose ! m'annonça-t-il comme si je l'avais horrifié, en agrippant ma main, son expression remplie d'inquiétude.

— Alors, insistai-je.

Il s'éclaircit la gorge.

— Eh bien, j'étudie les effets des changements climatiques sur les maladies du homard. Par exemple, il se pourrait que la bactérie qui cause les maladies liées à la coquille prolifère quand les eaux sont plus chaudes. J'étudie aussi l'effet de la fonte des glaces qui engendre moins de mélange d'oxygène et de nutriments, en particulier plus bas dans la colonne d'eau, ce qui veut dire moins de plancton et la proie du homard en dépend, donc moins de nourriture pour les homards.

— OK, dis-je en lui souriant, cajolant, hochant la tête lentement et relevant mes sourcils. Et ? Il y a plus que ça ?

— Tu veux vraiment… oh, OK.

Il toussota et rougit, et c'était vraiment mignon.

— Eh bien, alors, il y a eu des recherches de faites sur ce problème dans le Maine, et je reproduis ça plus dans le sud.

— D'accord.

— Aussi, ici, parce qu'ils posent des casiers, les homards mangent trop de poisson, ce qui augmente la prolifération des bactéries qu'ils transportent, ce qui en conséquence les rend d'autant plus malades. Et si les zones de casiers ont des homards qui sont déjà sous pression à cause de ça, alors le truc sur le climat peut être d'autant plus difficile pour eux, conclut-il parce que c'était la prochaine étape logique.

— Oui, acquiesçai-je, et j'entendis un soupir de plaisir.

— Je pourrais me pâmer si tu écoutes vraiment, que tu as une opinion et que tu arrives à suivre.

— C'est vraiment impressionnant, dis-je honnêtement. Tu es vraiment impressionnant.

— Je le suis ? chuchota-t-il.

— Très.

Sa respiration se coupa.

— Est-ce que tu es payé pour faire ça ? demandai-je, aimant la façon dont ses cils papillonnèrent quand je pris sa main dans la mienne.

— Je… Je… oui. Ce sont des recherches subventionnées post-doctorat.

— Donc tu as déjà ton doctorat.

— Oui.

— C'est *vraiment* impressionnant. Quel âge as-tu ?

Il s'éclaircit la gorge.

— J'ai trente ans.

— Réellement ?

— Je ne fais pas trente ans ?

Il avait l'air à bout de souffle alors qu'il me regardait dans les yeux.

— Tu sembles avoir à peine l'âge légal.

— Pour boire ou pour voter ?

J'eus un petit rire.

— Pour boire.

— Oh Dieu merci, j'ai pensé que tu allais me dire que je ressemblais à un ado de dix-huit ans.

103

— Pas vraiment aussi jeune, mais c'est mieux d'avoir l'air plus jeune que plus vieux.

— Dit l'homme qui semble avoir, quoi, vingt-cinq ans, je suppose ?

— J'ai trente-deux ans.

— Parfait, murmura-t-il dans sa barbe, donc je prétendis ne pas l'avoir entendu.

— OK, maintenant, écoute…

— Tu sais, quand je suis allé faire mon tatouage en Californie, personne dans la boutique n'a demandé à vérifier ma carte d'identité, m'expliqua-t-il en enlevant son gilet et en me tournant le dos, soulevant la manche de son tee-shirt pour que je puisse voir le tatouage qui courait le long de son bras gauche de son épaule à son poignet. Donc je devais sembler assez vieux pour Ichiro Tokugawa, hein ?

— Qui ?

— Mon tatoueur.

Putain, mon petit doctorant se révélait être plein de surprises. D'abord il était magnifique, spontané et n'avait pas peur de dire ce qu'il voulait, et maintenant tatoué.

C'était une magnifique encre en noir et gris, ombragée et complexe, et elle était magnifiquement posée sur sa peau couleur pêche saupoudrée d'or pâle en dessous. Pour voir le tatouage complet, il devait retirer son tee-shirt, et puisque cela n'allait pas se produire tout de suite – à mon grand regret – là où il maintenait sa manche en coton me permettait de voir la tête d'un corbeau et ses ailes qui, d'après l'angle et la taille de l'oiseau, devaient se propager sur sa poitrine et sur son dos. C'était stupéfiant, l'attention au détail était incroyable, et je me demandai combien de temps quelque chose d'aussi beau avait pris à faire. Mais je devais le ramener sur la tâche en cours, qui était à propos de sa vigilance.

— Brin, j'ai besoin que tu…

— Je veux te parler, te connaître, implora-t-il, son regard sur moi. Juste un peu, juste pendant un moment.

Nous tiendrions une conversation légère avec des balles volant autour de nous si je n'arrivais pas à le faire se concentrer sur la tâche à accomplir.

— J'ai vraiment besoin que tu…

— Tu ne veux pas en savoir plus sur le tatouage ?

Si, je le voulais, c'était le problème.

— Oh, s'exclama-t-il de surprise, excité. J'ai vu ce regard, tu veux *vraiment* discuter avec moi.

— Je...

— Demande-moi simplement, implora-t-il.

Je soupirai lourdement.

— Que signifie le corbeau ?

— Il représente les pensées, rayonna-t-il.

Je hochai la tête.

— C'est la mythologie nordique, n'est-ce pas ? Hugin est l'un des corbeaux d'Odin.

— Oui, dit-il, souriant très largement. Et ensuite, en dessous j'ai mon Spartiate.

Le profil d'un guerrier était là sur son bras, puissant, ferme, avec un casque et une cuirasse, tenant sa lance, et je me demandai ce qu'il essayait d'évoquer avec ça.

— Je me sentais comme si, commença-t-il doucement, je voulais rester sur le bon chemin et ne pas être distrait de mon objectif.

— En regardant cette maison, cependant, songeai-je, regardant autour de moi, tu ne manques pas de confort matériel, non ?

— En effet.

— Donc, qu'en est-il du Spartiate ?

— Je pense que c'est principalement un rappel de rester concentré et sérieux.

— C'est logique, acceptai-je, avec toutes tes études.

— Oui.

— Et ensuite, bien sûr, ton homard ici en bas, dis-je en le pointant du doigt, qui ressemble à une de ces gravures sorties d'un très vieux manuel ou quelque chose comme ça.

— Ce qui est exactement ce que c'est, réfléchit-il en relâchant sa manche, se rapprochant de moi alors qu'il passait les bras dans les manches de son gilet et l'enfilait. J'ai fait le tatouage quand j'ai eu mon doctorat, et le homard en particulier représentait cette réussite pour moi.

— Ce qui est intéressant parce que le tatouage ne semble pas doctoral du tout, dis-je joueur, en me penchant sur le dossier du canapé, me mettant à l'aise... et puis me redressant comme un piquet, rigide et droit.

Je devais être sur mes gardes – nous n'étions pas en rendez-vous romantique.

— Mais de cette façon les étudiants peuvent plus facilement se lier à moi, divagua-t-il en ignorant mon soubresaut.

— Donc est-ce la véritable raison pour laquelle tu l'as fait ? demandai-je, continuant la conversation bien qu'un peu plus prudemment.

— Non, répondit-il, glissant sa main gauche sur ma cuisse.

— Non ?

— Je l'ai fait parce que c'était à propos de moi devenant un adulte.

— Oh ?

— Quoi ? taquina-t-il. Tu ne penses pas que je suis une personne mature et responsable ?

— Je ne te connais pas assez bien pour le dire.

— C'est juste, concéda-t-il, levant son autre main vers mon visage, retraçant de ses doigts ma mâchoire, délicatement, avec révérence.

— Combien de temps ça a pris à faire ? dis-je, ignorant le fait qu'il me touchait, incertain si lui demander ce qu'il faisait provoquerait une réponse ou l'arrêterait, aucun des deux n'étant une bonne alternative.

Il avait besoin de protection, ce qui signifiait que j'avais besoin d'avoir l'esprit clair, mais me débarrasser de lui n'était pas ce que je voulais.

Il réfléchit pendant un moment.

— Au total, vingt-quatre heures, mais j'ai attendu un mois entre laisser le corbeau cicatriser et faire le Spartiate et le homard.

— Le corbeau a dû être vraiment douloureux à faire avec toutes les plumes détaillées qu'il a.

— Oui, ça l'était, dit-il en soupirant. Mais il y a plus.

— De quoi tu parles ?

— Il y a plus de tatouages, juste des mots, de courtes phrases vraiment, mais j'ai besoin d'enlever mes vêtements pour que tu les voies.

Ce n'était pas du tout professionnel de lui dire de me montrer – même si s'asseoir et discuter ne l'était pas non plus – donc je ravalai ma requête alors que je me tournais vers lui. Le changement dans ma position n'était pas énorme, mais quand je le fis, il bougea en même temps, se rapprochant. Je finis presque avec lui sur mes genoux.

L'étincelle d'électricité qui suivit le mouvement débuta dans mon ventre et se répandit rapidement dans ma poitrine et mon entrejambe.

Que diable se passait-il ?

Pas une seule fois dans ma vie je n'avais réagi à quelqu'un de la manière dont je le faisais avec Brinley Todd. Je n'avais jamais eu le souffle coupé par un toucher, n'avais jamais senti ma gorge se serrer et une palpitation de ma queue, n'avais jamais une seule fois pensé « je veux embrasser et goûter cet homme » avec l'espoir de coucher avec lui et non une priorité. Toujours, avec moi, si j'étais intéressé, il était question d'assouvir un besoin, pas de passer du temps avec quelqu'un, pas de discuter ou de prendre soin ou de découvrir. Je voulais ça, je l'espérais, me demandais si les choses comme ça arrivaient réellement aux gens, et maintenant… au pire moment possible… je faisais face à la réalisation que oui, cela arrivait certainement.

— Putain de merde, grognai-je.

— Excuse-moi ?

— Juste…

— Je n'aime pas que les gens envahissent mon espace personnel, dit-il pour s'expliquer.

Ce n'était pas logique.

— Quoi ?

— Cela me rend nerveux.

— Donc, ceci te rend nerveux alors ?

Rapide secousse de la tête.

— Alors pourquoi tu dis ça ?

— Pour que tu saches que ce n'est pas normal, admit-il avant de lécher ses lèvres lentement, puis de déglutir une fois, deux fois, comme s'il rassemblait son courage. Pour moi. Ceci n'est pas normal pour moi.

— Toi aussi ?

Il expira brusquement, soulagé, ses épaules retombèrent, souriant, ravi.

— Je t'apprécie.

— Je t'apprécie aussi, admis-je à contrecœur.

— Ouais ?

— Difficile de ne pas le faire.

— Oh, c'est bon à entendre.

— Mais écoute, je suis supposé veiller sur toi, OK ? Pas essayer de trouver un moyen de savoir comment je vais réussir à t'enlever tes vêtements.

— Tu n'as pas besoin de chercher un moyen. Je vais juste prendre les devants et les enlever pour toi.

— Ça n'aide pas. Et c'est de loin la conversation la plus étrange que j'aie jamais eue.

Il bougea le revers de mon caban et pointa du doigt mon Sig.

— L'arme est chaude.

— Elle ne l'est pas. Même si je l'ai utilisée…

Il eut un rire narquois.

— Oh.

J'étais un *idiot*.

Il haussa rapidement plusieurs fois les sourcils.

— Tu veux dire… Merde… Je sais ce que tu veux dire.

Il rit et, mince, c'était un bon son.

— Écoute, je devrais…

— Enlever ton manteau et rester un moment ? suggéra-t-il en le poussant hors de mes épaules. Oui, je suis d'accord.

Ne voulant pas être emmêlé dans mon manteau si quelqu'un franchissait la porte d'entrée, je le laissai m'aider à l'enlever puis je le regardai alors qu'il le pliait à moitié et le drapait sur le dos du canapé avant de se tourner de nouveau vers moi.

— Je suis inquiet que ça – quoi qu'il se passe entre nous – va te rendre stupide et moi lent, et je ne veux pas que ça arrive.

— OK, accepta-t-il sérieusement. Comment penses-tu que nous allons le faire ?

— Quoi ?

— Comment vont-ils nous attaquer ? Un assaut frontal ?

— Est-ce que tu sais même de quoi tu parles ?

— Je suppose qu'ils vont conduire jusque devant la maison, non ?

— Oui. Probablement.

— OK, bien, dit-il gaiement. Parce que de là où nous sommes, du canapé, nous pouvons voir tout le terrain et même jusqu'à la plage, donc… nous pouvons y aller.

— Pouvoir aller…

Il me pressa contre le canapé alors qu'il grimpait sur mes genoux, chevauchait mes hanches, et me fixait dans les yeux.

— C'est ton idée de la sécurité ? demandai-je.

— Non, songea-t-il, étudiant mon expression, semblant épancher sa soif rien qu'à ma vue. C'est mon idée d'être aussi bien que possible jusqu'à ce que tout ça soit fini.

— Et pourquoi devons-nous choisir autre chose que ta parfaite sécurité ?

— Parce que, murmura-t-il, toi et moi avons besoin de passer l'étape des rendez-vous.

— As-tu perdu…

Mais avant que je ne puisse dire quelque chose de plus, ne désamorce la situation, ne me lève, ne m'éloigne ou ne mette un peu de distance entre nous, il prit mon visage entre ses mains, pencha ma tête en arrière et m'embrassa.

J'étais un homme effrayant avec une dangereuse réputation, et normalement les hommes étaient au courant de ça et fascinés. Un aspect du fait d'être avec moi – m'avait-on dit – attirait les casse-cous. Quand j'entrais dans un bar ou un club et que les hommes entrapercevaient mon arme dans son étui d'épaule, me voyaient secouer la main avec des bleus aux articulations, ou me suivaient jusqu'à un coin tranquille et m'apercevaient en train de vérifier mon couteau attaché à mon mollet, ils étaient fascinés par leur propre mise en danger. J'étais menaçant, clairement capable de les démembrer mais porté sur la séduction à la place.

C'était hâtif, et je partais quand c'était fini, et jamais je n'étais resté après, même quand on me le demandait. J'étais le roi des aventures d'un soir, et j'avais toujours, systématiquement, initié le contact. Tout se déroulait toujours selon mes termes. J'étais trop costaud, trop létal pour que ce soit d'une autre manière.

Jusqu'à maintenant.

Jusqu'à ça.

Jusqu'à lui.

Ses mains étaient agrippées à mes cheveux pour faire en sorte que je n'aille nulle part alors qu'il plaquait sa bouche sur la mienne et glissait sa langue le long de mes lèvres, jusqu'à ce que j'ouvre la bouche pour lui.

Un grondement rauque lui échappa alors qu'il se faufilait à l'intérieur, crochetant nos bouches ensemble, se tortillant contre moi jusqu'à ce que son aine soit collée à mon abdomen – aussi proche qu'il pouvait l'être en ayant toujours ses vêtements – enroulant ses bras autour de mon cou alors qu'il suçait ma langue et essayait de ramper dans ma gorge.

Il m'embrassa à m'en couper le souffle.

Je devais le faire descendre, le repousser, lui expliquer qui et ce que j'étais, mais jamais dans ma vie je n'avais goûté quelque chose d'aussi doux que l'homme dans mes bras. Il m'intoxiquait, me consumait, et quand il se retira pour prendre une bouffée d'air, j'étais renversé par le regard dans ses yeux sombres.

Il ne voulait pas seulement baiser avec moi ; il me revendiquait.

J'aurais dû m'enfuir. J'aurais dû partir en courant de la maison et dire à Grigor de faire venir quelqu'un d'autre, peu importe ce que Brinley voulait. Il était de toute évidence vraiment perdu sur qui j'étais.

— Je sais très exactement qui tu es, dit-il, comme s'il pouvait lire mes pensées, avant qu'il m'embrasse à nouveau, et j'oubliai pourquoi j'essayais de me sortir de là.

Prenant son cul à pleines mains, je le tirai vers l'avant, incapable d'arrêter le roulement de mes hanches, ayant besoin du frottement, du broyage, mon appétit pour lui retentissant comme le tonnerre dans mon sang.

Je n'avais aucune idée que les universitaires, les scientifiques pouvaient embrasser comme ça. Sa bouche était chaude sur la mienne et il mordillait ma lèvre inférieure, tirant juste assez pour me faire ouvrir la bouche pour qu'il puisse y glisser sa langue de nouveau, attisant et l'emmêlant à la mienne, et son gémissement, bas et avide, était vraiment sexy quand je dus me retirer pour reprendre de l'air. Il essayait de se tortiller pour se rapprocher, et entre le regard endormi dans ses yeux et son murmure rauque et implorant, j'étais à deux doigts de le prendre là, tout de suite.

— Stop, ordonnai-je, le repoussant, essayant de me ruer hors du canapé, ayant besoin de distance, d'air et d'avoir mon corps sous contrôle.

Brin bougea comme une anguille entre mes mains, se tordant, poussant, prenant avantage de moi qui essayais de me relever alors qu'il essayait de me repousser dans le canapé, perturbant mon équilibre ; je finis au-dessus de lui, mon poids l'épinglant sous moi sur le canapé.

— Oh, ça marche aussi comme ça, ronronna-t-il, levant la tête pour reprendre ma bouche, me coupant le souffle avec la force de son besoin.

Je sentis le baiser grésiller le long de ma colonne vertébrale, m'électrisant, s'y implanter, et faire naître en réponse une chaleur en moi encore une fois. Je le voulais tellement.

— Allez, viens dans mon lit, dit-il d'une voix rauque entre deux baisers, ses mains se baladant sur tout mon corps, appuyant pendant une seconde puis tirant la suivante, me voulant nu.

Prenant son visage entre mes mains, j'essayai de briser le baiser, mais ses dents accrochèrent ma lèvre inférieure donc je ne pouvais pas. Quand je le regardai, il me mordit durement.

Finalement, je lui pinçai le flanc, et il rit et me relâcha. Même si j'essayais de ne pas le faire, je finis souriant à regarder ses yeux brun dansant.

— Est-ce que tu te jettes sur tous les gars qui viennent dans ta maison ? l'accusai-je.

Il secoua la tête alors qu'il se tortillait sous moi, arquant son dos, essayant de me faire bouger entre ses cuisses et non pas sur elles.

— Est-ce que tu sais qui je suis ?

— Oui, acquiesça-t-il, ses yeux pas sur moi, mais sur ma bouche. Je sais exactement qui tu es.

Je n'avais jamais été embrassé comme ça dans ma vie, et je voulais vraiment le faire à nouveau, mais j'avais besoin d'aller au fond des choses.

— J'ai besoin de te parler, et si tu continues de me toucher, je ne peux pas me concentrer.

— Je pense que ce n'est pas une si mauvaise chose, répliqua-t-il avec aisance.

J'essayai de bouger mais il glissa ses mains autour de mon cou et fit passer sa jambe par-dessus ma cuisse. Je devrais lui faire mal pour qu'il me lâche.

— Tu ne penses pas...

— Fais-moi sentir ton poids. Allonge-toi.

Il n'avait aucune idée d'à quel point je voulais ça.

— Tu me déconcentres, maugréai-je d'une voix enrouée, et tu vas finir par être blessé.

— Le seul qui peut me blesser c'est toi.

— C'est un adorable sentiment, mais ce n'est pas vraiment le cas.

— Je ne suis pas de ton avis, gémit-il doucement.

C'était difficile de ne pas regarder ses sombres lèvres.

— Rapproche-toi juste un peu plus.

Je grognai, et ce profond, rauque et décadent rire fit palpiter ma bite.

— Oh, j'ai senti ça, dit-il en frissonnant. Tu me veux.

— Je devrais être mort pour ne pas te vouloir.

Et pourquoi, sur tout ce qui existe sur terre, cela le faisait rire, je n'en avais aucune idée.

Le martèlement sur la porte d'entrée me fit attraper mon arme alors que je restais penché au-dessus de lui en appui sur un bras. Cela ne pouvait pas être Marko et Pravi. Ils n'auraient pas frappé. Quelqu'un d'autre était sur le porche à l'entrée.

— Ne t'inquiète pas, me calma-t-il en murmurant. Ils sont là pour moi, mais ils seront partis dans une seconde. Reste juste silencieux.

Je l'observai, et il souriait largement et hochait la tête alors que le martèlement devenait de plus en plus insistant.

— On sait que t'es là, Brin, et nous ne voulons pas partir non plus, c'est une question d'argent, enfoiré, donc sors de là, putain !

Il grogna sous moi, et je ne pus m'empêcher de sourire.

111

— Tu te caches de gars que tu connais ?

— Je ne me cache pas, dit-il sans faire de bruit.

J'eus un rire narquois, me déplaçant sur lui alors qu'il devenait inerte de défaite sous moi. Je me relevai du canapé, marchai jusqu'à la porte d'entrée et l'ouvris.

Les trois hommes firent un pas en arrière en même temps. Ils portaient tous différentes étapes de ce que je pouvais considérer comme étant des vêtements habillés, mais les combinaisons étaient étranges. Par exemple, l'un d'eux portait une veste en velours côtelé avec des pièces en daim aux coudes et un nœud papillon. Un autre était tout en noir – chemise, veste de costume, cravate – ce qui était un peu strict pour le milieu d'après-midi. Et rien n'était bien adapté. La chemise était un peu serrée, comme démontré par l'écart entre les boutons, la cravate était trop lâche, et la veste de costume était suspendue sur ses épaules comme s'il l'avait peut-être empruntée à son père. Le dernier gars semblait mieux que les deux autres, si ce n'était pour le sweat sous la veste de costume et la fine cravate avec des poissons roses. Ils formaient un groupe étrange, ici, dans le froid.

— Bonjour, dit Cravate de Poissons, me regardant de haut en bas. Nous sommes là pour voir Brinley.

Je me décalai afin qu'il puisse voir à l'intérieur du chaleureux cottage en bord de mer.

— Allez-y sans moi, se plaignit Brinley depuis le canapé. Je serai juste derrière vous.

— Foutaises, cria Veste de Papa. Juste parce que ta recherche est subventionnée ne signifie pas que nous autres n'avons pas besoin de parrain ou de donateur, et tu sais aussi bien que moi que tout le monde est censé être présent !

— Je...

— Il a besoin de se changer, interrompis-je avant que Cravate de Poissons rejoigne le concert de cris. Et nous serons juste derrière vous, je vous le promets.

Les trois me regardèrent, me jaugèrent, et puis se tournèrent et descendirent les escaliers, traversèrent la cour avec les chênes, les pins de Norfolk et les grands ormes les plus proches de la maison. Fermant la porte, je me retournai et vis le sourire déconcerté sur le visage de Brinley.

— Qui diable sont ces gars ?

Il fit un bruit étranglé.

— Des diplômés dans mon département, m'expliqua-t-il, me souriant largement. Il y a plus à ton propos que ce que tu présentes, hein ?

— Ouais.

Son étrange sourire se mua en un intense sourire lubrique.

— Reviens par ici.

— Nuh-uh, lève-toi.

— Ils t'ont totalement cru, dit-il en m'ignorant. Je n'ai jamais réussi à les faire partir comme ça. Je finis toujours par devoir…

— Nous partons, allez.

Il fit instantanément un air renfrogné à mes paroles.

— Non, non, non, je suis sur le point de me faire baiser.

— C'est vrai ?

Il me pointa du doigt.

— Tu as répondu à mon baiser.

J'eus un petit rire.

— Ouais, j'ai répondu. Je n'aurais pas dû, mais je l'ai fait.

— Oui, et tu as bien fait. Tu as aussi besoin de comprendre que tu peux être à la fois protecteur et possessif.

— Vraiment ?

Il acquiesça.

— Oui. Et j'ai foi en toi. Je pense que tu es multitâche. J'ai pu le dire dès que je t'ai vu.

— Tu as pu, hein ?

— Uh-huh. Et je dis que tu peux prendre soin de moi *et* avoir tout de moi en même temps.

Bon Dieu, il n'était pas facile à gérer. Mais j'étais déjà allé trop loin, trop fasciné pour freiner et lui dire non.

— Dis-moi que tu n'es pas un fétichiste des gardes du corps.

— Je ne suis pas un fétichiste des gardes du corps.

— Ou un fétichiste des gars grands.

Il plissa les yeux.

— Je ne pense pas que celui-ci en fasse partie.

— Je pense que oui.

Il secoua la tête et articula sans parler, *je ne pense pas*.

— Eh bien, insistai-je.

Il eut un soupir agacé.

— Non, Ceaton, je ne suis pas un fétichiste des grands et magnifiques hommes parce que ohmondieu, c'est juste dingue. Qui au monde serait excité par un corps dur et musclé et de splendides yeux bleus ? C'est juste fou.

— Tu sais ce que je…

— Donc, évita-t-il, en mordillant sa lèvre inférieure. Est-ce que tu prévois de m'embrasser encore ?

— Je ne sais pas, tu deviens affreusement impertinent.

— Ceaton, geignit-il, chéri ?

Qui essayait-il de tromper ?

— Ouais. Je prévois de t'embrasser encore.

Sa respiration se coupa et son sourire était un pur bonheur.

— Que dis-tu de maintenant, dit-il en faisant un geste par-dessus son épaule. Dans le lit.

Je mis ma main sur ma hanche, le fixant.

— Je ne suis pas si chaud que ça. Qu'est-ce qui se passe avec toi ?

— Oh, tu es plus que suffisamment chaud, crois-moi.

Je lui lançai un regard noir.

Il s'étouffa.

— As-tu… T'es-tu regardé dans un miroir dernièrement ?

— Ne sois pas stupide. Je sais à quoi je ressemble.

— Clairement pas, me taquina-t-il, roulant pour se mettre debout.

Il se précipita autour du canapé pour m'atteindre et mit ses mains sur mes hanches quand il arriva à ma hauteur, puis pencha la tête en arrière pour rencontrer mon regard.

— Je ne sais pas avec qui tu as traîné, mais tu es un vraiment bel homme, monsieur Mercer. Et tu es plus que simplement un beau visage.

— Ah ouais ?

Il hocha la tête.

— Et comment tu sais ça ?

— Parce que tu étais là pendant l'une des nuits les plus effrayantes de ma vie, et tu es venu à la rescousse juste comme tout bon chevalier en armure scintillante.

— De quoi tu parles ?

Il se mit sur la pointe des pieds et me donna un rapide baiser, juste un frôlement de ses lèvres aussi douces que la soie sur les miennes.

— Est-ce que tu vas me baiser en rentrant ?

— Ne change pas de sujet. Explique ce que tu viens de dire.

— OK, donc nous zappons mon engagement social obligatoire ?

— Non, tu devrais faire les choses que tu fais toujours.

— Donc nous y allons ?

— Oui, mais… Je veux entendre parler de la pire nuit de ta vie.

— Et je vais te raconter, mais peut-être pas maintenant.

— Est-ce pour ça ?

— Est-ce pour ça quoi ?

— Es-tu reconnaissant de quelque chose que j'ai fait, et c'est pourquoi tu me veux ?

Si les regards pouvaient tuer…

— Désolé, dis-je en levant les mains pour me protéger du regard tueur que je recevais. Mais tu dois reconnaître que ce serait logique.

— Ça ne fait aucun mal que je sache que tout au fond tu es un héros quand il faut, mais même si tu étais un con, je voudrais toujours coucher avec toi.

— Oh, c'est charmant.

— Arrête juste de chercher une excuse pour que je retrouve la raison. Je t'apprécie, tu m'apprécies, partons de là.

— Je veux savoir à propos de cet incident. Dis-moi ce qui s'est passé.

— Comme je l'ai dit, si tu préfères parler que de voir où je travaille, je comprends.

Je levai les mains au ciel brusquement.

— Maintenant je vais me sentir comme un enfoiré si je n'y vais pas.

— Eh bien, mes collègues *comptent* sur toi pour m'y emmener.

— C'est juste… Je veux que tu me racontes.

— Et je veux te raconter.

Nous nous tenions debout là à nous fixer l'un l'autre.

— Je n'ai pas à attendre, lui dis-je. Je pourrais te faire parler maintenant.

J'avais l'air arrogant même si je me courbais pour l'embrasser.

— Tu peux me faire faire ce que tu veux, accepta-t-il, ses yeux dans les miens avant que ses longs et luxuriants cils se ferment alors que nos lèvres se rencontraient.

Mon Dieu, j'avais des ennuis.

VI

Je me tenais debout là, l'attendant comme il me l'avait demandé, et le regardai se précipiter dans son adorable petite maison avant de disparaître dans le couloir.

C'était un chaleureux et accueillant petit cottage au bord de la mer avec un rustique plancher en bois franc de couleur grise, des étagères intégrées dans le salon, et une antique lampe-tempête sur chaque extrémité du canapé rembourré agrémenté de boutons décoratifs. Il y avait des oreillers et des couvertures préparées pour s'allonger dessus ou s'enrouler dedans, et la table basse était encombrée de livres ouverts, d'une télécommande pour la télé et d'un iPod, ainsi que d'une loupe et différentes cartes. Les tapis persans qui jonchaient le salon étaient tous en bleu safre, or rouge et damassés, qui contrastaient avec les murs blancs, et la baie vitrée donnait sur la plage depuis le salon. Je me sentais bien dans sa maison, détendu et depuis que j'étais toujours sur les nerfs partout où j'allais, le sentiment était à la fois complètement étranger et terriblement attrayant. J'étais effrayé de ne pas pouvoir partir.

C'était amusant comment les détails de la pièce devenaient petit à petit visibles à mes yeux. Je n'avais pas remarqué grand-chose quand Brinley était en face de moi. Quand il était autour de moi, il était tout ce que je voyais, et pour le garde du corps que j'étais supposé être en ce moment, c'est tout le contraire de quelque chose de bien. J'avais besoin de commencer à remarquer mon environnement immédiat.

— Hé.

Regardant vers là où il se tenait, étant revenu dans le salon par le couloir, je le trouvai en train de sautiller sur un pied alors qu'il enfilait une paire de bottes de combat qui n'était clairement pas faite à des fins militaires.

— Donc ce truc au centre des sciences – ce n'est pas les portes ouvertes parce que c'était en octobre. C'est juste mon département, mais je pense que puisque tu me forces à y aller, tu devrais souffrir avec moi.

— Bien sûr que je viens avec toi.

— Non, je sais que tu viens avec moi, j'ai bien compris tout le truc du garde du corps. Ce que je suis en train de te dire c'est que tu dois venir en tant que mon rendez-vous et interagir avec les autres.

— Je ne peux pas faire ça. Je suis ici pour te protéger.

— Je préfère te tenir la main.

— Est-ce que tu comprends que des gens sont venus chez toi pour te tuer ?

Il acquiesça.

— Alors pourquoi ne prends-tu pas ça au sérieux ?

— Je *prends* ça au sérieux.

— Tu parles de me tenir la main !

— Je pensais que nous avions déjà couvert la partie où tu es une personne multitâche.

— Je ne peux pas te protéger si nous sommes en rendez-vous.

— Je ne suis pas d'accord et j'ai une question.

Il était épuisant.

— Vas-y.

— Tu n'es normalement pas un garde du corps.

— Si, je le suis. Je protège mon boss.

— Ce n'est pas ce que j'ai entendu.

— Ah non ?

— On m'a raconté que tu as des gens que tu supervises. Que tu vérifiais des choses et avais d'autres devoirs dans l'organisation de M. Jankovic.

— Exact.

Il haussa les épaules.

— Donc dire que tu es un garde du corps… n'est en réalité pas correct, n'est-ce pas ?

Et ça ne l'était pas, il avait raison. Je n'avais pas été un « gros bras » pendant des années.

— Ne te méprends pas, je suis sûr qu'il y a un élément de protection dans des devoirs au jour le jour, et évidemment, à la manière dont tu as si facilement abattu ces deux hommes qui sont venus me tuer, tu es plus que capable d'être un garde du corps dans le sens le plus basique du mot, dit-il en me souriant, mais très sérieusement, ne penses-tu pas que tu peux m'embrasser *et* tuer pour moi si le besoin se faisait sentir ?

— Je ne sais pas. J'espère que je le peux, mais tu es vraiment sacrément distrayant.

— Merveilleux, dit-il, semblant un peu ému alors qu'il enfilait sa deuxième botte avant de se précipiter vers moi et de bondir à la dernière minute.

Je l'attrapai facilement, mes bras enroulés autour de lui alors qu'il soupirait joyeusement avant de m'embrasser.

Sa langue s'était déjà mêlée à la mienne plus que n'importe qui d'autre. Il ne pouvait pas garder ses mains ou sa bouche loin de moi, ce qui, je devais l'admettre, était extrêmement excitant. Brinley étant excité, heureux, follement épris de ma compagnie, me montrant toutes ses cartes sans peur, était une expérience complètement rafraîchissante et un peu irrésistible. La manipulation était une énorme partie de ma vie, mais Brinley n'était pas comme ça, même pas un petit peu.

— Donc… dit-il entre des baisers, … où en sommes-nous sur la promesse d'aller au lit avec moi quand nous rentrerons ?

Je plaçai mes mains sous ses fesses et le soulevai afin qu'il puisse enrouler ses jambes autour de mes hanches.

— Nous avons besoin de parler beaucoup plus.

Il murmura quelque chose juste avant de prendre en coupe ma mâchoire de ses mains et déposa un baiser sur mes lèvres qui rendit mes genoux faibles.

C'était vorace et violent, et je resserrai ma prise sur lui parce que si je ne le faisais pas, j'allais le pousser de nouveau sur le canapé sur le dos.

— Oh s'il te plaît, gémit-il, cassant le baiser pour respirer. Ceaton.

Je me retournai et le plaquai contre la porte, poussant contre lui, pressant ses fesses alors qu'il se tordait entre mes mains ; son baiser était affamé et frénétique, léchant et mordant, en voulant plus.

— Ceaton, gronda-t-il, balayant ses doigts le long de mon cou, mes épaules, explorant mon corps par le toucher, serrant, moulant et broyant l'érection que je pouvais sentir à travers la couche de ses vêtements contre mon abdomen. Promets-moi que tu seras mien.

Même aussi rapidement je savais qu'il ne parlait pas seulement de coucher ensemble. Il voulait me garder. Ce n'était absolument pas logique ; mon esprit s'éclaircit et je me libérai, le reposant sur ses pieds et défit l'emprise de ses mains sur moi.

— Tu ne me connais même pas, aboyai-je, mais cela résonna rauque et cassé.

Il prit mon visage entre ses mains avant que je ne puisse les écarter et me fixa dans les yeux.

— Je te connais et je sais qui tu es au fond de ton cœur, Ceaton Mercer. Ne pense pas que je ne sais pas.

Cela avait un rapport avec ce qu'il s'était passé. C'était ce qui lui faisait dire de telles choses ridicules après avoir été en ma présence pendant si peu de temps. Il s'était fait une opinion basée sur mes actions à un moment et un endroit spécifiques, et même si je voulais savoir quand et ce qu'il s'était produit, il était clair que quoi qu'il se soit passé m'avait rendu, sinon divin, alors quelque chose s'en rapprochant.

— Ceaton.

Mon prénom s'écoula de ses lèvres gonflées par nos baisers dans un ronronnement soyeux alors qu'il se tenait là en face de moi, avec sa crinière en pagaille, ses yeux vitreux et ses vêtements froissés, tout en douceur et vulnérabilité, son visage rempli de désir et un profond rougissement sur les joues.

Cela me prit tout ce que j'avais de contrôle pour ne pas le saisir.

La pulsation brute et primale du désir courut sous ma peau, et je savais, juste à le regarder, que ma vie changerait si je lui en donnais l'occasion. J'étais détendu avec lui, il m'excitait ; j'aimais sa voix, la façon dont fonctionnait son esprit, et la façon dont il me touchait, comme si j'étais précieux et fragile et complètement à lui.

— Qu'est-ce…

Je toussai parce que ma voix ne semblait plus fonctionner.

— … que j'ai fait pour toi ?

Il ouvrit la bouche pour répondre, mais son téléphone sonna au même moment.

— Merde, grogna-t-il, marchant jusqu'à l'extrémité de la table à côté de la porte pour attraper son téléphone. Ça ne va pas s'arrêter jusqu'à ce que nous partions.

Et puisqu'il avait déjà promis de partager les détails de ce que je semblais avoir oublié d'une manière ou d'une autre, je cédai.

— Nous devrions y aller, alors, dis-je en m'éclaircissant la gorge, essayant de reprendre contenance, réalisant qu'une pause à notre isolement était en réalité la meilleure chose à faire.

— Je suppose.

Il semblait résigné.

— Tes collègues s'attendent à ce que tu viennes.

Il secoua la tête.

— Ce n'est pas grand-chose.

119

— Ils ont sous-entendu que ça l'était.

— Juste parce que mon patron a dit qu'il allait me donner à manger aux requins si je manquais un autre de ces rassemblements ne veut pas dire…

— Il a dit quoi ?

Il fit un geste dédaigneux de la main.

— Oh, il ne le pense pas. C'est un professeur de biologie moléculaire. S'il voulait réellement me voir mort, il pourrait penser à d'autres manières mille fois plus insidieuses de le faire.

— Ce n'est pas du tout réconfortant.

— Et en plus, s'il allait réellement m'utiliser comme appât, c'est plus une menace pendant l'été quand il y a en fait des requins dans le coin.

— Je ne…

— Mais je suppose que puisque tu le leur as promis, nous devrions vraiment y aller.

Il soupira dramatiquement.

— Je veux dire, vraiment, c'est juste des boissons et des amuse-gueules, et puis soit nous pouvons revenir ici et je peux nous cuisiner quelque chose, soit nous pouvons aller à Lynn pour manger. Je connais le meilleur endroit pour te nourrir et t'enivrer puis nous pourrons revenir à la maison et je pourrai profiter de toi.

Je secouai la tête.

— Tu es vraiment incorrigible.

— Pas habituellement, répliqua-t-il, son ton différent, implacable. J'ai mon travail et ma maison, et maintenant je t'ai ici aussi. Si je peux te garder, je serai posé, donc je vais faire tout mon possible pour faire en sorte que cela arrive parce que je suis une bonne personne et que je te mérite.

— Tu es une bonne personne, ce qui est pourquoi tu ne devrais pas me vouloir, idiot.

Bon Dieu, comment quelqu'un pouvait être aussi intelligent et aussi stupide au même moment ?

— Peu importe ce qui se passe entre nous, je ne suis pas une bonne personne.

— Que tu dis.

— Que dit n'importe qui qui me connaît !

— Eh bien, ça n'a pas été mon expérience.

— Tu…

Il grogna et tendit la main vers moi.

— Donne-moi ta main.

Je le fis sans réfléchir.

— Je suis en quelque sorte excité maintenant de te montrer mon labo.

— Ton quoi ?

— Au centre des sciences, me répondit-il, tirant sur ma main. Dépêche-toi.

Je n'avais d'autre choix que de le suivre dans la cuisine et à travers la porte latérale qui menait au garage. Je jetai un regard à la Coccinelle bleu turquoise avec des portes blanches et me stoppai.

— Qu'est-ce qui ne va pas ? demanda-t-il alors qu'il appuyait sur un bouton sur le mur qui ouvrit la porte du garage.

C'était étrange, mais je ne pouvais pas me rappeler la dernière fois que j'avais été dans un garage ne contenant qu'une seule voiture. Je me sentais à l'étroit et petit. J'étais habitué à être dans un des garages à cinq voitures de Grigor.

— Viens, nous devons y aller, me pressa-t-il alors qu'il montait dans la voiture.

— Quel âge a cette chose ? demandai-je en marchant vers le côté passager.

— C'est une 1958, répondit-il en démarrant la voiture.

J'ouvris la porte et me regardai.

— Je pense que nous devrions prendre la mienne ; je ne vais pas tenir là-dedans.

— Oh, mais si, dit-il irrité. Monte simplement.

N'étant jamais monté dans une Coccinelle de ma vie, le facteur de curiosité se fit sentir, donc je suivis sa demande. J'étais un peu à l'étroit jusqu'à ce que je recule le siège, il tendit la main vers moi et tapota ma cuisse avant de démarrer.

— Bon Dieu, comment fonctionne-t-elle encore ? demandai-je alors qu'il appuyait sur le bouton de la télécommande pour fermer la porte du garage.

— Ils produisent encore des pièces et mes compétences en mécanique fonctionnent sur les Coccinelles, dit-il joyeusement.

Nous étions silencieux alors qu'il conduisait, et j'avais quelques minutes pour réfléchir alors qu'il revenait sur la rue principale.

— Nous aurions pu marcher, dit-il, entretenant la conversation alors que je regardais l'océan par ma vitre. C'est à seulement dix ou quinze minutes à pied, mais j'ai pensé que si nous voulions manger après, alors nous n'aurions pas à revenir à la maison pour prendre la voiture.

Il ralentit alors qu'il passait un portail ouvert un moment plus tard, mais il n'y avait personne qui montait la garde dans la cabine.

— Ce n'est pas très sécurisé, mentionnai-je, pas du tout content.

— Oui, eh bien, on est plutôt décontractés ici au MSC.

Je remarquai la vignette NU sur son pare-brise.

— Alors pourquoi tu as pris la peine d'avoir un de ces autocollants ? dis-je en la désignant du doigt.

— Eh bien, mon cher, si tu te gares ici sans en avoir un, ils appellent la police de la ville qui va t'octroyer une amende de cinquante dollars.

— Et le gardien de la cabine ?

— Je pense que c'est là dans l'unique but d'intimider, expliqua-t-il gaiement. Au fait, c'est Canoe Beach sur la gauche.

— Je n'ai pas besoin d'une visite guidée.

— Oui, mais tu devrais savoir où tu es et ton environnement.

— J'ai déjà tout cartographié avant de venir.

— Mais ce n'est pas la même chose que de le voir, d'apprécier la vue et d'apprendre sur ta nouvelle maison.

Je fis un bruit qui effrayait habituellement les gens, mais cela le fit juste sourire.

— Oh, c'était adorable.

J'effrayais les gens. Tout temps. Et je pouvais le blesser, facilement, mais il n'était pas effrayé par moi ne serait-ce qu'un peu. C'était à la fois déroutant et exaltant.

Il se gara et puis se tourna vers moi.

— Je te fais flipper. Je peux le voir.

— Un peu, ouais.

— Je suis désolé, mon cerveau, je… je ne…

Il réfléchit pendant un moment.

— … les choses logiques ne me perturbent pas, seulement les choses qui ne sont pas logiques.

— Tu *devrais* être perturbé.

— À cause de ces gars, hein ?

— Ouais.

— Mais je peux voir comment ça pouvait arriver.

— Des gars qui viennent pour te tuer, tu peux voir pourquoi cela pouvait arriver ? demandai-je, incrédule, parce que sérieusement, cet homme devait être cinglé.

Ou peut-être qu'il l'était, peut-être que c'était comment Brin gérait le stress, la peur et la panique.

— Est-ce que tu vas bien ? As-tu besoin de médocs ?

— Écoute, commença-t-il en prenant ma main gauche entre les siennes. Mon père est un homme important.

— Oui.

— Donc il est logique que si quelqu'un voulait faire pression sur lui pour qu'il fasse quelque chose, ils essaieraient et me blesseraient moi, son fils ou sa fille.

— Ils sont tes frères et sœurs.

Il haussa les épaules.

— Ils sont reliés à moi par le sang, mais je n'ai jamais rencontré l'un ou l'autre.

— Vraiment ?

— Je suis illégitime, non ? Ils ne savent même pas qui je suis.

— Comment c'est possible ? Le juge n'a jamais parlé de toi à sa famille ?

— Nope, jamais.

Si Brin était à moi, si on me faisait le don de sa présence permanente dans ma vie, je le crierais sur tous les toits. Tout le monde le saurait. Comment son père ne l'avait pas publiquement reconnu – au diable les conséquences – il y a des années était au-delà de ma compréhension. Cela me prit un moment avant que je ne retrouve l'usage de ma voix et quand les mots vinrent finalement, ils étaient sourds et fragiles.

— C'est merdique. Je suis désolé.

Il haussa les épaules.

— Ce n'est pas important. Je n'ai jamais eu l'envie de les connaître.

— Tu n'as jamais voulu être riche ?

— Je suis un scientifique, mec, taquina-t-il. J'ai juste besoin de subventions.

Je ris et le sourire qui me répondit était grand et magnifique.

— Où vit ta mère maintenant ?

— À Sedona. Elle a une boutique là-bas. Elle fait ces énormes vitraux qu'elle installe dans les maisons, les églises et les bâtiments partout dans le monde.

— Sans déc !

Il hocha la tête.

— Alors d'où vient ton nom de famille Todd ?

123

— De mon père.

— Tu veux dire ton beau-père.

— Non, me corrigea-t-il. Ma mère a épousé Desi Todd quand j'avais trois ans. Il m'a adopté et m'a élevé, donc il est, en fait, mon père.

— Desi Todd ? le taquinai-je. C'est un nom amusant.

— Desmond, dit-il d'une voix profonde et sérieuse, haussant un sourcil. Papa aime être appelé Desi maintenant qu'il est à la retraite et fait son art.

J'aimais l'imitation qu'il faisait de son père ; c'était vraiment mignon.

— Son art ?

— Oui. Il était expert-comptable, mais maintenant il fait ces superbes bijoux qu'il vend à des prix hallucinants.

— Vraiment.

J'avais toujours admiré les gens qui avaient fait une chose pendant toute leur vie et puis qui changeaient. Cela semblait tellement optimiste.

Il acquiesça.

— C'est plutôt génial.

— N'est-ce pas ?

— Et ils vivent tous les deux à Sedona ?

— Oui. Ils ont des galeries communicantes. Celle de papa s'appelle *Timeless Creations* et celle de maman *Wanderlust*. Tu peux aller sur Internet et voir leurs sites ou aller dans leur boutique à Sedona, où ils pourraient ou ne pourraient pas se trouver, cela dépend si maman installe un vitrail quelque part. Papa part toujours avec elle. Il dit que c'est important de montrer aux autres hommes là-dehors qu'elle est prise et donc qu'ils ne se fassent pas de drôles d'idées.

— On dirait qu'il l'aime vraiment.

— Elle l'aime aussi. Ils ont toujours été mon idéal de ce à quoi devrait ressembler une vie de couple. Les objectifs d'une relation et tout ça.

— Comment se sont-ils rencontrés ?

Il eut un rire narquois.

— Elle lui est tombée dessus.

— Pardon ?

— Elle sortait d'un bus, lui montait, elle a trébuché et a volé dans les airs, et il l'a attrapée.

— C'est étrangement romantique, dis-je, parce que, bon Dieu, ça l'était vraiment.

— C'est plutôt maladroit, mais si tu connaissais ma mère, tu comprendrais que cela n'a rien d'inhabituel. Elle peut trébucher sur une fissure sur le trottoir.

J'eus un petit rire, l'imaginant, l'aimant déjà. J'avais la soudaine envie de la rencontrer.

— Une fois elle est tombée par-dessus une bouche à incendie et serait partie tête la première dans la circulation sur le carrefour.

— Serait ?

— Papa l'a rattrapée.

— On dirait que c'est un emploi à temps plein pour lui.

— Je dirais que oui, songea-t-il, la douceur dans sa voix en total contraste avec la chaleur de son regard.

— Il n'avait pas une chance, hein ? dis-je en essayant d'étouffer le papillonnement dans ma poitrine apporté par la façon possessive dont il me regardait, comme si ma place était à ses côtés.

— Non. Il n'est jamais monté dans le bus après qu'il l'a attrapée le premier jour. Il est resté pour lui parler, et ils ne se sont jamais séparés une seule journée depuis.

— C'est vraiment romantique.

— Tu penses ? me questionna-t-il. Elle lui est tombée dessus, et il en a profité et est resté. Tu ne trouves pas ça opportuniste ?

— Bien sûr, mais pourquoi ce serait une mauvaise chose ? défendis-je son père. Quand la vie te donne un cadeau, tu devrais le prendre.

— Oh ?

— Carrément.

J'étais catégorique, voulant qu'il voie ça de mon point de vue.

— Eh bien, il se trouve que je suis d'accord.

— Vraiment ?

— Bien sûr.

— Parce que ton père, je veux dire… Il savait ce qu'il voulait.

— Oui, il savait, dit-il souriant, retournant ma main et entrelaçant ses doigts aux miens. Nous, les hommes Todd, nous savons toujours.

Attends.

— Toujours, ronronna-t-il, ses yeux se fermant à moitié, et je me sentais comme une souris qui avait été attrapée en train de rassembler de la laine pendant que le chat se glissait derrière elle.

— Brin…

— Je suis impatient que tu les rencontres.

C'était inutile.

Quoi que ce soit, peu importe ce qu'il en sortait, j'étais de la partie. J'avais été bel et bien attrapé et l'avais probablement été à la seconde où il avait penché la tête en arrière et m'avait regardé. Cela ne servait à rien de se battre, c'était une bataille perdue d'avance.

— Tu vas bien, mon cœur ? demanda-t-il innocemment.

Mon soupir fut long.

— Donc, quand ta mère t'a-t-elle parlé du juge ?

— Quand il était temps pour moi d'aller à l'université, expliqua-t-il. Mes parents gagnaient trop d'argent pour que j'obtienne une aide financière, mais pas assez pour pouvoir tout payer, même avec mes différentes bourses académiques. C'est une situation compliquée dans laquelle se trouver, et c'est là qu'elle m'a parlé de l'argent du juge et de ce qu'il était pour moi.

— Est-ce que tu as toujours su que Desi n'était pas ton père biologique ?

— Oui. Ils me l'ont dit aussitôt que j'étais en âge de comprendre.

— Et tu l'as bien pris ?

— Bien sûr, dit-il d'un ton neutre. Je connais mon père ; je sais qu'il m'aime. Il n'y a rien qui aurait pu ou pourrait changer ça.

— C'est énormément de foi.

— Pas vraiment. Je pense que la plupart des gens s'attendent à ça de leurs parents. Je leur ai toujours fait confiance pour m'aimer inconditionnellement.

Il avait tellement foi en eux, mais c'était logique. Il en avait déjà tellement en moi. Je n'avais jamais rencontré quelqu'un d'aussi optimiste et positif.

— Qu'en est-il de quand tu leur as annoncé ? demandai-je, le testant, voulant savoir à quelle profondeur était allée leur acceptation. Est-ce que tu étais inquiet à ce moment-là ?

— Pour leur dire que j'étais gay ?

— Ouais.

Il plissa les yeux.

— Je ne leur ai jamais « annoncé » et dit que j'étais gay. Je parlais de garçons, d'embrasser des garçons, d'avoir un mari depuis que j'avais, quoi… six ans je pense. Il n'a jamais été question que je sorte avec des filles ou d'avoir une femme. J'ai toujours su et donc eux aussi.

— Vraiment ?

126

J'étais bouche bée. Je n'avais aucune idée que des gens pouvaient en réalité être comme ça. J'avais toujours dû être prudent avec ce que je faisais et à qui je le disais. Je ne pouvais même pas imaginer grandir de la façon dont Brin l'avait fait.

Il hocha la tête.

— C'est plutôt stupéfiant.

— C'est juste ma famille.

— Je pense que c'est juste toi, l'informai-je. Je pense que tu fais ressortir le meilleur en chacun.

— Mais tu deviens comme ça si on t'a appris et montré de l'amour et comment être compatissant envers les autres.

J'acquiesçai parce que je suspectais que c'était vrai.

— Je suppose que ce n'est pas ce que tu as eu.

— Tu aurais raison.

— Eh bien, ce n'est pas grave, murmura-t-il. Ça va changer maintenant.

— Tu crois juste que tout va fonctionner, notai-je en replaçant une mèche de cheveux derrière son oreille.

— Oui. Donc quand ils m'ont dit à propos du juge et de l'argent, la seule chose pour laquelle j'étais inquiet était de savoir si les choses changeraient entre eux et moi, et si le juge s'attendait à quelque chose de moi en retour pour l'argent.

— Comme quoi ?

— Je ne sais pas, comme : s'attendait-il à ce que je l'appelle papa ou aurais-je besoin de partir en vacances dans les Hamptons avec lui.

— Tu connais pas mal de choses à propos de partir en vacances dans les Hamptons, hein ?

— Je sais que c'est là où les gens riches vont.

— Je vois.

Il haussa les épaules.

— Je voulais juste savoir s'il y aurait des conditions.

— Mais il n'y en avait pas, et tes parents t'ont promis que rien ne changerait, donc tu as pris l'argent.

— En effet.

— Est-ce que tu dépends toujours du juge en quoi que ce soit ?

— Oh non, pas depuis un certain temps maintenant, expliqua-t-il. J'ai été accepté à Berkeley pour mon diplôme avec une bourse complète, et de là à Northeastern pour mon doctorat.

— Et maintenant ton travail est financé par des subventions.

— Oui.

— Donc tout est parfait.

— Ça l'est maintenant, dit-il en levant ma main et en embrassant mes articulations.

Bon Dieu, il était bon pour mon ego.

— S'il te plaît, dis-moi comment tu me connais, demandai-je en soutenant son regard, voulant entendre l'histoire.

Il prit une profonde inspiration.

— Viens, nous devons y aller.

— Brin ! aboyai-je, frustré et fatigué qu'il évite encore de répondre.

— C'était fort, dit-il impassible, mais avant que je pense à l'attraper et l'étrangler, il était debout hors de la voiture.

Le suivant rapidement, je le rattrapai, empoignai son épaule et le tournai vers moi lentement pour lui faire face.

— Dis-moi *maintenant*.

Nette expiration.

— S'il te plaît.

— Ce n'est pas que je ne veux pas te le dire. C'est juste qu'il y ait une possibilité que je devienne émotif quand je vais le faire.

Je posai ma main sur sa joue.

— Ça ne me dérange pas.

Il secoua la tête légèrement.

— OK, bien. Tu m'as sauvé, annonça-t-il, sa voix râpeuse et basse.

Oh. C'était logique alors. Il était reconnaissant, et c'était pourquoi il voulait coucher avec moi. Comme remerciement.

— C'est parce que je savais qu'il y avait quelque chose qui clochait avec ces gars dès que je suis arrivé, acceptai-je, tapotant sa joue, prenant du plaisir à le toucher. Mais écoute, je ne m'attends pas à ce que tu…

— Non.

Il secoua la tête, me souriant.

— Pas aujourd'hui, crétin.

— Qu'est-ce que tu veux dire, pas aujourd'hui ?

— Je veux dire, oui, tu m'as sauvé aujourd'hui, mais ce n'est pas pour ça que je voulais te voir. Ce n'est pas pour ça que quand j'ai reçu l'appel de ton boss, j'ai insisté pour que tu sois celui qui viendrait me baby-sitter.

J'attendis.

— Je me sens tellement en sécurité avec toi.

— Pourquoi ?

C'était le cœur du mystère et ce que je voulais entendre.

— D'abord, tu dois enlever ta main parce que la chaleur de ta paume est distrayante.

Je laissai ma main retomber mais continuai de le fixer.

— Nous devons aller vers le bâtiment principal de recherche, d'accord ?

— D'accord.

— Donc, dit-il alors que nous commencions à marcher. J'ai un ami, Laine Woodgate, et il a un petit ami qui avait pris l'habitude de le frapper.

— OK, dis-je en raccourcissant mes foulées pour que Brin puisse facilement me suivre.

— Et la première fois que c'est arrivé, ce gars, Archie Beale, il s'est tout de suite excusé à tort et à travers et a dit que ça n'arriverait plus jamais.

— Ça se reproduit toujours.

— Je sais. C'est ce que j'ai dit, m'assura-t-il, glissant sa main dans la mienne. J'ai dit, « Laine, il t'a frappé une fois, il recommencera », mais il ne m'a pas écouté.

Je hochai la tête, aimant le fait que même si, apparemment, mon toucher était distrayant, il était celui qui initiait le contact à nouveau. C'était chaleureux, engageant. J'avais l'impression qu'il n'y avait que nous deux.

— Continue.

— Eh bien, alors j'ai supplié Laine de s'éloigner de ce gars, mais il ne l'a pas fait, bien sûr. Il continuait juste de lui pardonner, et bien sûr ça a empiré jusqu'à ce que finalement Laine en ait marre et vienne vivre avec moi après que Archie l'a tellement battu qu'il l'a envoyé à l'hôpital.

Je me tendis, il fit un bruit impliquant que c'était une bonne réaction et resserra ma main.

— Tout le temps où l'abus s'est produit, tout le monde pouvait le voir. Tout le monde s'en foutait, ses parents, son frère, tout le monde, même la police – tout le monde jusqu'à toi.

— Moi, dis-je en m'arrêtant, le fixant, pas surpris de faire partie de l'histoire, mais par le timing.

Il se tourna vers moi.

— Oui, toi.

— De quoi est-ce que tu parles ?

Retirant sa main de la mienne, il fit un pas en arrière, soutenant tout le temps mon regard.

— Il y a deux ans, moi et Laine étions à un *diner* à Mission Hill et quand nous sommes sortis, vers deux heures du matin, son ex-petit ami – définitivement son ex à ce moment-là – était en train de nous attendre.

Je restais silencieux, ne voulant pas l'interrompre.

— Archie a attrapé Laine et l'a tiré vers l'arrière du *diner*, j'ai couru après eux en sortant mon téléphone pour appeler le 911, mais quand j'ai tourné au coin, Archie attendait et il m'a frappé au visage, et quand je suis tombé, il m'a pris mon téléphone et l'a piétiné.

J'avais besoin d'entendre toute l'histoire. L'attente me nouait l'estomac.

— Laine a couru, et je ne le blâme pas. Je veux dire, il venait juste de sortir de l'hôpital ce jour-là, et brusquement il était de retour en plein cauchemar.

— Donc il t'a laissé seul avec son ex meurtrier ?

— Oui.

Bon Dieu.

— Il n'y a jamais de raison pour s'enfuir et laisser ses amis derrière.

— Ce n'est pas juste de dire ça.

— Au diable si ça ne l'est pas !

Il secoua la tête.

— Nous ne sommes pas tous grands et forts, mon chéri. Pour certains d'entre nous, quand c'est se battre ou s'enfuir, s'enfuir est ce qui prend le dessus.

— Mais quand même, dis-je sèchement, en colère pour lui, puis ma respiration se coupa alors que le souvenir me revenait et que je me rappelais le parking dont il parlait. Oh merde.

Son sourire fut instantané et lumineux.

— Tu te souviens de ça maintenant ?

Oui, je me souvenais.

Cela avait été une de ces soirées étranges de janvier, froide comme l'enfer, mais pluvieuse au lieu de neigeuse, donc lorsque cela s'était arrêté, il y avait encore tellement de nuages cachant le ciel que ce n'était pas plongé dans l'obscurité, mais plutôt un profond gris foncé qui absorbait la lumière. La nuit tombait, assombrissant le peu de lumière qui filtrait, la parfaite nuit pour les vampires, les loups-garous et autres prédateurs.

J'étais assis en train de manger, seul pour une fois, j'avais juste quitté Marko et les autres, quand j'avais vu un homme se précipiter à travers la rue. La manière dont il l'avait fait, dont il bougeait, avait attiré mon attention :

rôdant, prudent, vérifiant les deux côtés de la route avant de courir, ce qui n'était pas logique dans une rue déserte au petit matin. Il y avait une courte liste de raisons pour regarder autant autour de soi, et habituellement cela commençait avec soit le fait d'être apeuré, ou l'inverse, être effrayé d'être attrapé en train d'apeurer quelqu'un. Que ce soit l'un ou l'autre, je devais savoir. C'était enraciné en moi de toujours suivre mon instinct, de suivre tout ce qui sortait de l'ordinaire. Quelque chose de simple pouvait me sauter à la figure si j'ignorais mon instinct.

Lorsque j'avais silencieusement contourné le coin menant à l'arrière du *diner*, me faufilant entre les énormes chênes qui démarquaient le parking du quartier, j'avais vu un homme – que je savais être Archie Beale – utilisant son poing pour en frapper un autre – qui, je le savais maintenant, était Brin.

— Tu penses que tu peux le garder éloigné de moi, connard ?

Brin avait eu un haut-le-cœur et s'était étouffé avec le sang remplissant sa bouche.

— Je t'ai dit ce qui se passerait. Je t'ai dit ce que je ferais, avait grogné Archie, le frappant encore avant de le jeter contre le côté d'une benne à ordures et de le retourner sur le ventre.

J'avais entendu le couteau à cran d'arrêt alors que je me rapprochais d'eux, mais je ne l'avais pas vu. Il n'y avait pas de clair de lune pour refléter le métal de la lame.

Brin avait vomi du sang sous lui avant qu'Archie pousse son visage vers le sol et ne relève son cul en l'air.

— Tu fais un son de plus et tu es mort, avait-il menacé Brin alors qu'il tirait son pantalon rudement le long de ses cuisses.

La question d'intervenir ne s'était même pas posée ; j'avais déjà décidé d'un plan d'action, mais quand j'avais vu tout ce qu'Archie avait l'intention de faire, j'avais vu rouge.

Il allait violer Brin. Il allait lui apprendre une leçon en le violant. Parce qu'il était plus grand et plus fort, parce qu'apparemment il l'en avait menacé, pour ces raisons il allait tenir sa promesse.

— Non, avait gémi Brin sous lui, se débattant pour bouger, s'agrippant au sol en béton. Fous le camp ! Lâche-moi !

Archie était énorme comparé à Brin, massif, au moins 1m93, mais j'avais plus de muscles que lui que j'utiliserais à mon avantage, ainsi qu'un entraînement avancé que la plupart des gars dans la rue ne possédaient pas. Me ruant sur lui, je lui avais donné un coup de pied dans les côtes, ce qui

131

l'avait propulsé sur le côté de la benne à ordures, claquant sa tête contre le solide métal dans le processus.

Me courbant, j'avais ramassé Brin, qui avait toujours la tête baissée, l'avais déplacé sur le côté sur l'herbe, et puis je m'étais retourné vers Archie.

Il était seulement en train de se remettre sur ses pieds lorsque je chargeai à nouveau vers lui, pensant que je devrais attraper mon KA-BAR qui était toujours attaché à mon mollet, mais j'avais instantanément réalisé que je n'en aurais pas besoin puisqu'il n'avait aucune idée de comment utiliser le sien. À l'évidence, il n'était pas entraîné, ne savait même pas comment tenir son arme correctement, donc j'avais attrapé son poignet, l'avais tordu violemment en arrière, l'avais entendu craquer et puis, quand la lame était tombée, j'avais donné un coup de pied dedans, l'envoyant sous la benne.

Alors qu'il hurlait à la douleur causée, berçant son membre brisé, je lui avais donné un franc coup de poing dans la mâchoire.

— Enfoiré ! avait-il rugi, et je l'avais attrapé avant qu'il tombe, le retournant dans mes bras pour lui asséner un puissant coup dans les reins.

Son cri de douleur était fort mais étouffé parce que, à mi-chemin de ses genoux, j'avais réussi à le frapper dans le nez avec l'un des miens. Il s'était lourdement écroulé sur le sol, tête la première contre l'asphalte, assommé.

Lorsque je m'étais finalement retourné pour m'occuper de Brin, il était parti. J'avais entendu des sirènes au loin qui, je le savais, seraient pour moi si je ne sortais pas de là. Mais même alors, j'avais marché vers l'endroit où je l'avais déposé et m'étais avancé plus profondément entre les buissons pour vérifier, mais en vain. Il n'était nulle part en vue.

— Je t'ai cherché, grinçai-je, tendant la main pour atteindre le Brin du présent.

Il me laissa le rapprocher contre moi alors que ses yeux se remplissaient de larmes, et je pris en coupe son visage dans mes mains.

— Je pensais qu'il allait me tuer, et puis j'étais sûr qu'il allait me violer. Il était tellement enragé, si plein de haine, me blâmant pour tout et il avait un couteau.

— Il devait avoir suivi Laine partout, non ? demandai-je gentiment, essuyant ses larmes.

— Oui.

— Je suis tellement désolé. J'aurais aimé arriver plus tôt.

— Est-ce que tu plaisantes ? renifla-t-il mais sa voix, même si un peu nasillarde, était pleine d'émerveillement. Tu devrais avoir ton propre thème musical ! Tu étais stupéfiant.

— J'étais en retard, voilà ce que j'étais, marmonnai-je avec colère.

— Non ! hurla-t-il, me surprenant à quel point il était catégorique même si les larmes continuaient de rouler sur ses joues. Tu m'as sauvé la vie ! Et je sais que ça devient une habitude avec toi puisque tu l'as fait aujourd'hui aussi, mais cette nuit… ohmondieu, Ceaton, d'où es-tu venu ?

— J'étais à l'intérieur, expliquai-je, caressant ses joues, fauchant les larmes en dessous de ses yeux. J'ai remarqué Archie et il semblait louche, alors j'ai décidé de vérifier.

— Dieu merci tu l'as fait.

Sa tête percuta ma poitrine alors qu'il frissonnait.

Je le câlinai fermement contre moi, agrippant son dos et ses cheveux, alors qu'il revivait ce qu'il s'était passé et éclatait en sanglots, son visage enfoui dans mon sweat.

J'avais reçu beaucoup de raclées comme ça dans ma vie, autant du genre que Brin avait enduré que du genre que j'avais donné à Archie, mais jamais, jamais, je n'avais menacé ou été menacé de viol. C'était quelque chose que je ne pouvais même pas imaginer. Ce type de violence était hors de ma compréhension.

C'était pour la même raison que j'avais réussi à convaincre Grigor de sortir du marché de la prostitution il y a toutes ces années. Je ne pouvais autoriser d'autres personnes à être violentées sous mon autorité. Si je pouvais faire quelque chose à ce propos, je le ferais. Cela me rendait malade rien que d'y penser.

Je le tins pendant de longues minutes jusqu'à ce que ses sanglots perdent en force, se calmant alors qu'ils devenaient des pleurs puis seulement des larmes, et finalement que cela s'arrête ; il était haletant et prenait des inspirations par intermittence entrecoupées de hoquets et de doux geignements.

Je me courbai autour de lui, raffermissant ma prise, embrassant ses cheveux, ses tempes, caressant son dos, pendant que je lui disais que j'étais là tout comme lui et que c'était fini.

— C'est fini, promis-je, essayant de soutirer la peur et la tristesse hors de lui et en moi, ravi de le sentir se tortiller pour être relâché suffisamment pour enrouler ses bras autour de mon cou et me maintenir là.

Nous restâmes debout, là, dans un cocon de chaleur et de réconfort jusqu'à ce que je l'entende inhaler profondément et puis expirer, lentement.

Faisant un pas en arrière, je reçus un sourire radieux de sa part.

— Est-ce qu'il y a des Kleenex dans la voiture ?

Il acquiesça, n'ayant toujours pas retrouvé sa voix, je me précipitai vers la voiture et trouvai le paquet de mouchoirs dans la petite boîte à gants. En attrapant plusieurs, je retournai rapidement à ses côtés.

— Mouche-toi, ordonnai-je.

Il me fit un grand sourire à travers ses dernières larmes – mon Dieu, il était magnifique – et puis se moucha plusieurs fois. Quand il eut fini, il mit en boule le mouchoir et le poussa dans la poche de sa veste de style militaire avant de lever la tête et me regarder.

Je dégageai ses cheveux de son visage et puis me courbai pour embrasser son front.

— Peux-tu me dire ce qui s'est passé ensuite ?

Il déglutit et prit une profonde inspiration ; quand il parla sa voix fut enrouée avant de se stabiliser.

— Cela m'a pris plusieurs minutes, mais j'ai réussi à me lever et je suis entré par la porte arrière du *diner*, et j'ai effrayé à mort le cuisinier.

— Je parie que oui.

Il hocha la tête.

— Ouais, donc, il m'a emmené à l'avant et ils ont appelé les flics.

— C'est bien.

— Je ne voulais pas te laisser parce qu'Archie était tellement grand, donc je suis resté pour être sûr que tu irais bien, mais quand je t'ai vu casser son poignet, j'ai pensé que tu le maîtrisais.

— En effet.

— Tu étais parti au moment où la police est arrivée, et j'en étais désolé. Je voulais t'obtenir une médaille ou un truc comme ça.

— Non, ils m'auraient inculpé pour voie de fait, j'en suis sûr.

— Je ne les aurais pas laissé faire, promit-il, sa lèvre inférieure frémissant.

Je lui souris.

— Est-ce que tu as vu le couteau partir sous la benne ?

— Ouais. J'en ai parlé à la police, donc ils l'ont trouvé et l'ont pris comme preuve.

— Et qu'est-ce qui est arrivé à Archie ?

— Il a été inculpé pour harcèlement et menaces contre Laine, et pour m'avoir battu. Ils ne pouvaient pas l'inculper pour tentative de viol parce qu'il n'y avait pas de preuve.

— Je suis désolé qu'ils n'aient pas pu ajouter ça à son inculpation.

— Non, tu n'as pas besoin d'être désolé de quoi que ce soit. Tu étais mon miracle.

Je déglutis autour de la boule dans ma gorge.

— Tu lui as cassé le nez, tu lui as cassé la mâchoire et tu lui as cassé le poignet. L'inspecteur m'a dit qu'Archie était chanceux d'être en vie. Il a dit que le passage à tabac était si brutal que quiconque avait fait ça devait être entraîné au combat au corps-à-corps.

— Hum.

— Étais-tu un soldat ?

— J'étais un Marine.

Rapide prise de souffle.

— Eh bien, avant que j'obtienne une ordonnance restrictive, je suis allé voir Archie à l'hôpital, et je lui ai dit que s'il venait à s'approcher à nouveau de Laine ou de moi, tu le tuerais sans poser de questions.

— Mais tu n'avais aucune idée de qui j'étais.

Il secoua la tête.

— Non, mais il ne le savait pas. Je lui ai dit que tu étais nouveau dans ma vie, mon petit ami, et qu'il devrait rester à l'écart.

— Et il l'a fait ?

Il hocha la tête.

— Oh mon Dieu, oui, je ne l'ai jamais revu. Laine a entendu qu'il avait déménagé à Phoenix après qu'il a été relâché de prison.

— Bien.

— Oui, ça l'était, soupira-t-il, et je vis les derniers restes de tension le quitter.

— Je ne comprends pas. Tu as dit que Laine était allé voir la police et qu'ils ne l'avaient pas aidé ?

— Non. J'y suis allé avec lui, et tout le monde s'en foutait.

— Pourquoi ?

— Est-ce que j'ai vraiment besoin de le dire ?

— S'il te plaît. Éclaire-moi.

Il haussa les épaules.

— Je pense que c'est dû au fait d'être gay.

— Qu'est-ce que ça veut dire ?

— Je suppose qu'ils pensaient la même chose que son père et son frère et que tout le monde, que quand il dit que son petit copain est abusif, qu'il peut le gérer.

— Ouais, mais il est venu à eux pour avoir de l'aide.

— Il l'a fait, oui, mais le premier flic à qui il a fait sa déposition a dit, « mais vous êtes un gars et il est un gars – ne pouvez-vous pas juste trouver une solution ? »

Je me hérissai, sentant la colère s'agripper fermement en moi.

— Eh bien, je ne sais pas à quel point Laine est grand, mais ce gars Archie était sacrément plus grand que toi, lançai-je.

— Tout le monde est plus grand que moi, taquina-t-il.

— Bien, mais ce gars Archie était plus grand que *moi*.

— Oui, mais tu es de loin mieux bâti, beaucoup plus de muscles.

C'était ça.

— Je ne comprends tout simplement pas. Est-ce que Laine a déjà emmené cet Archie rencontrer ses parents ?

— Il l'a fait.

— Mais alors ils auraient su qu'il n'avait aucune chance si ça tournait à la violence physique.

— Je ne sais pas ce qu'ils pensaient ou pas, mais Laine m'a dit que son père pensait qu'il aurait dû être capable de le gérer parce que, encore, ils étaient deux gars.

— Je suis désolé, dis-je sincèrement, voulant effacer la douleur pour lui.

— C'est le même deux poids deux mesures qu'il a eu de la police, fulmina-t-il. Je parie que si Laine était une fille, ils auraient directement enfermé son ex et jeté la clef.

— Malheureusement, je ne pense pas – à moins qu'un meurtre n'ait été commis – que les flics aient jamais jeté la clef d'un agresseur.

Il pensa à ça pendant un moment.

— Eh bien, étrangement j'aurais parié que le père de Laine aurait pourchassé Archie avec une arme *si* Laine avait été une fille.

— Peut-être, concédai-je, et peut-être que non. Tout dépend du type d'homme qu'il est. Moi, garçon ou fille, ça n'importerait pas. Je serais le genre de père qui t'arracherait les poumons si tu touches à mon gosse.

Il soupira profondément.

— Oui, je sais.

Je passai mes doigts dans mes cheveux, frustré de l'histoire complète.

— Je suis tellement désolé. J'aurais aimé l'arrêter plus tôt.

— S'il te plaît, dit-il en posant une main sur mon épaule. À la seconde où tu l'as vu en train de me blesser, tu as agi. Je n'aurais pas pu demander un meilleur protecteur.

C'était logique.

— Donc quand tu m'as vu à la soirée…

— Je t'ai immédiatement reconnu, j'étais tellement stupéfait que j'ai marché dans la piscine !

— Jésus Christ.

— Quoi ?

— Grigor a pensé quelque chose de différent.

— Oh ?

— Ouais, dis-je en riant. Il a dit que tu étais submergé par le désir.

— Oh, oui ça aussi.

— Non, c'était de la gratitude alors, et c'est…

— Écoute, dit-il en accentuant le mot. Tu m'as sauvé. Je veux dire, tu étais stupéfiant et héroïque et j'étais submergé et reconnaissant et tout le reste, mais te voir à nouveau m'a rempli de désir, pas de gratitude.

J'eus un rire narquois.

Il agrippa fermement ma main et posa l'autre sur ma joue.

— J'ai rêvé de toi une centaine de fois et je me posais des questions sur toi plus de fois que je pouvais le compter. Quand je t'ai vu à la soirée – je ne pouvais pas croire que c'était toi. J'ai presque avalé ma langue.

— Je…

— Tu dois savoir, Ceaton Mercer, que tu es tout simplement à couper le souffle.

Je n'avais aucune idée de quoi dire. La plus radieuse créature que j'avais jamais vue dans ma vie me disait qu'il pensait que j'étais magnifique. C'était un peu accablant.

— Qui t'a dit mon nom ?

— Ton ami.

— Mon ami ?

— Luka, je pense que c'était son prénom.

Merde alors.

— Quand diable était-ce ?

— Ce jour-là à la soirée.

Merde, j'avais tout oublié du 4 juillet.

— Est-ce que tu vas bien ?

— Je suis… J'étais troublé, voilà ce que j'étais. Mais tu as prétendu demander mon nom à mon patron aujourd'hui.

— Oui. Je ne voulais pas que ton ami ait des ennuis pour m'avoir parlé.

— Tu es très intelligent.

— J'essaie.

Je hochai la tête.

— Donc qu'est-ce qui se passe maintenant ?

— Eh bien, maintenant, si ça te va, j'aimerais passer beaucoup de temps avec toi.

— Bébé, on va être ensemble nuit et jour jusqu'à ce que je sois sûr que tu es en sécurité.

— Et après ça ? insista-t-il.

— Écoute, commençai-je. Maintenant que tu m'as dit toute l'histoire, je comprends pourquoi…

Il se moqua.

— S'il te plaît, arrête. Je n'ai jamais été reconnaissant.

— Si, tu l'étais. Je t'ai sauvé la vie, soutins-je, ma voix s'élevant.

— Tu m'as en effet sauvé la vie, acquiesça-t-il, mais ce n'est pas pourquoi je veux passer du temps avec toi.

— Alors pour quelle raison ?

— Eh bien, à l'évidence tu ne peux pas le voir, mais tu es magnifique et sexy, tu as un cœur en or sous tous ces muscles, et je peux déjà dire que tu es possessif et passionné juste à la manière dont tu t'es comporté ces dernières heures.

— Ta description me donne l'air un peu effrayant.

— Ce que tu es, mais pas pour moi.

— Peut-être que je devrais juste me concentrer sur ta protection pour l'instant.

— Tu peux faire ça aussi, dit-il, faisant un pas vers moi, frappant sa tête contre ma poitrine, et enroulant ses bras autour de ma taille. Du moment que tu peux le faire tout en dormant à côté de moi.

J'essayai de ne pas reposer ma joue sur le haut de sa tête, ou de l'envelopper dans un câlin, ou de me sentir contenu et ancré quand je fis chacune de ces choses. J'ai vraiment essayé. Mais il s'était déjà glissé sous ma peau, et l'avoir si proche avait un effet apaisant sur moi.

Je pouvais vraiment facilement m'habituer à être avec lui.

— Quand j'ai eu l'appel ce matin et que ton boss a dit que tu pouvais venir ici et être mon garde du corps…

Un gémissement remonta du fond de sa gorge.

— Je pensais que je rêvais.

Doucement, gentiment, je pris son visage dans mes mains et inclinai sa tête en arrière pour que je puisse regarder dans ses yeux bruns sans fin.

— Tu ne me dois rien.

— Je sais ça, dit-il, glissant sa main autour de mon poignet, me fixant dans les yeux. Mais pour que tu saches… tout ce que j'ai voulu pendant ces deux dernières années depuis que j'ai déménagé ici à Nahant était de te retrouver et de t'avoir dans ma maison et dans mon lit.

Je le laissai partir et fis un pas en arrière.

— Tu ne sais rien sur moi.

— Au diable si je ne sais rien, dit-il, me suivant directement.

Me précipitant en avant, je fonçai autour d'une Mini Cooper garée là. Je devais essayer encore une fois de lui faire voir la vérité. Il méritait mieux, et même si je voulais vraiment, vraiment devenir le nouveau gars dans sa vie, ce n'était pas juste pour lui. Quel genre de futur avais-je vraiment à lui offrir ? Plus de danger ? Plus de chances d'être tué ? J'étais un mauvais choix dès le début.

— Je ne suis pas un homme bon.

— Ah non ? me taquina-t-il en se glissant autour de la voiture.

Je lui jetai un regard noir alors que je me déplaçais, m'assurant de garder la voiture entre nous et me sentant un peu stupide mais j'avais besoin de garder ses mains loin de moi pour pouvoir réfléchir.

— Laisse-moi te rappeler que je tue des gens.

— Ouais, des gens mauvais, je sais, dit-il en essayant de m'atteindre.

Apparemment j'étais plus rapide qu'il ne le pensait, et son grondement de frustration était vraiment mignon.

— Ils ne sont pas tous mauvais, l'informai-je.

— Quoi ?

Il ne m'écoutait pas vraiment, trop concentré à me pourchasser.

— Les gens que je tue, lui rappelai-je. Ils ne sont pas tous mauvais.

— Est-ce bien vrai ? dit-il en arquant un sourcil perplexe. Tu as mis six pieds sous terre beaucoup de grands-mères ? Des enfants ? Des femmes enceintes ?

— Mon Dieu non.

C'était effroyable.

— Uh-huh, dit-il comme s'il s'ennuyait, même s'il se glissa autour de l'avant de la voiture. Et les hommes que tu as tués, ils avaient tous été des piliers de la communauté, n'est-ce pas ?

J'allais camper sur mes positions, mais à la manière dont ses yeux brillèrent et dont il mordilla sa lèvre, ce qui faisait creuser ses fossettes, je savais que j'étais mal, donc je me précipitai vers le camion.

— Quelques-uns étaient probablement des hommes bons.

— À qui il arrivait juste de faire des affaires avec la mafia serbe.

Je me figeai.

— Comment diable es-tu au courant à propos de la mafia serbe ?

Il pencha la tête sur le côté.

— Donc quoi ? Je vis dans une bulle ? Je ne lis pas les journaux, Internet est une chose nouvelle et mystérieuse ?

— Qu'est-ce que tu as fait ?

— J'ai fait une recherche Google sur Grigor Jankovic quand il m'a invité chez lui pour une soirée du 4 juillet.

Encore la soirée.

— Et quand mon père a dit, « oh, Grigor va envoyer quelqu'un pour te protéger », c'est comme ça que j'ai su demander pour toi.

Putain.

— Je sais à propos de toutes les affaires derrière les portes closes que mon père fait avec ton boss.

— Ah ouais ? Qui t'en a parlé ?

Il haussa un sourcil et attendit que mon cerveau fonctionne de nouveau.

— Cet enfoiré de Luka, grognai-je.

— Oh, regarde comment tes yeux se sont agrandis ! gloussa-t-il.

— Pour l'amour de Dieu, combien de temps avez-vous discuté tous les deux ?

— Un certain temps, m'apaisa-t-il. Il m'a tout expliqué.

Bien sûr qu'il l'avait fait.

— Avec une abondance de détails.

Bon Dieu.

— Une véritable source d'information, ce gars.

Parler à des étrangers : c'était exactement ce que tu voulais d'un gars dans ton jardin secret si tu étais un boss de la mafia.

— Il était ivre, au fait, dit-il avec un sourire malicieux. Et très bavard. Je voulais tout savoir sur toi, en revanche il était prudent à ce propos et n'a pas voulu m'en dire beaucoup…

Il soupira son approbation.

— C'est un véritable ami que tu as au passage – il n'a pas manqué de tout me raconter sur mon père et ton boss.

— Merde, je vais l'tuer.

— Pourquoi ?

— Pourquoi ? criai-je indigné. Parce qu'il aurait pu te mettre en danger ! Il aurait pu se mettre en danger ! Pour l'amour de Dieu, tu ne racontes pas tes putains d'affaires à un parfait étranger.

— Oui, mais je n'étais pas un étranger. Après que je suis sorti de la piscine, ton boss m'a fait utiliser sa douche, et j'ai obtenu de nouveaux vêtements à porter puis il m'a présenté à tout le monde comme étant le fils du juge.

— C'était un jeu de pouvoir de sa part, hein ?

— Bien sûr.

— Il t'a montré à tout le monde, les laissant tous savoir qu'il était tellement proche du juge qu'il laisse son gosse traîner chez lui.

— Plutôt intelligent, raisonna Brin, avançant doucement vers moi. Revenons à toi, Ceaton Mercer.

— Écoute, tu…

— Arrête de bouger et laisse-moi te mettre la main dessus.

Je le pointai du doigt.

— Tu es juste excité par le danger. Tu es un drogué d'adrénaline.

Il secoua la tête.

— Nope. En fait, je déteste tout ce qui est ne serait-ce que de loin effrayant. Je suis un biologiste. J'aime les choses ordonnées et calmes et classées par genre.

— Alors pourquoi tu veux me baiser ?

Il sursauta comme s'il était étonné.

— Je n'ai aucun intérêt à te baiser.

Maintenant j'étais surpris.

— Menteur ! Tu viens juste de dire…

— Je veux t'emmener au lit et te faire l'amour et puis après dormir avec toi, expliqua-t-il, sa voix soyeuse et basse alors qu'il se rapprochait, me traquant. Et puis quand nous nous réveillerons, je te ferai à manger et puis nous ferons encore l'amour, et quelque part entre manger, dormir et

141

141

faire l'amour, tu verras comment je peux prendre bien soin de toi, et tu décideras de rester ici et de vivre avec moi.

Il était fou.

— Tu as perdu l'esprit.

— Pourquoi ?

— Tu ne peux pas me vouloir.

J'étais indigné.

— Je ne suis pas un homme bon.

— Tu n'arrêtes pas de dire ça. Essaies-tu de me convaincre ou toi ?

— Je viens juste de tuer deux hommes et les ai mis dans ta cabane à outils, récapitulai-je.

— Eh bien, comme tu l'as dit tout à l'heure, où est-ce que tu aurais pu les mettre ? Tu ne pouvais vraiment pas les laisser sur la pelouse devant la maison pour que les voisins puissent les voir.

— Tu es vraiment bizarre, claquai-je, même pas sûr de ce que j'étais en train de dire, il m'avait tellement ébranlé.

Entre le fait qu'il sache pour Grigor et qui j'étais et ce que je faisais, qu'il soit d'accord avec le fait que je tue des gens mais pensant toujours que je méritais d'être aimé… ça me dépassait.

Il leva les mains au ciel.

— Je suis un scientifique. Je suis très logique.

— Les mots qui sortent de ta bouche ne sont pas logiques, crois-moi.

— Très bien, d'accord, regarde ça de mon point de vue, cajola-t-il en s'approchant encore, ayant fait un bond vers moi quand j'étais en train de penser qu'il était fou. Tu protèges Grigor, tu m'as sauvé – deux fois maintenant – et tu es vraiment doué pour raconter des conneries. Ne devrais-je pas vouloir quelqu'un comme ça avec moi ? Cela n'est-il pas logique ?

— Je…

— Arrête, dit-il d'un ton apaisant, tendant les bras pour prendre mon visage entre ses mains. S'il te plaît. Arrête de réfléchir et viens juste avec moi, laisse-moi te montrer où je travaille, d'accord ? Je veux partager ça avec toi parce que je suis dingue de toi, et je pense que tu pourrais être dingue de moi si tu te laissais juste essayer.

Il n'y avait pas besoin d'essayer. J'étais intéressé, pas de problème à ce niveau-là.

— Donc, dit-il séducteur avec un grand sourire qui fit battre la chamade à mon cœur, vas-tu me laisser te montrer les lieux ?

— Je… tu devrais…

— Respire, m'ordonna-t-il avec un petit rire. Allez, bébé, respire simplement.

Mon gémissement fut fort.

Son gloussement fut néfaste.

— Sûr. Bien. Comme tu veux.

Cela ne servait à rien de le combattre. Je ne pouvais pas gagner, principalement parce que je ne le voulais pas. Oui, il avait débarqué comme un ouragan, mais je ne voulais pas non plus me séparer de lui. Je voulais sa folie singulière dans ma vie.

Il était ravi, et sa peau doré et crème rosit alors qu'il prenait ma main et me dirigeait où il voulait m'emmener, me pointant des choses comme le bâtiment avec les labos, la structure principale des recherches, et les salles de classe, une piscine test pour les robots sous-marins, une serre, un parc de stockage avec des échantillons de la vie marine, et puis l'arrière de la propriété avec des chemins de randonnée publics autour d'East Point. C'était un magnifique équipement, et sa fierté à me le montrer était évidente.

À l'intérieur, derrière la pièce aquatique, il m'emmena dans son bureau et son labo.

— N'est-ce pas génial ? demanda-t-il tout excité. C'est ici que la magie opère.

— Ah ouais, tu as tout le tralala ici.

Son sourire était malicieux.

— Ne te moque pas de moi.

— Non, taquinai-je. J'adore l'agrafeuse.

Il me donna un coup de hanche puis me montra tout ce qu'il y avait dans la pièce, de ses cartes à sa collection d'antiques ex-libris de 1852, son impression d'un homard Gyotaku encadré qu'il avait eue au Japon, et beaucoup de différents spécimens de homards morts. Il les tint et expliqua ce que j'étais en train de regarder, et j'écoutais parce que c'était important pour lui autant qu'être capable de tirer avec un fusil McMillan TAC-338 l'était pour moi.

J'allais devoir sortir mon CheyTac M200 ainsi que mon Tiberwolf C14 du garde-meubles pour les montrer à Brin.

La pensée était dégrisante. J'étais en train de planifier de l'inclure, de lui montrer les choses qu'il ne m'était jamais venu à l'esprit de partager avec quelqu'un d'autre.

— Est-ce que tu vas bien ?

— Ouais, pourquoi ?

— Eh bien, tu souriais et puis tout à coup tu avais l'air triste.

— Non, non, je vais bien. J'écoutais, dis-je rapidement.

— Oui, je sais que tu écoutais, mais pendant une seconde tu étais ailleurs.

Je plissai les yeux.

— Ça peut sembler étrange.

— J'adore les choses étranges, promit-il.

— Tu es vraiment passionné à propos de tous ces trucs, et je suis vraiment passionné à propos de mes armes et ce que je peux faire avec elles.

— Cette arme ? demanda-t-il, inclinant sa tête vers l'étui sous mon manteau.

— Mes fusils, précisai-je.

— Oh, fut sa réponse, et la manière dont il le dit, la manière dont il se redressa, ses yeux s'écarquillant, nouvellement alerte, l'excitation sur son visage, me firent réaliser qu'il ne plaisantait pas.

Il était intéressé par le sujet.

— Est-ce que tu m'apprendrais ?

Je l'examinai minutieusement.

— Tu veux apprendre à tirer ?

— Pas contre des animaux ou des humains ou quoi que ce soit, mais j'ai toujours voulu être capable de tirer sur une cible éloignée ou être capable de faire du tir au pigeon d'argile comme les riches font.

J'eus un petit rire.

— Quoi ? C'est le but d'une vie.

— OK, alors.

— Excellent, conclut-il, rayonnant en me regardant mais aussi en penchant la tête sur le côté en m'examinant.

— Il y a quelque chose d'autre ?

— Je devrais te demander la même chose. Y avait-il une autre pensée là-dedans avec les armes ? Parce que, comme je l'ai déjà dit, ton sourire a changé.

— C'est juste… je n'ai jamais voulu montrer ça à quelqu'un d'autre.

— Et tu es inquiet à propos de ce que cela signifie.

— Ouais, répliquai-je doucement.

— Je pense que ça veut dire que tu t'ouvres à la possibilité de nous deux passant du temps ensemble, et à moi – ce sont de merveilleuses nouvelles.

— C'est… étrange.

— De quoi ?

— Toi.

— Tu as déjà couvert ça, n'est-ce pas ? gloussa-t-il en me regardant comme si j'étais ivre.

C'était vraiment quelque chose de grisant, d'être fixé comme si j'étais un rêve qui devenait réalité. Je pouvais m'habituer à ça.

— Non, je veux dire toi agissant comme si j'étais une sorte de prix, et c'est étrange pour moi.

— Eh bien, habitue-toi, soupira-t-il. Parce que ça ne va jamais changer.

Jamais. Comme dans le reste de ma vie.

— Est-ce que tu entends ce qui sort de ta bouche ?

— Bien sûr. Maintenant, viens, je dois te montrer.

— Excuse-moi ?

Je reçus de vraiment mignons haussements de sourcils en réponse et réalisai que ce qu'il voulait, je le ferais. Cela n'importait pratiquement pas de savoir ce que c'était ou où nous allions. J'aurais manqué le bus, aussi, juste comme son père l'avait fait avec la mère de Brin.

UNE FOIS que nous fûmes dans le bâtiment principal, Brinley me dirigea dans un long couloir, et à la fin nous émergeâmes dans une plus grande salle où un quatuor à corde jouait. Il y avait un bar contre un mur et des serveurs marchant à travers la foule avec des amuse-bouche.

— Je vais nous chercher quelque chose à boire, offris-je en le laissant discuter avec les trois hommes qui étaient à sa porte d'entrée plus tôt.

Quand mon téléphone sonna après que j'eus commandé deux verres de Riesling, je vérifiai le numéro et décrochai.

— Où es-tu ? demanda Pravi.

— À un rassemblement scientifique.

Rien.

Je ne pus étouffer un gloussement.

— Redis-moi ça, demanda-t-il.

— Tu m'as entendu, dis-je en souriant largement. Brinley et moi buvons un verre au centre des sciences marines juste en bas de la route. Je peux être là rapidement si vous avez besoin de moi.

— Non. On a trouvé ce que nous cherchions.

— J'ai pensé que vous le feriez.

145

— Mais on a oublié la nourriture, donc nous devons aller en chercher. Nous serons de retour plus tard.

— Ça semble bien, acquiesçai-je et j'allais raccrocher parce que c'était autant de discussion codé que nous pouvions gérer.

— J'ai besoin que tu poses une question à Brinley, dit Pravi de façon inattendue.

Je m'éclaircis la gorge.

— Tu veux m'envoyer un SMS ?

— Non, c'est bon. J'ai juste besoin de savoir s'il a reçu un colis aujourd'hui.

— On est dimanche.

— Ce ne serait pas arrivé par la poste.

— OK. Est-ce que tu sais de qui est le colis ?

— Oui. Son père.

— D'accord, eh bien, laisse-moi lui demander et je te rappelle tout de suite.

— D'accord.

Prenant les deux verres de vin blanc, je fis mon chemin vers Brinley, qui était maintenant au milieu d'une dizaine de personnes l'écoutant alors qu'il expliquait ses recherches. Ils étaient captivés alors qu'il dissertait à propos des bactéries et des casiers et puis des casiers à homards étant braconnés – ce que j'allais devoir lui demander de me préciser plus tard parce qu'apparemment c'était une infraction fédérale – et de comment ses progrès n'avançaient pas bien concernant l'installation de limitation de pêche pour les pêcheurs locaux.

— Hé, souffla-t-il quand il me remarqua.

Il prit le verre de vin que je lui tendis avant de glisser son bras autour de ma taille et de se pencher contre moi.

— Je voulais te présenter à tout le monde.

À l'évidence, d'après l'intérêt que je recevais, il était important pour beaucoup d'entre eux : le chef de son département et conseiller, Ethan Park ; son chargé de cours – parce qu'apparemment Brin enseignait aussi – et beaucoup d'autres collègues, incluant un gars qui n'arrêtait pas de me lancer des regards noirs, un autre collègue qui venait juste de revenir de l'Antarctique, et un autre qui partait en Bolivie dans quelques jours et qui avait besoin que Brinley enseigne à une de ses classes à l'université.

146

Tout le monde à l'exception du gars qui voulait clairement me voir mort était enchanté que je sois là avec Brinley. Une fois que j'eus fini de sourire et de serrer des mains, je nous excusai pendant un moment.

— Es-tu prêt à partir ? demanda-t-il en posant doucement une main sur mon torse.

— Quand tu le seras. Je ne suis pas pressé, le réassurai-je. J'ai juste besoin de savoir si tu as reçu un colis aujourd'hui.

— Non, je ne pense pas, mais on est dimanche, non ?

— Ouais, je sais, c'est ce que j'ai dit, mais un des gars avec qui je travaille m'a juste demandé.

— C'est bizarre.

Ça l'était, en effet.

— A-t-il dit de qui le colis serait ?

— Ouais, le juge.

— Hum.

— Quoi ?

— C'est juste que je n'ai jamais rien reçu de lui dans ma vie, donc ce serait vraiment bizarre qu'il commence à m'envoyer des choses maintenant.

— Qu'en est-il de l'argent ?

— Non. Quand j'ai reçu mes fonds de sa part, j'allais juste à la banque et signais une carte et reprenais le compte. J'avais juste besoin de montrer à la banque qui j'étais.

— Donc, recevoir quelque chose de sa part serait vraiment quelque chose qui sort de l'ordinaire.

— Oui, ça le serait, répondit-il, glissant sa main plus haut sous mon sweat jusqu'à ma peau. Mais je n'ai reçu aucun paquet ou n'importe quel autre type de correspondance de sa part, et j'ai vraiment aucune curiosité à son propos. La seule chose dont je me soucie en ce moment est que, parce qu'il avait peur pour moi, il a appelé ton boss, et pouf... tu es ici.

Je lui souriais, passant ma main dans ses cheveux, en adorant la sensation soyeuse sur ma peau.

— Pouf ?

Il murmura quelque chose que je n'entendis pas, mais le contentement sur son visage me dit tout ce que je voulais savoir. Il était vraiment content que je sois ici, plus heureux qu'il n'aurait dû l'être.

— Je suis une source d'ennuis.

— Hmmm-hmmm.

Il n'écoutait pas.

147

— Tu as besoin de comprendre que…

— Tu es merveilleux, et nous, être ensemble, c'est le destin.

— Ce n'est pas…

— Si, c'est vrai, roucoula-t-il.

— Non.

— Si. Oh bien sûr que si.

— Brin.

— Nous sommes des âmes sœurs.

— Ah oui ? Comment ça ?

— Penses-y. Nos vies ne se sont pas croisées une fois, mais deux. Quelles étaient les chances ?

— Je…

— Comment cela peut-il être autre chose que le destin ?

— C'est vrai, acquiesçai-je d'une voix rauque, aimant la petite bulle tranquille dans laquelle nous semblions nous trouver.

Il avait vraiment un effet apaisant et attachant sur moi qui avait toujours été absent de ma vie jusqu'à maintenant, et je voulais vraiment passer beaucoup plus de temps avec lui.

— Je veux dire, nous sommes censés être…

Il fit plusieurs allers-retours du doigt entre nous.

— … ensemble.

— Ah ouais ?

Il hocha la tête.

— Oui, dit-il catégorique. Simplement te regarder à travers la pièce et te voir attendre pour m'obtenir un verre, j'étais empli d'un sentiment écrasant de justesse.

J'aurais dû être effrayé. Cela allait bien trop vite. Et il ne parlait pas d'amour, mais il disait que nous avions besoin d'être ensemble tout le temps, partageant un espace, et ne pas être séparés, qui faisait ça ? Qui sautait dans quoi que ce soit aussi vite ?

— Je veux te regarder pendant le reste de ma vie.

— Tu comprends à quel point tu parais dingue, hein ?

Il hocha la tête.

— Et tu es sûr que ce n'est pas de la gratitude ou quoi que ce soit d'autre ?

— Je le suis.

— Donc quoi, alors ?

— C'est juste… J'ai l'impression que quand tu as passé ma porte, il y a eu un décalage dans l'axe de ma vie, comme les anneaux de Saturne, comme une inclinaison.

— Quoi ?

— Il y avait une punaise dans ma carte mentale où je pensais que j'étais, mais tu l'as bougée, tu l'as changée, et maintenant mon orbite est différente à cause de toi.

— Est-ce que tu sais même ce que tu es en train de dire ?

Il posa son verre et prit le mien pour faire pareil avant de me diriger rapidement loin du reste de la foule vers un autre coin de la pièce où c'était plus calme.

Quand il se tourna vers moi, je vis l'intensité sur son visage, comment il cherchait mes yeux alors même qu'il maintenait un contact entre eux.

— Tu m'as sauvé, hein ?

— Je l'ai fait, mais…

— Je pense que je suis supposé te sauver à mon tour.

VII

Nous nous retirâmes du rassemblement. Nous étions tous les deux affamés, il avait assez donné de son temps, et, comme il l'avait expliqué, il allait en gros être inutile jusqu'à ce qu'il ait passé un peu de temps seul avec moi. À mi-chemin de la voiture, nous fûmes stoppés par le gars qui m'avait lancé des regards de mort depuis que nous étions arrivés, et j'attendis alors que Brin lui parlait.

Quand il me rejoignit quelques minutes plus tard, il me dit de monter dans la voiture, ce que je fis sans poser de questions. Il semblait étrange, un peu troublé, encore plus ennuyé alors qu'il commençait à conduire, et j'allais attendre et le laisser s'expliquer, mais à la place je laissai échapper la question parce que mon contrôle sur mon impulsivité était apparemment inexistant quand il était concerné.

— Qui était ce gars et que diable voulait-il ?

— Je te l'ai présenté à l'intérieur, dit-il.

Je comprenais, du peu de temps que nous avions passé ensemble, que donner la réponse logique était son comportement par défaut.

— Ouais, je sais que son nom est Owen Stewart. Je ne sais juste pas ce que diable il voulait, grommelai-je plus irrité que je n'avais le droit de l'être.

— Eh bien, ce qu'il veut c'est moi, apparemment.

— Pardon ?

— À nouveau.

— À nouveau ?

— Oui. C'est mon ex.

— Et qu'est-ce que tu lui as dit ?

Le bruit qu'il fit était un mélange entre un rire moqueur et un grognement avec une dose saine de dégoût ajoutée pour faire bonne mesure.

— Je lui ai dit que son timing était horrible, et qu'il avait été mon ex pour la majeure partie d'une année maintenant, et que s'il pensait que j'allais laisser passer ma chance d'être avec toi pour revenir à avoir de mauvaises parties de jambes en l'air avec lui, alors il devrait y réfléchir à deux fois.

Je m'éclaircis la gorge parce que je devais savoir.

— De mauvaises parties de jambes en l'air ?

— Bien, concéda-t-il avec un lourd soupir. Pas mauvais, juste pas satisfaisant.

Il pensait que je le réprimandais. C'était en quelque sorte mignon. Comme si j'essayais de faire de lui une meilleure personne en ne le laissant pas faire des affirmations globales.

— Tu as raison. Je ne devrais pas dire quelque chose sorti de nulle part. J'ai besoin d'appuyer mes dires avec des preuves concrètes.

— Non, tu n'en as pas vraiment besoin.

— Mais le sexe ne devrait pas avoir de règles sur quand ou pendant combien de temps, comme quel jour et quelle heure. Cela devrait plutôt être une question de spontanéité, de volonté et de vouloir être tenu de façon à ne pas voler en éclats, n'est-ce pas ? me demanda-t-il avec impatience.

— Tu sembles penser que je vais débattre avec toi.

Il déglutit et puis sourit, ses yeux brillants de larmes.

— Qu'est-ce qu'il y a ? demandai-je, essuyant sa joue du pouce une fois qu'il eut garé la voiture de l'autre côté du parking vers la plage.

Il nous avait conduits à un restaurant à Nahant appelé Tides.

— Pourquoi pleures-tu ?

Profonde inspiration.

— C'est juste… J'ai peur que tu ne nous donnes pas une chance, et je ne veux pas faire quoi que ce soit pour gâcher les choses parce que tu viens juste d'arriver.

— Oh non, ne t'inquiète pas pour ça, dis-je en passant une main derrière sa nuque pour l'inciter plus facilement à se pencher en avant afin que je lui donne un rapide baiser. Après que tout sera fini avec ton père, j'ai l'intention de sortir avec toi.

— Vraiment ?

— Vraiment.

— Et quand as-tu décidé ça ?

— Probablement quand je t'ai vu pour la première fois cet après-midi, admis-je parce que, réellement, c'était la vérité.

Je lui avais jeté un regard et avais pensé « foyer » pour une raison qui était complètement illogique.

Il soupira profondément.

— C'est une chose vraiment romantique à dire.

— Toi seul penserais que ça l'est.

— Cependant, j'ai une requête.

151

— Qui est ?

— Puis-je avoir la partie sexe avant que toute la chose avec mon père soit réglée ?

— Nous allons voir si on peut trouver du temps pour ça entre les tentatives contre ta vie.

— Cela semble raisonnable, acquiesça-t-il avant de se lever pour m'embrasser.

Je l'embrassai à lui en faire perdre son souffle, et il eut du mal à sortir de la voiture quand je le repoussai et lui ordonnai de sortir.

— Nous pourrions faire l'amour ici, offrit-il alors qu'une gentille famille, parents avec leurs trois enfants, nous dépassait.

— C'était élégant, le réprimandai-je. Entre dans le restaurant.

— Qu'en est-il des toilettes quand nous serons à l'intérieur ?

C'était diablement flatteur d'avoir un si bel homme ensorcelé, en particulier quand je savais qu'il était trop bien pour moi. Mais ça ne voulait pas dire que j'étais assez stupide pour l'éloigner. J'essayerais de le faire mien parce qu'il avait raison : deux rencontres par hasard étaient plus que de la chance. C'était un signe. Toute ma vie j'avais suivi mon instinct, et je n'allais pas changer ça aujourd'hui.

Je laissai Brin passer la commande parce qu'il y avait des choses qu'il voulait me faire essayer et qui l'enthousiasmaient. Nous prîmes deux bières, moi la Sam Adams Nitro Blanche, lui la Newburyport Pale Ale, et des calamars frits avec des ailes de poulet au Coca cerise comme entrée et puis plus de bière avec nos pizzas. Pendant qu'il buvait sa troisième, je m'arrêtai à deux et continuai avec de l'eau parce que j'avais besoin d'avoir l'esprit clair pour tuer des gens, si nécessaire, et bien sûr, maintenant, pour conduire.

Sa pizza aux cannellonis aux aubergines semblait un peu étrange mais avait bon goût, et ma Meat Lover's visait dans le mille. C'était bruyant à l'intérieur du restaurant, juste le genre d'endroit que j'adorais qui était décontracté mais avait assez de monde pour que personne ne puisse se faufiler derrière moi. La vue sur la plage était superbe aussi. Quand mon téléphone sonna, je me sentis comme de la merde quand je vis le numéro de Doran parce que j'avais oublié de rappeler Pravi et que c'était probablement ce pour quoi j'allais me faire crier dessus.

— Hé, désolé.

— Non, ce n'est pas grave, c'est seulement que le boss demande.

— Ouais, c'est ça, mec, me plaignis-je. Mais pas de paquet.

— Tu es sûr ?

— Ouais, Doran, je suis sûr. Brin dit que rien n'est arrivé aujourd'hui.

— Le suivi de FedEx montre qu'il a été livré.

Donc ce n'était pas une question désinvolte.

— Eh bien, je vérifierai quand nous serons de retour, voir si c'est sur le porche ou derrière une plante, quelque chose comme ça, mais il dit qu'il n'a rien reçu.

— Tu en es certain.

— Ouais.

— Vérifie encore.

— Excuse-moi ?

— Cherche encore le paquet, ordonna-t-il.

Je me hérissai instantanément parce qu'où pensait-il se croire pour me donner des ordres ? Doran était un chauffeur/garde du corps glorifié à qui on n'avait jamais fait confiance pour penser par lui-même. Il n'aurait jamais dû présumer pendant une seconde qu'il pouvait me faire faire quoi que ce soit.

— Eh bien, je ne peux pas pour le moment parce que je suis dans un *diner*.

— Pourquoi ?

— C'est une question idiote, tu ne penses pas ?

Il toussa.

— Je veux dire pourquoi n'êtes-vous pas chez lui ?

— Parce que je n'étais pas inquiet de sortir, répondis-je, souhaitant que nous ne soyons pas sur une ligne compromise parce qu'il était ennuyeux de lui parler mais de ne pas pouvoir le faire sans détours.

Je voulais vraiment lui dire d'aller se faire voir.

— Tu dois y retourner.

— Nous le ferons.

— Maintenant.

J'aurais dû juste raccrocher parce qu'il était un con et, en plus de ça, je n'avais jamais, jamais, pris d'ordre de Doran, mais... quelque chose n'allait pas.

— Qu'est-ce qui se passe ?

— Marko et moi... nous cherchons le paquet.

— Marko est avec toi ?

— Oui.

— OK, donc, ce paquet, qu'est-ce qu'il y a dedans ?

Il eut un soupir frustré, visiblement irrité.

— Tu dois retourner à la maison, Ceaton.

— Je vais le faire.

— Ce n'est pas une requête.

— Ça l'est pour moi, dis-je avec désinvolture parce que, encore une fois, c'était Doran qui essayait de me donner des ordres.

Il n'y avait aucun moyen que ça arrive.

Silence.

— Nous te verrons bientôt.

Je raccrochai alors que le serveur nous apportait une boîte à emporter pour les restes de pizza. J'avais englouti toute la mienne, mais il restait trois parts de celle de Brin.

— Tu vas bien ?

Je me forçai à sourire.

— Ouais, pourquoi ?

— Tu sembles brusquement tendu.

— Ouais, je le suis.

— Je te promets que rien n'a été livré aujourd'hui de ce que j'ai pu voir.

— Oui, je sais, tu me l'aurais dit.

— Peut-être l'ont-ils mis sous le paillasson, suggéra-t-il en buvant ce qu'il restait de sa bouteille de Switchback Ale avec laquelle il avait fini son repas.

— Eh bien, nous regarderons quand nous arriverons, mais j'ai besoin que tu m'écoutes un instant.

J'avais toute son attention.

— Si jamais je te dis de courir, tu cours… tu comprends ?

J'avais besoin d'être très clair avec lui parce que je ne faisais pas confiance à Doran d'aussi loin que je pouvais le voir, et Grigor m'avait séparé de Marko depuis des semaines, Dieu seul savait avec quoi il avait rempli la tête de Marko. Pas que je n'aie pas confiance en Marko, parce que je le faisais, mais il était versatile d'une façon que Pravi et Luka n'étaient pas. En dernier recours, me couvrirait-il ou Doran ? J'espérais que ça serait moi, toujours moi, mais je n'étais pas prêt à parier ma vie dessus.

— Quoi ?

Ma concentration retourna brusquement sur Brin.

— C'est juste – tout ordre que je te donne, tu le suis, tu comprends ?

— Bien sûr.

154

Je pris sa main.

— Même si tu penses que j'ai des ennuis, si je te dis de…

— Ah non, dit-il, rejetant mes paroles avec un geste impérieux de la main.

— Excuse-moi ?

— Tu te souviens de notre conversation plus tôt sur Laine, et tu étais horrifié qu'il m'ait laissé me débrouiller tout seul avec son ex ?

— Ce n'est pas la même chose.

— Tu as raison, parce que j'ai déjà quelques sentiments sympas pour toi, certains qui me rendent tout chose, certains excitants, mais tous sont bons, donc si tu penses que je m'enfuirai si tu as des ennuis, eh bien, tu ferais mieux d'y réfléchir à deux fois.

Je m'adossai à mon siège.

— Si c'est vraiment comment tu te sens, alors ça veut dire que tu ne m'écouteras pas si les ennuis nous tombent dessus, et comment diable je suis censé te protéger ?

— Facilement.

— Et comment ça ?

— Tu ne me quitteras jamais, et je serai très bien protégé.

— Tu prends quelque chose de très sérieux à la légère, l'avertis-je.

— Non, tu ne m'écoutes pas, corrigea-t-il en se levant et en se glissant sur le banc à côté de moi, ne me laissant aucune autre option que de me déplacer ou de l'avoir sur mes genoux. Je vais faire tout ce que tu me demandes, Ceaton Mercer, mais je ne vais jamais te laisser.

J'observai son visage pour trouver tout signe qui pourrait le trahir.

— Tu t'occupes de tes affaires et je vais prendre soin de toi.

Attrapant sa main, je la pressai contre mon cœur.

— Tu me tues avec ça, mais vraiment, tu dois suivre mes instructions quand je te les donne.

Il prit en coupe ma joue de sa main libre.

— Oh, bébé, je ferai tout ce que tu dis, aussi longtemps que tu es à mes côtés.

— Tu ne m'écoutes pas.

— Non, dit-il, souriant doucement alors qu'il caressait ma joue du pouce. Tu es celui qui ne m'écoute pas. Je suis collé à toi comme de la glu. Je ne vais pas te laisser partir une troisième fois. Qu'est-ce que je suis, stupide ?

— Non, juste entêté.

Apparemment, d'après le sourire aveuglant que j'eus en réponse, c'était tout à fait bien pour lui.

JE CONDUISIS autour du pâté de maisons menant à la sienne et fis le tour une fois, vérifiant et faisant en sorte d'être sûr qu'il n'y avait pas une voiture où que ce soit que Brin ne pouvait pas identifier comme appartenant à sa rue. Il identifia la Volvo S60, l'Audi SUV, et la Toyota Camry garées le long du trottoir.

— Juste pour que tu saches, dit-il en brisant le silence. Si nous étions en train de marcher, nous pourrions dire quelles voitures appartiennent à la rue de celles qui ne le font pas.

— Comment ?

Je voulais savoir pour de futures références.

— Une des manières est que tu dois avoir un autocollant pour te garer dans les différents parkings des plages, me renseigna-t-il. Ils coûtent dix dollars par an, et tout le monde en a un. J'en ai un aussi, tu vois ?

Je vis où il me montrait du doigt et enregistrai l'information.

— Et celle-là aussi, dit-il, me montrant le pare-chocs d'une Audi garée.

Je vis un ovale de dix centimètres de l'autre côté, comme les autocollants OBX pour les Outer Banks en Caroline du Nord que j'avais déjà vus. Sur l'Audi – et la Volvo, remarquai-je – il y en avait un NHT – pour Nahant.

— Je ferai en sorte de regarder ce genre de chose à partir de maintenant, lui assurai-je.

— Pas que nous nous retrouverons encore dans cette situation à l'avenir.

— Quelle situation ?

— D'être sur nos gardes.

Il n'avait aucune idée dans quel genre de vie il s'engageait.

— Pas que je ne puisse pas gérer ça, parce que je peux faire n'importe quoi tant qu'on est ensemble.

— Tu sais, tu devrais vraiment…

— Donc, qu'est-ce qui se passe maintenant ?

Nous étions garés au bout de la rue, et j'observais simplement, pas vraiment prêt à conduire jusqu'à la maison pour le moment.

— J'envisage certaines choses.

156

— Quelles choses ?

— Marko, principalement.

— Est-ce que tu peux expliquer ça un petit peu ?

Je vérifiai dans le rétroviseur central puis ceux latéraux avant de regarder à nouveau la maison de Brin.

— Au-delà de cette affaire avec toi et ton père, je pense que mon boss peut être prêt à me remplacer.

— Qu'est-ce que ça veut dire ?

— Ça veut dire qu'il pourrait être inquiet que j'aie trop de mon propre pouvoir et pas assez qui provienne de lui.

— OK, c'est logique.

— Quoi ? demandai-je en me tournant pour le regarder.

— Quoi ?

Il haussa les épaules.

— Si je suis un boss du crime, je ne veux pas que les gens sous moi aient l'idée que le gars entre eux et moi est plus qualifié que moi. Je veux dire, je veux qu'il – dans ce cas, toi – soit toujours de rang inférieur à moi, et je veux qu'ils voient tous que tu n'es pas qualifié pour faire mon travail.

— Tu as raison. Oui.

— Et en ce moment, on dirait que Grigor est inquiet que tu puisses le détrôner.

— Ce qui est ridicule parce qu'un gars non serbe ne peut pas diriger la mafia serbe à Boston, dis-je incrédule. S'il y pensait ne serait-ce qu'une seconde, il comprendrait à quel point c'est stupide.

— Sans mentionner le fait que tu es fait pour être loyal.

— Oui, je le suis, soupirai-je en tendant la main pour tapoter son genou. Et ça dit quelque chose à propos de Grigor qu'après tout ce temps il ne comprend pas ça, mais tu le fais après m'avoir connu seulement un après-midi.

Il couvrit ma main de la sienne, et seulement alors réalisai-je qu'il était pratiquement en train de sauter dans son siège.

— Qu'est-ce qui ne va pas avec toi ?

— C'est tellement exaltant, déclara-t-il excité.

Je lui jetai un œil.

— Quoi ? C'est le moment de courir ?

— Ce n'est pas un film, insistai-je.

— Oui, je sais, s'émerveilla-t-il. C'est ma vie en ce moment.

Il était trop enivré par l'adrénaline et l'alcool pour avoir l'esprit clair.

157

Je garai la Coccinelle dans son garage, et la porte se fermait quand j'entendis une voiture s'arrêter de l'autre côté.

— Sors, aboyai-je l'ordre à Brin.

Se déplaçant rapidement, il se rua hors de son siège avec les restes dans sa main et puis se tint debout attendant de savoir ce que j'allais faire ensuite. C'était amusant, l'empressement effréné sur son visage alors qu'il agrippait les restes de sa pizza.

— Tu vas peut-être devoir courir pour sauver ta vie, lui dis-je. Tu devrais peut-être jeter ça.

Il inclina la tête en arrière puis en avant, clairement indécis à ce propos.

— Mais c'est vraiment une bonne pizza, j'ai un bon pressentiment à propos du résultat de toute cette histoire, et je détesterais l'avoir jetée pour rien.

— Un bon pressentiment ?

Il acquiesça.

— Tu réalises que nous pourrions tous les deux mourir ici.

— Pas aujourd'hui. Je viens juste de t'avoir ; je ne suis pas prêt à ce que ce soit fini.

— Tu ne m'as pas, argumentai-je même si je réalisais à quel point c'était ridicule.

J'avais vraiment besoin de me concentrer.

— Oh, comme si je ne t'avais pas. Tu es tout à moi.

Je levai les mains au ciel, sortis mon arme, et lui dis de rester derrière moi.

— Oui, mon cher.

C'était sérieux et il me faisait sourire, et c'était mauvais parce que notre situation était, en fait, périlleuse, mais ses mots, chacun d'eux, depuis le moment où j'avais passé sa porte à maintenant me rendaient heureux.

Et je savais pourquoi ; il me donnait de l'espoir.

Ayant grandi sans personne, sans famille, et puis aller de foyer d'accueil en foyer d'accueil jusqu'à ce que j'aie l'âge d'entrer dans la Marine... Brinley et ses mots de promesse faisaient écho à un profond désir. J'étais convaincu que les gens qui n'avaient jamais eu la chaleur et l'éducation d'une maison savaient instinctivement quand cela leur était offert. Quand la proposition d'un refuge et d'un engagement éternel était sur la table, c'était instantanément reconnaissable et pas quelque chose à prendre à la légère ou comme acquis. Je ne ferais aucun des deux.

— Tu joues avec le feu, lui dis-je alors que nous nous faufilions vers la porte.

— Oh ?

— Tu ferais mieux de ne rien reprendre de ce que tu as dit après que toute l'excitation sera passée.

— Je ne ferais jamais ça, m'assura-t-il. Je te garde.

— Nous devrions parler de…

— Puis-je poser une question ?

— Maintenant ?

— Ouais.

— Brin, tu…

— Est-ce que ce genre de chose t'arrive souvent ?

— De quoi ?

— Que des gens essayent de te tuer ?

— Oui et non. Ce n'est pas moi en particulier, expliquai-je. C'est nous – Grigor et le reste de sa familia – que les autres essaient de tuer.

— Ah. Donc, c'est un oui.

Je me tournai et regardai Brin.

— Ouais, ce genre de chose m'arrive plutôt régulièrement.

— OK.

— OK ?

— Ouais, c'est OK. Aussi longtemps que je sais dans quoi je m'engage, je serai prêt.

— Pour quoi ?

— D'être la poule d'un gangster.

— Je suis désolé, *qu'est-ce que* tu viens de dire ?

— Je pensais que tu avais besoin de te concentrer. Tu étais tout inquiet que je porte ma nourriture.

Je secouai la tête.

— C'est juste – sois prêt à courir, d'accord ?

— Aussi longtemps que tu viens avec moi.

Il me rendait dingue.

Posant un doigt sur ma bouche, je nous dirigeai dans la cuisine et une balle se ficha dans l'encadrement de la porte à côté de moi.

Vraiment stupide.

Je me ruai dans la pièce et vis Luka bouger du coin de mon œil gauche, mais je savais que Doran, qui était à ma droite, avait été celui qui avait fait feu d'après la trajectoire du tir. Donc je tirai vers lui une fois, deux fois, puis tombai sur le canapé pour me couvrir du retour de feu et attendis.

— Qu'est-ce que tu fais ? me cria Luka.

— J'attends de voir si tu vas me tirer dessus.

— Pourquoi diable te tirerais-je dessus ? demanda-t-il irrité.

— Je ne sais pas ! Mais rien n'est logique aujourd'hui.

— Eh bien, toi et moi le sommes. Toujours.

Laissant sortir un profond soupir, je me levai, vérifiai rapidement la pièce, ne vis personne d'autre, et puis marchai vers Doran, qui était mort, une balle dans le front, l'autre dans la gorge. Je me dirigeai ensuite vers Luka, qui était étendu sur le sol en agrippant son épaule gauche.

— Qu'est-ce qui ne va pas, tu t'es blessé tout seul en jouant au racquet-ball ou un truc comme ça ? demandai-je en rangeant mon arme dans mon étui d'épaule avant de m'accroupir à côté de lui.

— Non, grommela-t-il en se débattant pour s'asseoir jusqu'à ce que je l'aide. Quand Doran est tombé, il a tiré et m'a touché.

— T'es sérieux ?

— Oui, grinça-t-il en repoussant le col châle de son pardessus caramel afin que je puisse voir sa blessure qui suintait lentement de sang. C'était tout neuf et maintenant c'est foutu.

— Que diable faisais-tu ici avec Doran de toute façon ? demandai-je en prenant un torchon accroché à la poignée du four pour le lui donner.

— Qu'est-ce que je fais avec ça ?

Je grognai avant de le manipuler, repoussant son manteau puis sa veste en dessous et enfin son pull à col roulé en cachemire. Une fois que j'eus relevé le pull, je pris une seconde pour rapidement plier le torchon et puis le placer contre sa blessure par balle.

— Tu aurais simplement pu le dire, se plaignit-il.

— Que diable faisais-tu avec Doran ? pestai-je contre lui, furieux qu'il ait pu réellement être blessé, voire même tué, à cause d'un stupide accident.

— Je ne suis pas avec Doran ; Marko était avec Doran.

— Alors que diable fais-tu ici ?

— Je suis venu pour être sûr que tu allais bien.

— Pour l'amour de Dieu, Luka, tu aurais pu être tué !

— Tu aurais pu l'être aussi, c'est la putain de question.

Je n'avais aucune idée de quoi dire. Cela me réchauffait le cœur de savoir que mon ami avait fait le trajet spécialement pour me sauver la vie, dans le cas où j'aurais eu besoin de son aide. D'un autre côté, il venait de montrer à notre boss où reposait sa loyauté, aussi clair que du cristal. Si Grigor était, en fait, parti pour m'abattre, Luka serait le prochain à mourir juste après moi.

— Tu es un idiot, fut tout ce que je trouvais à dire.

— Oui, eh bien, je t'aime aussi.

Je grognai, massai l'arête de mon nez trop durement, et puis regardai de nouveau l'homme qui maintenant me faisait un large sourire.

— Où diable t'es-tu garé ?

— Sur la prochaine rue. Je ne voulais pas que Doran me voie.

J'assimilai finalement ce qu'il était en train de dire.

— Donc, en fait, tu es venu me sauver de Doran.

— Non, je suis venu te sauver de Marko, si c'était là où on aurait dû en venir.

Je hochai la tête.

— Ouais, je ne sais pas de quel côté va être Marko, non plus.

— Ça pourrait aller dans les deux sens, me dit Luka alors que je l'aidais à se remettre sur ses pieds. Peut-être.

— De quoi tu parles ?

— Marko, répliqua-t-il simplement. Certains jours je pense qu'il t'aime comme un frère, peut-être même que moi aussi. D'autres jours, je pense qu'il veut nous tirer une balle à tous les deux.

Je me sentais pareil. C'était risqué avec Marko. Mais comme Luka l'avait dit, peut-être. Le fait était qu'il y avait toutes les chances que nous ayons tous mal compris l'effrayant homme qu'il était. Il aurait pu nous aimer tous – moi, Luka et Pravi – férocement. Il n'y avait juste aucune façon d'en être certain.

— OK, donc qu'est-ce qui se passe maintenant ? voulut savoir Luka.

— Dis-moi. Est-ce que Grigor essaie de me tuer parce qu'il pense que j'essaie de prendre la relève ou pour d'autres raisons ?

— En ce moment, pour d'autres raisons.

— Et quelles sont-elles ?

— Le juge Hardin est mort.

— Oh, soupira Brin derrière moi, se déplaçant lentement en portant une large enveloppe. C'est dommage. Il était encore jeune.

— Où c'était ? lui demandai-je.

— Dans le garage, me dit-il. Je me suis souvenu que beaucoup de facteurs glissent des choses sous la porte du garage si je ne suis pas à la maison.

Il y avait des marques de pneu dessus.

— Donc nous avons roulé dessus quand nous sommes rentrés.

Il hocha la tête.

Je regardai à nouveau Luka.

— Est-ce que Grigor a tué le juge ?

Mais il regardait Brin par-dessus mon épaule.

— Hé, je te connais.

Oh, pour l'amour de Dieu.

— Je pense que nous nous sommes enivrés ensemble le 4 juillet.

— Tu *étais* vraiment ivre, lui assura Brin.

— Ouais, je l'étais, acquiesça Luka. Tu posais beaucoup de questions sur Ceaton.

— Auxquelles tu n'as pas répondu, concéda Brin, mais tu as été vraiment très gentil de m'expliquer toutes les affaires de mon père avec votre boss.

Luka se tourna vers moi.

— Ne dis rien à Grigor, OK ?

— Pourquoi diable le dirais-je à Grigor ?

— Ouais, je suppose.

— Luka !

— Quoi, merde.

— Est-ce que Grigor a tué le juge ?

— Eh bien, ouais.

Brin retint sa respiration.

— Ohmondieu, je pensais quand tu as dit qu'il était mort qu'il avait eu une crise cardiaque ou un truc du genre.

Je plissai les yeux dans sa direction, et j'étais sûr que Luka devait l'avoir regardé avec une expression similaire d'incrédulité parce qu'il eut un mouvement de recul.

— Quoi ?

Luka fit un bruit de dégoût, recentrant mon attention sur lui.

— Écoute, Grigor a tué le juge parce qu'il allait sortir irréprochable de ses activités criminelles. Apparemment le FBI l'avait pour corruption, racket – choisis ce que tu veux, ils l'avaient. Mais une des filles avec lesquelles le juge couchait l'a averti, et il a mis son journal avec toutes les dates et heures et montants dedans dans une enveloppe et l'a envoyée ici à son fils pour qu'il le garde en sécurité.

— Pourquoi ne pas juste le donner aux fédéraux ?

— Il voulait passer un marché avec eux, et il savait que quand ils fouilleraient sa maison ils allaient tout découvrir. Il avait un employé chargé de l'envoyer.

— Comment Grigor a pu atteindre le juge ?

— Il a demandé à Graham de le faire.

J'étais stupéfié.

— Jonas Graham ?

Il hocha la tête.

— L'avocat, dis-je platement.

— Ouais.

— Il a envoyé un avocat tuer le juge.

— Il l'a fait. Il a dit à Graham que c'était le moment d'apporter sa contribution parce qu'il n'y avait aucun moyen que le juge laisse entrer quelqu'un d'autre dans sa maison.

C'était tout à fait logique.

— Comme si Marko n'aurait pas pu rentrer, ou moi ou Pravi, après que le juge aurait tout fermement verrouillé.

Exact. Quelqu'un aurait à tout le moins entendu le grabuge.

— Ou même toi. Le juge était un homme intelligent.

Je n'étais pas enclin à être d'accord. Il avait tourné le dos à une femme qui l'aimait et le meilleur fils qu'un père aurait pu demander – à mon avis – pour garder son argent et son statut. Intelligent n'était pas un terme que je lui assimilais.

— Donc qu'est-ce qui s'est passé ?

— Tu vas adorer ça, soupira-t-il. Le juge a tué Graham.

— Sans déc ?

— Ouais. Quand Graham a poussé le juge du balcon de son appartement-terrasse, il l'a entraîné avec lui. C'était il y a environ dix minutes.

Je me tournai pour voir Brin.

— Je suis tellement désolé, bébé.

Il secoua la tête.

— Je ne m'en soucie pas vraiment. J'ai juste besoin de savoir ce que ça veut dire pour toi.

Me retournant vers Luka, je vérifiai sa blessure et vis qu'elle ne saignait plus.

— Est-ce que tu peux conduire toi-même à l'hôpital ou pas ?

— Pourquoi ? Si je ne peux pas, vas-tu m'y conduire ?

— Tu sais que je le ferais.

Il leva les yeux au ciel.

— Je vais aller à l'hôpital, dire que je me suis fait tirer dessus par des coups de feu tirés d'une voiture quelque part, et y rester jusqu'à ce qu'ils me laissent sortir.

— Dis à ta mère que ce n'était pas moi.

— Ouais, ouais.

Je pensai à quelque chose.

— Pourquoi diable Grigor m'a envoyé ici pour commencer s'il allait juste vous envoyer me tuer ?

— Il n'avait pas prévu de te tuer, dit Luka alors que je marchais à côté de lui jusqu'à la porte d'entrée. Il a décidé quand tu as dit à Pravi que tu ne pouvais pas trouver le paquet.

Je hochai la tête.

— Il a pensé que je le lui cachais.

— Ouais.

— Donc des années de loyauté qui comptent pour que dalle, râlai-je.

— S'il te plaît, dit-il avec une patience exagérée. Grigor est fou. Qu'il pense ça de toi, de nous tous, que nous pourrions nous retourner contre lui un jour, me montre à quel point il est devenu paranoïaque.

— Je pensais que c'était une famille. Je pensais que *nous* étions une famille.

— J'aurais dit qu'ils étaient des loups, mais les loups ne se retournent pas les uns contre les autres comme ça.

— Ouais, acquiesçai-je. Donc je vais appeler Grigor, lui dire que je t'ai tiré dessus.

— Non, non, non, dit Luka en se tournant vers moi. Je vais appeler Grigor, parce que si je le fais et lui dis ce qui s'est passé, alors peut-être qu'il te laissera vivre.

— Pourquoi ? l'incitai-je. Tu le sais aussi bien que moi. Une fois qu'il a décidé de te tuer, un jour où l'autre ça finira par être fait. Je ne suis plus l'un de ses hommes ; c'est arrivé si vite parce qu'il a pensé à quelque chose qui était tout simplement des conneries.

— Il te faisait confiance ce matin quand il s'est levé.

— Je ne suis pas sûr de ça. Cela fait un moment qu'il a des arrière-pensées à mon propos, dis-je tristement, plus blessé que je pensais l'être, et maintenant j'avais une lente et suintante rage me dévorant les entrailles parce que Brin était aussi impliqué.

Brin était autant en danger que je l'étais parce que si Grigor voulait m'abattre, Brin était dans sa ligne de mire aussi.

— Ouais, mais il ne planifiait pas de te tuer, donc je pense toujours qu'il peut être persuadé de changer d'avis.

— Non. C'est fini, dis-je choqué de la finalité de mes paroles et la position que je devais prendre.

Et à quel point je me sentais terriblement seul. Comment étais-je supposé garder Brin en vie si Grigor venait après moi avec tous ses hommes et ses ressources ? Je n'étais qu'un homme, ils étaient tellement nombreux sous ses ordres, et ce ne serait qu'une question de temps avant que je sois avalé par cet océan.

Luka s'éclaircit la gorge.

— Si tu l'appelles, il pourrait venir en personne. Je ne veux pas ça parce qu'il prendra une décision inconsidérée. Il a besoin de se rappeler ce que tu signifies pour lui.

Je soupirai lourdement.

— Tu peux t'enfuir.

Je secouai la tête.

— Je ne peux pas. La vie de Brin est ici.

Il haussa les épaules.

— Donne-lui le livre, jure-lui loyauté, fais tout ce que tu as à faire, juste… Tu peux toujours t'en sortir en un seul morceau. Tu me manqueras si tu meurs.

— Merci, mon pote, dis-je gentiment en serrant son épaule indemne. Maintenant, si je mets Doran dans le coffre, tu peux te débarrasser de la voiture chez Otto et quand même te rendre à l'hôpital ?

— Ouais, sûr. Tu m'as fait une faveur et tu ne m'as pas tué, de plus tu m'as donné une bonne excuse à donner à Grigor. Je peux me débarrasser du corps, pas de problème.

— Tu es sûr que tu peux faire ça ? demanda Brin. Tu as perdu beaucoup de sang.

— C'est seulement une blessure à l'épaule, expliqua Luka. Je vivrai.

Brin lui fit un faible sourire.

— Je vais l'appeler aussitôt que tu seras parti.

— Qu'est-ce que je viens de dire ? cria Luka.

— Ce n'est pas important. Utilise ta tête.

Il me fixa.

— Réfléchis, ordonnai-je. Quelle est la seule véritable alternative, là ?

— OK, acquiesça Luka qui sortit par la porte en premier parce qu'il devait récupérer un Doran maintenant sans vie, un gars avec qui j'avais bu la nuit précédente.

C'était irréel.

J'avais toujours entendu que dans la mafia, si tu perdais ton boss, la vie pouvait changer en un battement de cils. J'étais naïf de penser que la même chose ne serait pas valable si ton boss s'était mis en tête que tu étais déloyal. C'était une honte. J'avais pensé travailler le reste de ma vie pour Grigor Jankovic, et maintenant, si je le voyais à nouveau, il essayerait de me tuer.

Après avoir mis Doran dans le coffre d'une des nombreuses voitures de Grigor, celle-ci étant sa nouvelle Mercedes S-Class Sedan, je retournai du côté conducteur et je serrai la main tendue de Luka.

— Je vais aller à l'hôpital et appeler ma mère puis attendre de tes nouvelles.

— Je ne vais probablement pas m'en sortir.

— Nan, je n'accepte pas ça. Je vais attendre ton appel.

— Luka, je…

— Je vais attendre.

Je secouai la tête même s'il maintint sa prise sur ma main plus serrée.

— À l'intérieur tu as dit « je pensais que nous étions une famille », mais tu as besoin de comprendre que *nous* sommes une famille. Ça n'inclut simplement pas Grigor.

Bordel. Il me regardait avec le même optimisme que Brin avait, et cela m'éventrait parce que je n'étais pas sûr de pouvoir vivre avec ses attentes. Je ne voulais vraiment pas mourir et le laisser tomber.

— Sois prudent, ordonnai-je. Et prends soin de ta mère.

— Je vais le faire, grommela-t-il en grimaçant alors qu'il bougeait son épaule blessée. Elle va être furieuse.

— Fais juste en sorte qu'elle sache que ce n'était pas moi qui t'ai tiré dessus.

Il me fit un sourire, et je restai là à le regarder partir.

De retour à l'intérieur de la maison je trouvai Brin en train de nettoyer sa cuisine.

— Laisse-moi faire ça, lui dis-je.

Il me regarda d'où il était agenouillé sur le sol.

— C'est du sang, Ceaton ; j'en ai vu beaucoup dans ma vie. Les gens se blessent sur des bateaux et quand on travaille autour de l'eau. J'ai vu des personnes mourir, des animaux... une fois, j'ai dû chercher le pied coupé d'un collègue.

— Bordel.

— Je ne suis pas un ingénu qui va s'évanouir à la vue du sang.

— OK.

— Tu sais, ces émissions où tu regardes ces gars qui sortent sur des bateaux de pêche qui attrapent du crabe ou du thon ?

— Ouais.

— J'ai été sur ces bateaux, et c'est bien pire que ce que tu peux voir.

Je marchai jusqu'à lui et lui attrapai le bras, le relevant.

— Donc tu es en train de me dire que tu es un dur à cuire.

— Oui.

Je hochai la tête et pris sa tête entre mes mains.

— Est-ce que ça te dérange que je te touche ?

— Non, dit-il tremblant, pourquoi ça me dérangerait ?

— Parce que je viens juste de tuer un homme dans ta cuisine, lui rappelai-je.

— Il t'aurait tué, dit-il en levant sa tête pour se libérer de mes mains puis il se rapprocha de moi et enroula ses bras autour de ma taille. Et puis il m'aurait tué. Il ne t'a pas laissé le temps de t'expliquer ; il est juste venu ici pour mettre un terme à ta vie.

— Je sais, dis-je en le serrant fermement contre moi, reposant mon visage dans ses doux cheveux qui sentaient bon le propre.

— Je ne suis pas effrayé parce que tu l'as tué – encore une fois, je suis un scientifique. Je connais la vie et la mort. Je suis effrayé que tu puisses être blessé ou tué, et c'est ce qui me rend en quelque sorte frénétique.

— Qu'est-ce que tu veux dire ?

— Je pense que nous devrions fuir, dit-il nerveusement, se penchant en arrière pour me regarder dans les yeux. Je pense que je devrais faire un sac et que nous devrions conduire jusqu'au Canada ou ailleurs.

— Vraiment ?

— C'est un beau pays et leur Premier ministre est vraiment canon.

J'eus un petit rire.

— Ce n'est pas drôle. Comment peux-tu être aussi calme ?

— Parce que nous devons être intelligents dans cette histoire, et que je refuse de t'arracher à ta vie ici.

— Qu'est-ce que ça signifie ?

— Ça signifie que nous allons appeler la police et qu'ils vont te mettre en détention protectrice puis si tu leur donnes le livre alors…

— Quoi ? Protection des témoins ? Et je ne te revois plus toi ou ma famille ?

— Au moins tu seras en vie.

— Ne viens-tu pas d'expliquer à ton ami comment tu n'allais pas m'arracher à ma vie ici ?

— C'était avant que je pense au fait de te voir mort à mes pieds.

— Eh bien, je m'en fous. Je ne veux pas être en vie si je ne peux pas t'avoir avec moi et que je ne puisse plus jamais revoir mes parents ou aucun de mes amis ou de ma famille étendue. Quel genre de vie est-ce ?

— Chéri…

— Oh, ne sois pas tout mielleux maintenant, m'avertit-il. Je te l'ai déjà dit et je vais te le répéter – je ne te quitte pas, hors de question, pas maintenant.

— C'est différent désormais. Tu…

— N'importe quoi, contra-t-il. Ce que je veux n'a pas changé d'un iota.

— Brin…

— Non.

Il était catégorique.

— Tu devrais appeler ton boss, trouver ce qu'il est en train de préparer, et ouvrir cette enveloppe pendant que tu y es.

Je n'avais pas le temps de débattre avec lui. Sortant mon téléphone de ma poche, je fis défiler mes contacts jusqu'au nom de Grigor et appuyai sur le bouton d'appel pendant que j'ouvrais le paquet que le juge Hardin avait envoyé à Brin.

— Ceaton, répondit Grigor. Je ne suis vraiment pas surpris d'avoir de tes nouvelles.

— J'espère, dans notre intérêt à tous les deux, que je t'ai sur une ligne sécurisée.

— C'est le cas.

— C'est bien, parce que je te le dis maintenant, j'ai tiré sur Luka et Doran est mort.

Il soupira.

— Pourquoi n'as-tu pas tué Luka ?

168

— J'avais besoin de quelqu'un pour prendre le corps.

— Tu as toujours été quelqu'un de très pragmatique.

— « Minutieux » est le mot que tu cherches.

— Et est-ce que Luka va vivre ?

— Je pense, mais il a perdu beaucoup de sang, mentis-je.

— Est-ce que Doran a souffert ?

— Tu t'en soucies ?

— Oui.

— Non. Il n'a pas souffert, dis-je en jetant un regard à l'extérieur et remarquant qu'il faisait déjà sombre.

Les jours étaient tellement courts en automne.

— Donc dis-moi, qui vas-tu m'envoyer pour mettre fin à mes jours ?

— Je vais envoyer tout le monde, Ceaton.

— Même Marko, ton meilleur gars ?

— Tu es mon meilleur gars, Ceaton. Tu l'as toujours été.

— Oh ?

— Tu sais ça.

— Non, je ne savais pas.

— Je n'ai jamais eu confiance en quelqu'un comme j'avais confiance en toi.

Avais. Déjà du passé.

— Dans ce cas, je ne comprends pas.

Son expiration fut longue.

— Quand Brinley a demandé après toi en particulier et que tu n'as rien fait de plus pour t'y soustraire, j'ai su que quelque chose clochait.

Ah.

— Et puis quand le juge a avoué à Graham qu'il avait envoyé son journal à son fils, je savais ce que tu mijotais.

— Vraiment.

— Bien sûr. Je ne suis pas un idiot.

Mais il l'était.

— Tu étais en train de mettre en place un plan pour prendre le relais, annonça-t-il. Tu as commencé la planification depuis un moment, et c'était l'élément final dont tu avais besoin. Tu as même essayé de parler à Jonas pour collaborer avec toi. J'ai vu le numéro sur son téléphone plus tôt dans la journée.

Pauvre gars ; il voulait seulement baiser.

169

— Est-ce pourquoi tu l'as envoyé tuer le juge ? Était-ce un test pour voir s'il le ferait ?

— Bien sûr, me dit Grigor. Tous ceux de ton côté, tous ceux essayant de te mettre à ma place, je m'en suis occupé aujourd'hui.

— Et maintenant quoi ? Toi et Pravi êtes en chemin pour venir ici à Nahant afin de tuer Brin et moi ?

— C'est Brin maintenant ?

— Ouais.

— D'abord dis-moi la vraie raison pour laquelle tu as laissé Luka en vie.

Oh non.

— Parce qu'il est venu avec Doran, et que Doran était le meilleur tireur.

— Je vois.

— Luka n'est pas avec moi.

— Et Pravi ?

— Pravi ? Est-ce que tu plaisantes ? Il a été avec toi le plus longtemps.

— Et pourtant quand je lui ai dit de prendre quelques gars et d'aller là-bas te tuer, il est parti sans dire au revoir, et je ne l'ai pas revu depuis.

— Ça ne veut rien dire.

— Je pense que ça veut tout dire.

Merde.

— Donc, qu'est-ce qui se passe maintenant ?

— Est-ce que tu as le livre ?

— Je l'ai.

— Eh bien, alors, peut-être que nous pouvons faire un marché.

C'était des conneries, je savais qu'il ne fallait pas rentrer dans son jeu. Grigor Jankovic ne faisait jamais de marché avec qui que ce soit, en particulier quand il avait la main haute et il l'avait certainement.

— Comme quoi ? jouai-je le jeu. Moi, Brin, Luka et Pravi contre le livre ?

— Ils sont avec toi, alors.

— Ouais, bien sûr, dis-je, envoyant un message à Luka en lui disant de balancer la voiture quelque part et de juste aller à l'hôpital et d'appeler sa mère.

Il devait faire en sorte qu'elle soit aussi en sécurité.

— Donc à propos de ce marché.

— Il n'y a pas de marché, Ceaton ! Ce livre est inutile. L'employée travaille pour moi. Elle a envoyé un livre vide à Brinley.

Mais alors que j'ouvrais le paquet, je trouvai une sorte de journal intime écrasé avec un de ces cadenas qui ont une clef. C'était un journal de petite fille, rose et mauve avec une ballerine sur la couverture. La chose la plus importante, cependant, était ce qui était écrit à l'extérieur.

— Qu'est-ce que c'est ? murmurai-je.

— Qu'est-ce qui est quoi ?

— J'ai ouvert le paquet et il y a un journal intime à l'intérieur, mais ça dit que l'original est avec la voûte, dis-je gravement, perplexe. Qu'est-ce que j'étais en train de regarder ?

— Excuse-moi ?

Je pris une photo de l'objet avec mon téléphone et la lui envoyai.

— Que diable est la voûte, et ne devrait-il pas dire que l'original est *dans* la voûte, pas *avec* ?

Il y eut un long silence.

— Grigor ?

— Qui – comment connais-tu la voûte, Ceaton ?

— Je n'ai aucune idée de ce dont tu parles.

— Tout le monde est déjà en chemin pour te tuer, ainsi que Pravi et Luka et tous ceux que je peux trouver ! grinça-t-il, semblant presque hystérique, dérangé comme je ne l'avais jamais entendu auparavant.

Il avait perdu l'esprit, et que diable était la voûte ?

— J'espère que tu prendras du plaisir à voir Brin mourir devant toi !

— Va te faire foutre ! rugis-je avant de raccrocher.

— Ceaton ? demanda Brin alors qu'il se lavait les mains et se retournait vers moi. Qu'est-ce qui ne va pas ?

— Nous devons partir d'ici, revenir à mon appart pour prendre mes armes et…

Nous entendîmes tous les deux les pneus de plusieurs voitures crisser jusqu'à s'arrêter en face de la maison.

— Putain, criai-je, me ruant vers la porte d'entrée sachant que je ne l'avais pas verrouillée en rentrant après avoir raccompagné Luka.

Elle s'ouvrit à la volée et Pravi bondit à l'intérieur, atterrissant presque à mes pieds avec Marko juste derrière lui.

— À terre ! hurla Marko, et je tombai à genoux alors que l'air au-dessus de nous était rempli d'une volée de balles qui déchirèrent le mur de l'autre côté de la pièce.

Me précipitant vers la porte, je la claquai pour la fermer, me levai et la verrouillai avant de ramper vers Pravi.

— Qu'est-ce que vous foutez là ?

— Je suis venu te prévenir, grogna-t-il, visiblement pas heureux de la position dans laquelle il se retrouvait. Grigor a perdu son putain d'esprit, et tu es son bouc émissaire.

Je me tournai vers Marko, qui était maintenant assis à côté de lui, la mâchoire serrée, tout à fait furieux.

— Et toi ?

— Je suis venu pour vous protéger tous les deux de Grigor !

— Pourquoi tu hurles ?

— Parce que c'est de ta faute, grogna-t-il.

— Pourquoi c'est ma faute ?

— Parce que nous, dit Marko, indiquant Pravi, moi et lui-même, aurions tué Grigor il y a des mois quand je t'ai dit pour la première fois qu'il voulait te tuer.

Je ne pouvais pas m'empêcher de lui sourire.

— Maintenant tu es aussi cinglé ?

— Non, je suis juste…

Je retins mon souffle alors que ma vision devenait floue sur les bords.

— J'avais compris que Pravi viendrait, mais tu…

— Tu pensais que je te laisserais à la merci des loups ?

— Ça demande beaucoup de foi, tu sais ?

Son rire moqueur était fort.

— Je t'ai toi, j'ai Pravi, peut-être Luka, c'est dur à dire, mais c'est tout. Si je suis fini, je finirai avec mes frères.

— Putain, gémis-je alors que les larmes me montaient aux yeux.

— Pouvons-nous ne pas faire ça maintenant putain ! cria Pravi. Je ne suis pas encore prêt à mourir !

Des balles mitraillaient les fenêtres, et Brin rampa vers moi même si je lui avais ordonné de rester en sécurité caché derrière le comptoir de la cuisine.

— Ma place est à tes côtés, annonça-t-il, se cognant contre moi puis se blottissant contre mon flanc.

— Oh, c'est tellement mignon, lança malicieusement Pravi en me jetant un regard malheureux.

— Pourquoi viendrais-tu me prévenir ? demandai-je en le regardant. Tu es le gars de Grigor.

— Tu sais que je suis ton gars avant tout, ne sois pas stupide, m'assura-t-il, ses mains couvrant sa tête alors que nous étions tous les quatre arrosés de verre et de bois.

Il y avait une limite à toute la protection que nous pouvions avoir.

— Il doit être dix-neuf heures un dimanche soir, m'exclamai-je surpris en regardant Brin. Comment les gens peuvent ne pas encore avoir appelé les flics ?

— Silencieux sur les armes, offrit Marko comme explication. Et ils sont près de la maison, et puis il y a seulement la plage et un parc de l'autre côté de la rue.

Je le fixai.

— Et le vent, divagua-t-il, c'est très bruyant.

— Tu as fini ?

— Quoi ?

— Avez-vous apporté plus d'armes ou des munitions ?

— Je suis venu de chez Grigor directement ici ; je ne me suis pas arrêté faire du shopping en chemin.

Je n'avais aucune idée qu'il pouvait être si sarcastique. J'avais totalement manqué ça de toutes nos années d'apparente amitié.

Je jetai un coup d'œil à Pravi.

— Je ne suis pas passé à Walmart non plus, fit-il remarquer sèchement.

Ils étaient tous les deux des enfoirés, mais ils étaient définitivement *mes* enfoirés puisqu'ils étaient prêts à mourir pour moi.

J'envoyai Marko dans la cuisine, puis Pravi, puis Brin et je les suivis. Nous nous dirigeâmes vers le garage, et je me tins dans l'encadrement de la porte alors que Pravi s'accroupissait et que Marko se tenait debout derrière moi, chacun de nous mettant aussi nos silencieux sur nos armes. J'avais une recharge et je savais qu'ils en avaient une aussi tous les deux – nous en portions tous une – mais c'était tout, et je savais que Grigor avait beaucoup de gars.

— Combien de voitures y a-t-il dehors ? demandai-je à Marko.

— Cinq, je pense.

Je toussai.

— Après que nous aurons fini ici, nous devons faire en sorte que Luka soit aussi en sécurité.

— Et sa mère, ajouta Pravi.

— Ouais.

Nous étions tous très attentifs, ne parlant pas.

— Je suis chanceux, dit Marko en brisant le silence. Je suis un orphelin comme toi, donc personne d'autre dont je doive m'inquiéter.

— Excuse-moi, intervint Brin de derrière moi. Il m'a moi.

— Je l'ai lui, acceptai-je en tendant la main en arrière pour prendre la sienne et la serrer doucement.

— Si nous survivons à ça, je danserai à votre mariage, promit Marko.

— Mariage ? lâchai-je.

— Merveilleux, dit Brin joyeusement.

— Concentrez-vous, exigeai-je.

— Tu n'es pas le boss, gronda Pravi en prenant un instant pour pointer un doigt accusateur sur moi. Souviens-toi de ça.

C'était à nouveau silencieux, et après quelques minutes, l'état constant d'attente pesa lourd.

— J'ai tué Anton Djordjevic, dit Marko en brisant une nouvelle fois le silence.

En dépit que nous soyons profondément dans la mouise, je ne pus m'empêcher de me tourner vers lui pour le regarder, pas plus que Pravi.

— Bordel, qu'est-ce que tu viens de dire ? dis-je surpris.

Il grogna.

— Marko, c'est quoi ce bordel ?

Pravi semblait tout aussi stupéfait que moi.

— Tu sais qu'il a ordonné à Aristov de tuer Pavle, Goran et Sava. Tout le monde savait. Il pensait que parce qu'il avait McNamara il serait en sécurité. Je lui ai montré que ce n'était pas le cas.

Je devais avoir l'air d'un idiot avec ma bouche ouverte et aucun son n'en sortant.

— Il allait tuer Grigor ; ils se tournaient autour comme la mangouste et le cobra. La fin approchait.

— Mais c'est la même mafia à Belgrade, lui rappelai-je, ma voix s'élevant de peur pour mon ami. Et quand Grigor découvrira que tu…

— Je sais. J'ai pris des photos.

— Oh, pour l'amour de Dieu, Marko, tu…

— Oui, oui, grommela-t-il en me faisant un geste de la main dédaigneux. C'est fait et maintenant les hommes de Belgrade vont vouloir savoir pourquoi Grigor a ordonné l'assassinat.

— Oh merde, soufflai-je.

— As-tu tué McNamara aussi ? questionna Pravi.

— Il était là ; tu sais que je ne laisse pas de bordel.

Mon soupir fut long.

— Tu sais que tu viens juste de mettre Grigor dans un sacré pétrin.

Il haussa les épaules.

— Mon cadeau pour lui. Les deux hommes étaient des ordures.

Pas d'arguments. Un des différents moyens par lesquels Anton Djordjevic s'était distingué dans les affaires de Grigor était qu'il avait embrassé le marché du sexe. Il avait eu plusieurs maisons closes et des hommes et des femmes dans la rue recrutant activement de jeunes femmes. Pravi et moi avions passé plusieurs de nos jours de congé à simplement marcher dans les rues autour des gares routières, donnant de l'argent aux jeunes femmes perdues que nous trouvions avant que les gens de Djordjevic ne leur tombent dessus. Ce n'était pas un concours entre nous et eux parce que j'avais Pravi avec moi. Les petites filles lui jetaient un œil et accouraient. Les autres n'avaient aucune chance.

— Oui ?

— Oui, acquiesçai-je, d'accord avec Marko.

— Donc ils sont morts et Grigor doit en répondre. Je dis que c'est une bonne journée.

Son sens de la moralité devait avoir été biaisé, mais le mien devait tout autant l'être. Et sans aucun doute, il y avait des gens qui n'auraient pas la chance de commencer une nouvelle vie à cause des actions de Marko.

— Tu sais, si nous n'étions pas déjà morts, nous le sommes sûrement maintenant ?

Marko grimaça.

— Je n'ai rien fait, fit rapidement remarquer Pravi.

— Tu étais avec moi, non ?

— Ouais, couina-t-il, malheureux comme toujours.

— Et tu penses que j'ai besoin de me concentrer ? dit Brin en me faisant un petit sourire narquois. Waouh.

Je lui aurais répondu, mais la porte d'entrée s'ouvrit à la volée et j'entendis beaucoup de paires de bottes heurter le plancher en bois franc. Cependant, personne ne franchit le coin, restant plutôt de l'autre côté du mur de la cuisine.

— Pravi ! hurla Aca. J'ai parlé à Grigor, et il dit que si tu tues Ceaton, il te pardonnera, donc fais-le maintenant !

Pravi pencha la tête pour me regarder, et je baissai les yeux.

— Aca ? articula-t-il silencieusement le nom.

175

— Sang, lui répondis-je de la même manière, et nous savions tous les deux ce que je voulais dire.

Dans des moments comme ça, de bouleversement, quand vous n'étiez pas sûr de savoir en qui avoir confiance, ceux liés à vous par le sang signifiaient tout pour vous. Grigor s'était tourné vers le seul gars qu'il connaissait en qui il pourrait totalement avoir confiance. C'était une stratégie intelligente, ou l'aurait été si Aca n'était pas un tel idiot.

— Pravi ! hurla de nouveau Aca. Ceaton est celui qu'on veut !

Si j'avais pensé une seule seconde que Grigor aurait vraiment laissé Brin, Pravi et Marko, et même Luka, en vie si je me rendais… je l'aurais fait. Mais mon boss avait déjà prouvé aujourd'hui qu'il n'avait aucun honneur, donc je ne fis rien alors que Pravi disait à Aca d'aller en enfer.

— Marko, appela-t-il comme s'il venait de se rappeler quelque chose.

— Va te faire foutre ! rugit Marko en réponse, ce qui n'était pas une surprise. Je sais qu'il me veut mort ! Je ne suis pas un idiot, peu importe ce que peut penser ton boss !

— Vous êtes tous des hommes morts !

Tout à fait probable.

Je me tournai pour regarder Brin.

— Quoi qui se passe, reste à côté de moi.

Il acquiesça, et je vis dans ses yeux la foi et la confiance qu'il avait en moi. Je voulais vraiment vivre pour lui prouver que ce n'était pas une foi et une confiance mal placées.

— Je…

— Je sais, bébé, m'apaisa-t-il, levant sa main jusqu'à mon visage pendant un moment, son toucher aussi léger qu'une plume et tellement réconfortant.

— Pra…

Pan. Et puis un autre et un autre, et je reconnaissais le son de coups de feu, mais rien ne vint vers nous, aucune balle ne heurta le mur, le frigidaire ou la cuisinière. Il n'y avait personne de visible à travers la fenêtre à l'extérieur de la cuisine et rien ne frappa la porte du garage.

Je restai immobile, tout comme Pravi et Marko. Et puis il y eut un coup sur le mur.

— Ceaton Mercer ?

Voix différente, plus profonde, résonnante, pas du tout Aca… mais la voix semblait vaguement familière.

— Oui ?

— Ne tirez pas, et ne laissez pas vos hommes tirer non plus.

— Tu n'es pas le boss, réitéra Pravi, mais il ne le hurla pas.

Je lui donnai une rapide claque à l'arrière de la nuque pour le faire taire.

— OK, répondis-je.

Une main tenant un Beretta 92FS sans silencieux – qui que ce soit, il n'était visiblement pas inquiet à propos du bruit – et puis une tête se montrèrent de derrière le mur.

J'eus ce frisson instantané de reconnaissance comme si je l'avais vu à un endroit important, comme si j'aurais dû savoir qui il était, mais je ne savais pas. Je connaissais son visage, mais son nom m'échappait.

— Ceaton Mercer, me salua-t-il.

— Ouais, répondis-je alors que Brin se penchait derrière moi, posant une main sur l'épaule de Pravi pour voir à qui je parlais. Qui êtes-vous ?

— Vous ne savez pas ?

Mais je le savais, n'est-ce pas ? J'avais juste besoin de déterrer le nom.

— Peux-tu retourner derrière moi, ordonnai-je à Brin sans bouger mon regard de l'homme qui était maintenant au milieu de la cuisine.

— Qui êtes-vous ? demanda Brin en remarquant facilement l'allure de prédateur que dégageait l'homme devant nous.

Même avec toutes les armes pointées sur lui – la mienne, celle de Marko et celle de Pravi – il n'était pas le moins du monde nerveux.

Lentement, prudemment, il rangea dans son étui son Beretta, gardant son regard fixé sur Brin tout le temps.

— Je m'appelle Darius Hawthorne, expliqua-t-il. Et on me connaît sous différents noms, mais c'est celui qu'il devrait connaître, dit-il en me désignant du doigt.

Je m'éclaircis la gorge.

— Quels sont les autres noms que vous avez ? demandai-je, parce que celui-ci ne me disait rien du tout.

— Conrad Harris, répondit-il, sa voix ayant un petit quelque chose qui avait le don d'apaiser instantanément, et Terrence Moss, et celui que vous allez forcément reconnaître est Gold Team Leader.

C'était comme s'il m'avait électrocuté avec un Taser.

Mes genoux me lâchèrent presque, et je dus attraper le mur pour me soutenir mais m'agrippai à Marko à la place. C'était une chance qu'il soit aussi grand et costaud parce que je tirai d'un coup sec sur son bras alors que je me débattais pour retrouver mon équilibre.

J'étais submergé, effondré, la tête me tournait et j'étais presque nauséeux ; en même temps c'était comme si ma peau était trop serrée alors que mes yeux se remplissaient d'eau une seconde fois cette nuit-là.

Je pris de rapides et peu profondes inspirations de manière à ne pas m'évanouir alors que mon visage se réchauffait, et je frissonnai dans l'air froid que je n'avais pas remarqué il y a encore quelques instants.

Il n'y avait aucun doute là-dessus, j'étais en train d'avoir le jour le plus bizarre de ma vie.

— Mercer ?

— Putain de merde.

Son sourire s'élargit lentement et était infiniment bienveillant et juste un peu espiègle. Un homme magnifique, mais plus important encore, effrayant avec une confiance que vous pouviez sentir charger l'air d'électricité.

— Monsieur, dis-je, mon entraînement militaire de retour en un instant.

Je fis presque le salut.

Il traversa alors la pièce, main tendue, se déplaçant rapidement, et je m'éloignai de Marko, crapahutai autour de Pravi et me précipitai à sa rencontre.

J'agrippai la main offerte fermement, et il la recouvrit de son autre main.

— Je... Donc vous savez, je n'aurais jamais... Je n'avais pas... Je ne pouvais pas... Je ne suis pas ce genre d'homme qui vous aurait laissé ou les autres, et... Je vous jure que je *ne l'ai pas* fait, promis-je, voulant qu'il m'écoute, ayant besoin qu'il m'écoute, submergé par l'opportunité que j'avais au milieu de la journée la plus dingue et la plus incroyable que j'avais eue de toute ma vie.

Il y avait eu de bons jours et il y avait les mauvais au point de me vider de mon âme, mais jamais une n'avait rassemblé toutes ces choses.

Elle avait commencé tellement normalement, tellement quelconque de toutes les manières possibles, et pourtant maintenant j'étais inextricablement changé. Pour toujours.

Quand le jour avait commencé, il n'y avait pas Brin, mais maintenant il y avait la promesse de sa présence et où nous pourrions aller ensemble et ce que nous pourrions possiblement devenir.

J'avais toujours été amical avec Luka mais je n'avais jamais pensé qu'il puisse mettre sa vie en jeu pour moi. Maintenant, cependant, je savais mieux que ça. Je savais qu'il nous voyait comme des proches et qu'il partagerait le poids de notre amitié et tout ce que cela lui apporterait.

Pravi avait toujours été celui sur lequel je comptais pour couvrir mes arrières, mais je n'avais pas su qu'il nous considérait comme quelque chose de plus que ça, des proches, des frères même, voulant me soutenir, être à mes côtés, et en face de moi si nécessaire.

Et Marko – bordel – il avait été la plus grande surprise parce qu'il était un électron libre, celui que je n'avais jamais été capable de cerner, de savoir que, derrière une ombre de doute, il était en fin de compte et inextricablement de mon côté. C'était comme si je n'avais aucune idée de qui j'avais dans ma vie jusqu'à ce qu'il y ait la possibilité que je puisse les perdre.

Mais maintenant… J'avais l'opportunité que je n'avais jamais espéré avoir. Je pouvais expliquer à l'homme que l'armée avait menti sur le fait que je n'avais pas, en fait, abandonné ma position et puis décidé de le laisser lui et les autres en plan sans protection au milieu d'un échange de tirs. Je n'étais pas comme ça, et maintenant je pouvais lui dire.

— Monsieur, je ne vous ai pas abandonné vous ou les autres quand…

Il resserra sa main plus fermement, m'arrêtant alors que je l'observais.

— Je sais, m'assura-t-il. J'ai toujours su. C'est pourquoi je suis là. Ma situation a changé, et je me retrouve dans le besoin d'avoir une équipe permanente à plein temps, et j'ai besoin de quelqu'un pour la diriger. J'espérais pouvoir vous convaincre de prendre le poste.

Irréel. Ma journée était officiellement dingue. Je n'avais aucune idée de ce qui pouvait diablement bien se passer.

— Mercer ?

— Je… suis sur le point d'être possiblement mort, monsieur, et je n'ai aucune idée de la façon dont vous pouvez être ici en ce moment, non seulement ici, point barre, mais c'est contestable si vous avez – avec la seule branche de compétences que j'ai – de quelque manière que ce soit besoin d'un team leader.

Il mit sa main libre sur mon épaule mais ne relâcha pas l'autre.

— Eh bien voilà, dit-il en me souriant. Vous avez raison : ce n'est pas une question de leader. Mais de renfort. J'ai besoin de quelqu'un pour me couvrir à tout instant.

— Qu'est-ce que vous faites, monsieur, parce que j'ai seulement une branche de compétences.

— Ce qui est précisément pourquoi je suis venu vous trouver.

VIII

LE JOUR que je pensais être incapable de devenir plus étrange venait juste de le devenir.

Être assis avec Brin à ma droite et Pravi et Marko à ma gauche alors que je faisais face à un homme que j'avais rencontré seulement une fois auparavant… était accablant. Le fait que nous le faisions dans la maison de Darius à Nahant – eh bien, la maison qu'il pensait à acheter et par conséquent était en train d'essayer en ce moment – était d'autant plus étrange. Dans le salon chaleureux et somptueusement décoré qui avait une baie vitrée donnant sur la mer, j'étais presque aussi à l'aise que je l'avais été plus tôt dans la journée chez Brin.

Presque.

— Donc, commença Darius en se penchant en avant, parlant à Brin. Vous pouvez rester ici jusqu'à ce que votre maison soit remise en ordre – balles hors du mur, sang nettoyé – ce genre de choses. Je pars pour un travail de collecte d'information, donc cette maison est la vôtre pendant ce temps.

— Merci, répondit gentiment Brin, aussi fasciné que nous par Darius.

— Je suis désolé de ne pas être arrivé plus tôt. Nous aurions pu sauter la scène où votre maison est prise sous une pluie de coups de feu.

— Cela vous dérangerait-il de commencer depuis le début ? demanda Brin. Certains d'entre nous se remettent à la page ici.

Darius eut un petit rire, s'adossant de nouveau contre le cuir noir du canapé, visiblement charmé.

— Où voudriez-vous que je commence ?

— Je pense qu'un survol global de la situation fonctionnerait très bien.

Il réfléchit une seconde.

— Très bien, eh bien, j'avais l'habitude de tuer des gens. Beaucoup de gens. Vous pouviez me louer, et je faisais en sorte que qui que vous ayez besoin de faire disparaître, disparaisse. Ou si vous vouliez quelque chose de public et bordélique, je pouvais faire ça aussi. J'ai aussi travaillé pour une branche de la CIA qui en gros m'envoyait à un endroit, et si je réussissais, tant mieux, et si j'échouais, alors ils me laissaient pourrir et je finissais comme étant un quelconque gars mort dont personne n'aurait jamais entendu parler.

— C'est horrible, dit Brin en poussant un petit cri surpris.

— C'est les Opérations Spéciales, répondit Darius, implacable. Et c'est la vie.

Maintenant que je le regardais, je réalisais que je ne l'avais jamais réellement vu avant. Notre seule et unique rencontre avait été brève, et ma mémoire impliquait un casque et un rapide aperçu de ses yeux vert d'eau. L'homme assis en face de moi maintenant avec son bouc et sa coupe de cheveux dégradée à blanc, ses épaules massives, sa large poitrine, ses longues jambes – tout en lui était puissant et musclé mais pas corpulent, élancé, avec une disposition sous-jacente à être prêt à tout, comme s'il était en train de décider s'il devait nous tuer – tout était flambant neuf pour moi. Ses yeux étaient d'un jade plus brillant que je ne m'en souvenais, et le vif contraste de sa peau tannée couleur terre d'ombre avec les nuances bronze doré était saisissant. Alors qu'il était assis maintenant en face de moi, j'avais tellement de questions qu'il était difficile de savoir par laquelle commencer.

— Qu'est-ce que tout ça a à voir avec moi ? fut tout ce que je trouvai à dire.

Il s'éclaircit la gorge et se pencha en avant.

— Puis-je demander quelque chose d'abord ? interrompit Pravi.

Darius me jeta un coup d'œil.

— Est-ce que c'est d'accord ?

— Oui, bien sûr, bégayai-je presque, étonné d'avoir même été consulté.

— Continuez, dit-il à Pravi.

— Qu'est-ce qui est arrivé aux hommes de Grigor ?

— Les quinze qui étaient dehors ? clarifia Darius. Est-ce d'eux dont vous parlez ?

— Ouais.

— Ils nous ont quittés, dit-il sans un brin d'émotion avant d'offrir à Brin un nouveau sourire qui rendit ses yeux dangereusement brillants. Et j'ai des gens qui prennent soin du désordre pour être sûr qu'aucun de vos voisins ne soit alerté. Je ne veux pas que vous ayez une réputation de violent.

J'étais surpris par le rire narquois de Brin, mais en même temps, pas vraiment. Il prenait les choses comme elles venaient, mon gars ; j'avais déjà découvert ça plus tôt.

181

— Est-ce que Grigor va nous poursuivre ? s'enquit Marko, cependant sa voix semblait rocailleuse et basse.

Il n'était pas effrayé, jamais effrayé, mais il était prudent.

— J'ai eu une longue journée.

— Oui, en effet, accepta Darius avec un sourire canaille. Mais Grigor, comme beaucoup, a entendu parler de la voûte, et parce qu'il sait que le journal du juge a été acquise par moi – non, il ne vous dérangera plus.

— Et son lien avec le juge ? lui demandai-je.

— Il aura à répondre pour ce que l'avocat, Graham, faisait là, mais ce n'est plus votre problème. À partir de maintenant, ni toi, Pravi, Marko ou Luka ne travaillez avec ou pour Grigor Jankovic.

J'étais silencieux. Tout comme l'étaient les autres, nous attendions la suite.

— Vous travaillez pour moi, dit Darius, son regard rencontrant le mien. Et Pravi, Marko et Luka sont tes hommes.

Pravi ouvrit la bouche pour contester l'appellation, mais je posai une main sur son genou pour le maintenir sous silence.

— Donc si je comprends bien, commençai-je lentement, vous étiez un assassin pour la CIA et aussi un tueur à gages free-lance, mais maintenant, vous vous retrouvez avec une nouvelle position qui vous fait « acquérir des objets », et à cause de ça vous avez besoin de renforts.

— C'est un excellent résumé de la situation, accepta-t-il.

— Puis-je demander ce qui vous a poussé à faire ce changement ?

— J'ai un ami qui a besoin de moi pour veiller sur lui, et donc j'avais besoin de voyager moins et d'être capable de plus le surveiller.

— Vous le protégiez.

— Oui.

— Et a-t-il encore besoin de protection ?

— Pour un peu plus longtemps, oui.

— Et quand il n'en aura plus besoin, retournerez-vous à votre travail à la CIA et en free-lance ?

— Cela ne fonctionne pas comme ça, expliqua patiemment Darius. Être la voûte est une position que vous gardez jusqu'à ce que vous soyez prêt à vous retirer… ou que quelqu'un vous retire en premier.

— Puis-je poser une question ?

— Autant que vous le voulez.

— Pourquoi moi ?

Darius se pencha en avant et rencontra mon regard.

— Vous ne m'avez pas laissé moi et mon équipe ; vous nous avez protégés et nous avez couverts jusqu'à ce que vous et votre partenaire ayez été blessés par une explosion et qu'il soit tué.

— Oui.

— Vous êtes l'un des meilleurs tireurs d'élite que j'aie jamais vu, vous êtes calme sous la pression, vous pensez avant d'agir, vous avez un excellent instinct, des réflexes rapides, et par-dessus tout, vous êtes loyal.

— Je…

— Les gradés vous ont tenu responsable parce que vous n'êtes pas parti et que votre partenaire est mort. Votre lieutenant a ordonné à votre unité de quitter la zone de tir, mais vous avez passé outre les ordres et êtes resté pour faire en sorte que mes hommes et moi ayons un chemin dégagé pour partir. Je sais exactement qui est parti et qui est resté. Je suis désolé de n'avoir rien pu faire à ce propos, mais nous n'étions jamais là.

Je retins mon souffle, déglutis difficilement, décidé à ne pas fondre en larmes ou crier. Ce n'était pas juste. J'avais fait la bonne chose à faire, la chose éthique, la chose morale, et j'avais perdu mon futur à cause de ça. J'avais des plans qui avaient été balayés d'un geste en un instant. Je me souvenais de comment les autres m'avaient regardé après ça, comment ils m'appelaient et pour quoi j'étais reconnu. Ils disaient que j'étais insubordonné, que j'avais déserté mon équipe, mon poste, des hommes qui étaient supposés être ma famille, et le pire de tout, que j'avais fait tuer mon partenaire.

Je savais faire preuve de discernement, je connaissais la vérité, mais c'était une piètre consolation jour après jour. Le père de Tanner m'avait dit, quand j'étais allé le voir lui et sa femme une fois que j'étais aux États-Unis, qu'il souhaitait que j'aie pu avoir la chance de leur prouver qu'ils avaient tort. À la place, j'étais simplement fini, simplement parti.

Mais maintenant, cet homme me disait qu'il savait la vérité, savait qui j'étais, comment j'étais fait. Je n'avais aucun mot à dire qui était suffisant, qui le serait jamais assez.

— J'ai cru comprendre que Tanner avait reçu la Purple Heart.

— Il la méritait.

— Vous méritiez d'être aussi honoré.

— Je voulais juste que vous sachiez la vérité, monsieur.

— Et je la connais. Une fois que moi et l'armée nous sommes séparés, continua-t-il, avant que l'on me demande de travailler en free-lance pour la société, je me suis fait un devoir de vous retrouver. Je suis désolé de ne pas avoir été capable de vous contacter immédiatement, mais cela aurait pu être dangereux pour vous.

J'étais dans la mafia. Je me demandai à quel point sa vie avait été tellement plus effrayante ces quelques dernières années pour penser que la mienne était sûre.

— J'ai très peu d'amis, Mercer – j'aimerais que vous en soyez un.

Je m'éclaircis la gorge, mais ma voix était toujours rauque et cassée.

— Et j'aimerais en être un, mais je ne peux pas voyager à travers le monde pour tuer des gens. Je ne…

— Oh mon Dieu, non, dit Darius, surpris, riant presque. Je ne… Je ne peux plus prendre de travail comme ça. Je suis la voûte.

— Ce qui veut dire ?

— Pour vous cela voudra dire que vous viendrez avec moi si j'ai besoin de récupérer quelque chose ou de déposer quelque chose, et cette partie sera facile, principalement.

— Pourquoi ça ?

— Parce que tout de suite, si quelque chose m'arrivait, personne ne saurait où leurs œuvres d'art, leurs bijoux, leurs tableaux, leurs pierres précieuses, leurs gaz empoisonnés, leur argent… tellement d'argent, vous n'avez pas idée… personne ne saurait où c'est.

— Donc les gens vous donnent des choses à cacher et à mettre en sécurité, même s'ils ne savent pas où, résuma Brin. C'est ça ? La voûte n'est pas un lieu : c'est vous.

— C'est moi, concéda-t-il.

— Donc c'est l'intérêt de tout le monde de vous garder en vie.

— Ça l'est.

— Donc si Grigor Jankovic vous blesse ou vous tue…

— Toute sa famille serait éradiquée.

— En commençant avec lui.

Darius fit un rapide signe de tête pour confirmer.

— Puis-je demander pourquoi vous avez tué les hommes de Grigor alors ? s'enquit Pravi. Vous auriez simplement pu dire à Grigor que vous étiez la voûte, et il aurait rappelé ses hommes.

— J'ai placé une note dans l'enveloppe quand j'ai pris le journal intime – revue, registre, grand livre, peu importe comment vous voulez l'appeler – donc Grigor savait avec qui il traitait quand il a décidé de rester dans la course puis quand il a essayé de tous vous tuer, dit Darius.

— Il n'a jamais eu le paquet, expliquai-je. C'est moi qui l'ai eu.

— Vraiment ?

Je hochai la tête.

Darius réfléchit pendant un moment.

— Quand vous avez ouvert le paquet, avez-vous lu la note ?

— Oui.

— L'avez-vous lue à Grigor ?

— Oui.

— Donc il a été mis au courant du fait que j'avais la revue.

— Il l'a été.

— Donc vous voyez, il aurait dû arrêter à ce moment-là. Il n'y avait aucune raison pour lui de poursuivre l'affaire plus loin.

— Il peut ne pas m'avoir cru.

— Tout ce qu'il avait à faire était de vérifier. C'est facile. Tout le monde qui connaît la voûte peut chercher sur le site réservé aux membres pour voir si un objet en particulier ou plusieurs objets ont été acquis.

— Vous pouvez juste faire une recherche Google de ça ?

Ses lèvres se retroussèrent aux coins de sa bouche.

— Non, pas exactement. Vous avez besoin d'un logiciel spécial…

— Du genre de Tor ou quelque chose comme ça.

— Oui. Et une fois que vous avez ça, vous pouvez accéder au Dark Web. Puis vous trouvez le site de la voûte, et de là vous pouvez chercher pour un objet en particulier.

— Vous devez le saisir, alors, il n'y a pas de liste.

— Exact. Si l'objet a été acquis par la voûte, alors c'est listé avec la date à laquelle il a été acquis.

— Et Grigor avait accès à tout ça.

— Oui.

— Comment vous le savez ?

— Parce qu'en tant qu'administrateur du site, je sais quand les gens marchent lourdement dans ma maison en cherchant quelque chose.

— Ce qu'il faisait.

— Ce qu'il faisait, répéta Darius.

— Alors il savait sans aucun doute que vous aviez la revue du juge, mais il est quand même venu après moi et Brin.

— Oui.

— Et donc pour démontrer que vous ne tolérez pas ce genre de conneries, vous avez simplement fait disparaître quinze hommes.

— En effet.

185

— Laissant Grigor expliquer ce qu'il leur est arrivé.

— Grâce à Marko, ça ne sera pas la seule explication que Grigor aura besoin de faire aujourd'hui, mais oui, c'est précisément ainsi que les choses se sont produites.

Pravi s'adossa au canapé et nous nous retrouvâmes épaule contre épaule.

— Ça n'inspire pas confiance, monsieur Hawthorne. Je ne suis pas sûr que je puisse vous faire confiance.

— Oh, non, vous ne pouvez pas, insista Darius, acquiesçant à la déclaration de Pravi. Vous faites confiance à Ceaton, et en retour, Ceaton me fait confiance parce que j'ai confiance en lui. Après aujourd'hui, je ne vais plus jamais vous revoir ou vous parler, et si jamais vous me voyez, vous devrez courir.

J'entendis Pravi prendre une rapide et courte inspiration.

— Parce que si vous me voyez, ça voudra dire que soit vous avez fait quelque chose pour compromettre Ceaton, qu'il est mort et que je viens me débarrasser de vous, soit cela signifie que Ceaton s'est retourné contre moi et que j'élimine son cercle avant de le descendre.

Je savais qu'aucun des scenarii ne se produirait, jamais, je ne laisserais pas ça arriver, mais Darius Hawthorne n'était apparemment pas du genre à tourner autour du pot ou à ne pas expliquer chaque éventualité. Tout était franc, cartes sur table et limpide, donc personne ne pourrait se faire de fausses idées. Et tout ça, tout ce qu'il avait dit, me calma parce que je le croyais. J'avais foi en lui, et se tenir en terrain connu après avoir eu le tapis arraché sous ses pieds remit tout en place, comme si le monde s'était remis sur son axe tout seul.

— Est-ce que c'est clair ? demanda-t-il à Pravi.

— Oui, répondit-il.

— Ça fait du bien de savoir où on se positionne, lui dit Marko.

Darius se tourna vers lui.

— Je suis d'accord, dit-il, en entrelaçant ses doigts, en appuyant ses coudes sur ses cuisses et, toujours penché en avant, nous observant tous. En gros, j'ai besoin que Ceaton travaille pour moi, et je ne prends pas non comme une réponse.

Je comprenais déjà ça. Je pense que nous le faisions tous.

— Il a besoin de vous tous pour le couvrir, et donc j'ai aussi besoin de vous.

Ça aussi c'était évident.

— J'ai résolu ce problème pour lui, et par conséquent pour vous, monsieur Todd, aussi bien que pour M. Radic, M. Borodin et pour M. Novak et la mère de M. Novak.

Oui, il l'avait fait, en effet. Et inclure la mère de Luka, qui était un peu comme la mère de l'équipe depuis que Pravi avait perdu la sienne il y a quelques années, contribuait à solidifier la confiance en lui.

— Vous êtes tous en sécurité grâce à moi.

Il n'y avait aucun argument contre sa logique. Il nous avait tous bien cernés. Mais pour une fois, ça ne semblait pas être une mauvaise chose. Cet homme me connaissait déjà, savait qui j'étais, ce que j'avais fait, et était venu me chercher parce qu'il montait une équipe et me voulait pas seulement dedans, mais pour la diriger. J'étais à la fois reconnaissant et submergé.

— Je suis désolé de ne pas avoir pu sauver votre père, le juge, admit Darius à Brin. Mais vous devez vous souvenir... il a fait son propre lit, et j'ai cru comprendre que vous n'étiez pas proches.

— Non, nous ne l'étions pas.

— Mais de cette façon, vous pouvez le savoir parce que Ceaton travaille pour moi, vos parents, les artistes, votre mère qui travaille dans le verre et votre père qui peint, sont complètement en sécurité.

— Vous n'oubliez rien, murmurai-je.

C'était effrayant de voir à quel point il nous connaissait. Sa connaissance semblait presque arrogante. J'avais une fois pensé que Grigor était un homme puissant, et maintenant je réalisais à quoi ressemblait vraiment le pouvoir. C'était impossible de ne pas être impressionné par l'homme, à la fois par la froideur et la certitude avec lesquelles il travaillait, tout le noir et blanc de son existence. Il n'y avait pas de bon ou de mauvais avec lui, seulement ceux qui étaient de son côté et ceux qui ne l'étaient pas. Ce qui était légèrement effrayant était qu'il jugeait et ne voyait rien de mal à jouer à Dieu.

— Non, acquiesça-t-il. En effet.

Je fus momentanément surpris, pensant qu'il lisait dans mon esprit d'une certaine façon.

— Je...

— Normalement, dit rapidement Darius, et je compris alors qu'il me répondait, en fait. Je suis au-dessus de tout. Mais vous voyez, c'est pourquoi j'ai besoin de vous pour veiller sur moi et faire en sorte que si je

187

fais une erreur, j'aie un filet de sécurité en place pour m'assurer que la chute soit une petite chute.

Je hochai la tête.

— J'ai fait les choses moi-même pendant très longtemps, et j'ai récemment fait ce changement afin que je puisse veiller sur un ami, comme je l'ai dit, et garder ma réputation intacte en même temps.

— Votre réputation ?

— D'être un homme dangereux.

Je n'avais aucun doute qu'il était bien plus que ça ; je suspectais qu'il était absolument létal.

— Et monsieur Todd…

— Brin, corrigea-t-il mon nouveau boss. S'il vous plaît.

— Brin, répéta Darius. Je veux que vous sachiez que je vais avoir votre adorable petite maison de nouveau sur pied d'ici demain matin avec tout à l'intérieur comme neuf.

— Merci.

— Je suis désolé de ne pas pouvoir dire la même chose à propos de votre appartement, me dit-il.

— Quoi ? dis-je, mon ton plus coupant que je ne l'aurais voulu.

— Grigor a fouillé votre appartement et puis l'a incendié. Je peux voir beaucoup de shopping pour de nouveaux vêtements dans votre futur.

— Est-ce que vous plaisantez ? criai-je de surprise. Toutes mes affaires sont parties en fumée ?

Il grimaça, visiblement désolé.

Quand même, cela donnait un certain sens étrange avec le reste de la journée que je vivais. Bien sûr que j'aurais perdu toutes mes possessions. Je devais prendre un nouveau départ.

Au moins j'avais ma montre, mon manteau et mon sac emballé pour trois jours.

— Bon Dieu, il m'a vraiment tourné le dos en un clin d'œil.

— C'est normalement ainsi que ça se passe, dit Darius avec un haussement d'épaules. Mais la bonne nouvelle est que vos armes étaient dans votre coffre-fort personnel à la salle de tir que vous fréquentez, donc elles ont échappé à la destruction.

— Ouais, c'était une chance. Je vais devoir trouver un nouvel appart…

— Ou vous pouvez rester avec Brin, raisonna Darius, puis il bâilla rapidement, s'adossant de nouveau au canapé. Comme j'ai dit, sa maison sera comme neuve demain matin.

188

— Je…

— C'est une idée géniale, acquiesça Brin avec enthousiasme, tout sourire, une main entre mes omoplates. Et de cette façon, vous saurez toujours où le trouver.

— Toujours, acquiesça Darius.

Il me tendit une boîte qu'il avait placée à côté de lui sur le canapé. Elle était couverte d'un magnifique laquage noir et de marqueteries en nacre.

Je le regardai, me demandant ce que j'étais supposé faire.

— Ouvrez-la, dit-il, comme si cela aurait dû être évident.

Soulevant le couvercle, je trouvai trois liasses de billets et un téléphone satellite en iridium.

— L'argent est pour vous et vos hommes, m'informa-t-il, le ton neutre, délivrant des instructions comme tout militaire le ferait, brusquement, succinctement, et sans pause. J'aurai un compte en banque mis en place d'ici demain, mais vous allez avoir besoin de fonds avec vous, comme les comptes seront hors du pays.

— Compris.

— Mon numéro est enregistré sur le téléphone donc vous pourrez toujours me joindre, et j'ai besoin que vous le gardiez toujours avec vous.

— Bien reçu, répliquai-je rapidement, les mots sortant de ma bouche avant même d'y penser.

C'était les ordres que je recevais, et donc je répondais comme j'avais été entraîné à le faire.

Son sourire fut rapide, ourlant ses lèvres, adoucissant ses yeux.

— Vous avez besoin d'un sac prêt à attraper pour partir à tout instant. Une fois que vous aurez remplacé votre garde-robe, faites en sorte d'en préparer un.

— Oui, monsieur, je le ferai.

— Vous…

— Cette boîte est magnifique, interrompit Brin, s'extasiant devant la chose, passant en douceur sa main sur le couvercle ouvert. C'est de la Dynastie Joseon, n'est-ce pas ?

— En effet. Vous avez un bon œil.

Brin rayonna en regardant mon nouveau boss.

— J'ai une coupe à couvercle de la Dynastie Goryeo à la maison, j'espère vraiment qu'elle n'a pas été cassée par une balle perdue.

— Cela serait une tragédie, dit sombrement Darius, ses sourcils froncés alors qu'il regardait Brin.

Des hommes étaient morts, mais une poterie détruite – ça serait *mauvais* ? C'était des priorités que je ne comprenais pas. Peut-être que c'était pourquoi le fait que je sois à la tête d'une équipe, à prendre des décisions de vie ou de mort, n'était pas où se situait ma force. J'avais besoin de faire en sorte que Darius et tous les autres de mon équipe, et Brin, restent en sécurité. C'était une mission que je pouvais suivre.

— J'espère vraiment qu'elle a survécu, soupira Brin, mais tout ce que je veux réellement en sécurité est ici avec moi, et c'est grâce à vous.

Il rencontra le regard de Darius et le soutint.

— Merci.

— Il n'y a vraiment pas de quoi.

Darius se leva alors, et Brin le suivit, s'empressant de sortir du canapé pour se précipiter et offrir sa main.

Ils se serrèrent rapidement la main, et puis je donnai à Brin la boîte qui était apparemment beaucoup plus importante que je ne pouvais comprendre. Pour moi elle était jolie ; je n'avais aucune idée que c'était de l'art. Il semblerait que j'avais encore beaucoup à apprendre sur plein de choses.

Je déglutis difficilement et fis face à Darius.

— Merci pour avoir sauvé nos vies, pour m'avoir cherché et me donner une chance. Je promets de ne pas vous laisser tomber.

— Je n'en ai aucun doute, me fit savoir Darius, me tapant sur l'épaule avant de partir, fermant la porte d'entrée derrière lui.

Pravi se leva à côté de moi et me tendit sa main, attendant.

Brin me passa une liasse de billets que je lui donnai. Son sourire sournois me fit sourire au lieu du sérieux que j'essayais d'avoir.

— Tu n'es toujours pas le boss.

— Ouais, je sais.

Il frappa mon torse avec les billets.

— Tu es mon frère.

Je savais ça aussi.

— Et je vais travailler avec toi et te couvrir aussi.

— Merci.

— *Nema na čemu*, répondit-il et puis il tendit encore une fois la main.

— Quoi ?

— Pour Luka, dit-il simplement.

— Tu t'assureras qu'il est en sécurité ? Tu vas aller lui parler ?

— Il est déjà en sécurité, m'assura Pravi. Tu le sais. Mais oui, je vais aller à l'hôpital maintenant et tout lui expliquer.

— Merci.

Il hocha la tête et se rapprocha, enveloppa un bras autour de mon cou et me serra fortement pendant un instant. Quand il se recula, il embrassa ma joue et puis fit un pas de côté, attendant alors que Marko prenait sa place en face de moi.

Brin me donna une autre liasse pour lui.

— Je vais aller avec Pravi vérifier que Luka va bien, ainsi que sa mère. Nous passerons chez toi demain, m'informa Marko, me donnant une rapide claque sur la poitrine avant de marcher avec Pravi jusqu'à la porte d'entrée.

— Non, tu viens d'entendre Darius. Mon appartement a brûlé.

— Chez toi avec Brinley, idiot, dit Pravi alors qu'il atteignait la porte, l'ouvrit et puis partit sans un autre mot.

— Essaie de suivre ce qui se passe, m'avertit Marko, secouant la tête alors qu'il fermait la porte derrière lui.

— Il m'emmerde, dis-je à Brin. Enfoiré.

— Tout le monde dans ta vie est tellement génial, s'exclama Brin alors qu'il me contournait pour être en face de moi. Ils savent tellement bien quand partir.

Je le regardai, fixant son magnifique petit visage de lutin, les lèvres roses pulpeuses, ses sourcils parfaitement arqués, et ces audacieuses fossettes. Il était tellement adorable, tellement patient et tellement gentil. Il était difficile d'assimiler ça à ce moment précis, nous étions parfaitement et complètement en sécurité. Retracer tout ce qu'il s'était passé pendant cette courte journée, laisser tous les événements tournoyer dans ma tête, rendait difficile de le quitter des yeux. Nous avions été à l'aventure ensemble, été des partenaires, et je ne pouvais pas imaginer qu'on soit séparés, jamais.

La pensée était effrayante, importante et tellement lourde de sens, alourdie par des décisions pour l'avenir et des plans tacites.

Je me noyais juste là, en face de lui, ayant totalement perdu l'usage de la parole.

Il haussa rapidement ses sourcils en me regardant, l'eau recula et je remontai prendre de l'air.

— Tu es cinglé. Pourquoi n'es-tu pas en train de courir au loin aussi vite que tu le peux ?

Brin fit un geste vers la porte.

— Eh bien, je ne peux pas maintenant. Je pense que M. Hawthorne pensait que j'étais vraiment important pour toi puisqu'il a juste expliqué ce qu'était la voûte et comment il tuait des gens vraiment facilement, et comment il avait besoin de toi pour être sûr que personne ne se faufile dans son dos et ne le tue pendant qu'il tue quelqu'un d'autre.

— Ah ouais ? demandai-je, passant mes doigts dans son épaisse crinière bouclée et ondulée dont je me surprenais à apprécier la sensation plus je la touchais.

Les pommettes roses, les longs et épais cils, et son mignon petit nez en bouton étaient tous un émerveillement pour moi. La manière dont ses yeux pétillaient d'espièglerie et de chaleur, comment il s'appuyait sur moi, me bousculait avec sa hanche, me touchait avec ses magnifiques mains, mordillait sa lèvre inférieure alors qu'il me regardait comme s'il était ivre et soupirant comme si j'avais fait quelque chose de stupéfiant rien qu'en restant debout – c'est juste… Dieu… c'est un foyer, et je voulais me rapprocher et juste être là. Je voulais revendiquer ce qu'il offrait et que ce soit fait.

— Ouais, chuchota-t-il, se levant sur la pointe des pieds et enroulant ses bras autour de mon cou, m'encourageant à me pencher alors qu'il inclinait le menton vers le haut. Il va me tuer si tu ne viens pas vivre avec moi. Il pense que nous sommes ensemble déjà, et il est vraiment, vraiment, effrayant.

— Je suis effrayant, suggérai-je, embrassant son front, le bout de son nez, et sa joue.

— Tu ne l'es pas, m'assura-t-il avant de laisser échapper un long et bas geignement. Tu es juste à moi.

Je le pris alors.

Je l'embrassai à lui en faire perdre le souffle, je le tins serré, arquai son dos, et le pressai contre moi pour qu'il puisse sentir mon érection, la dureté et le poids, appuyant fermement contre sa cuisse.

— Tu es en sécurité, je suis en sécurité, murmura-t-il alors que je le soulevais dans mes bras, lui faisant quitter le sol, mes mains sur ses fesses.

Ses jambes s'enroulèrent autour de mes hanches alors que je le portais à travers la maison, cherchant et trouvant la chambre dans laquelle Brin avait déposé son sac pour la nuit quand il était arrivé.

— Tu n'as nulle part où aller, nulle part où tu dois être, rien à faire sauf me prendre.

— Oh, c'est horrible, geignis-je, aimant qu'après tout ce qu'il s'était passé aujourd'hui, il pouvait toujours recourir à de vraiment horribles jeux de mots.

Il murmura quelque chose alors qu'il embrassait ma gorge, se tortillant dans mes bras, essayant de se rapprocher avant de m'embrasser, et il n'y avait rien, seulement la chaleur et le besoin, moi qui prenais et lui qui cédait. Je n'allais pas me retenir un instant de plus ; c'était inutile quand, visiblement, ma place était avec lui.

Il savait que j'étais sien, l'avait reconnu même avant que je ne le fasse, et débattre avec un homme qui connaissait tellement son propre esprit était pure folie.

J'essayais d'être doux avec ses vêtements ; il déchira les miens. Quand je mis mon arme sur la table de chevet, je réalisai qu'elle l'excitait de manière spectaculaire à la façon dont il la fixait.

— Fétichiste des armes maintenant, hein ? Le taquinai-je.

— C'est parce que c'est la tienne, dit-il d'une voix rauque, haletant sous moi, et puis cela me percuta que tout en moi le faisait réagir et ça, uniquement, était un émerveillement.

Les ailes du corbeau s'étendaient sur sa poitrine et son dos, il avait l'air prêt à prendre son envol, sensationnel tout d'encre noir et gris. Et là, dans une écriture fluide sur son flanc, sur les côtes : *Aut viam inveniam au faciam.*

— Qu'est-ce que ça veut dire ? demandai-je alors que j'embrassais un chemin sur les mots, léchant, mordillant.

Il s'arqua sous mon toucher, son dos se décollant du matelas, frissonnant d'un nouveau besoin.

— Soit je trouverai un chemin soit j'en ferai un.

— C'est profond, dis-je contre sa peau, grignotant son nombril pendant un moment avant de voyager plus bas.

— Ceaton !

Je tirai d'un coup sec sur son pantalon et son slip vers le bas – la ceinture, le bouton et la fermeture Éclair capitulèrent sous mes doigts habiles – et pris en bouche son long et beau pénis jusqu'au fond de ma gorge.

— Putain ! hurla-t-il, et c'était un bon son, un bruit de joie aveugle et absolue, de complète et totale soumission.

Alors que je suçais et léchais, le rendais tout mouillé et le laissais baiser ma bouche, je glissai un doigt recouvert de salive dans son orifice, l'ouvrant, implacable dans mon attention. Alors qu'il craquait sous mes mains, il commença à parler en latin.

J'adorais ça. Énormément.

— Je n'ai jamais, haleta-t-il, personne n'a jamais... je n'ai... ohmondieu !

J'étais le premier à lui faire une fellation ?

Il n'y avait pas moyen que je ne pose pas la question. Le laissant glisser hors de ma bouche, je regardai vers le haut dans ses yeux qui avaient maintenant les pupilles dilatées et luisaient de larmes.

— Bordel, de quoi tu parles, ta première fellation ?

— Personne n'a jamais – les gars disent que c'est dégoûtant et qu'ils ne veulent pas goûter le... le...

— Sperme ? suggérai-je. Personne ne voulait avaler ton sperme ?

Il secoua la tête.

— Je veux, promis-je, le lapant de ses testicules à la pointe de son sexe. Je veux tout.

— Putain ! cria-t-il, et je ris avant de le prendre de nouveau en bouche, désordonné et fort, aimant le goût, le sentiment et l'odeur de son corps, utilisant mes mains, serrant, tirant jusqu'à ce qu'il attrape une prise sur ma tête et m'utilise, complètement perdu jusqu'à ce qu'un cri s'arrache du plus profond de sa poitrine et il éjacula, chaud et épais, au fond de ma gorge.

Je dus ramper en remontant le long de son corps et le tenir serré, l'écrasant contre mon torse alors qu'il frissonnait en sécurité entre mes bras. Cela prit un long moment pour lui de s'en remettre, et je l'embrassai pendant tout ce temps, malmenant sa bouche, le gardant immobile, partageant son goût avec lui jusqu'à ce qu'il se tortille sous moi, s'agrippant à mon dos, en exigeant plus.

— Oh, Ceaton, s'il te plaît, pleurnicha-t-il. S'il te plaît, s'il te plaît, s'il te plaît ne t'arrête pas tout de suite. Je veux savoir ce que c'est que d'être aimé par toi.

Personne ne m'avait jamais voulu comme cet homme le faisait ; je n'avais jamais été désiré si intensément, eu chaque partie de moi, corps et âme, revendiquée. Je lui donnerais tout ce qu'il me demanderait.

— Bébé...

Il prit une profonde et tremblante inspiration alors qu'il se cramponnait à mes épaules, enfonçant ses doigts dans les muscles de mon dos.

— Je te veux au plus profond de moi, Ceaton. Je veux ça maintenant.

— Chéri, je ne sais même pas s'il y a du lubrifiant ici pour...

194

— J'en ai apporté ; je l'ai mis dans la table de chevet.

Fidèle à ses paroles, quand je vérifiai dans le tiroir, il était là, mais pas de préservatifs.

— Il nous manque quelque chose.

— Je suis clean. Je ne l'ai jamais fait sans capote. Et toi ?

— Tu ne peux pas me croire sur parole à propos de ça, insistai-je.

— Je peux et je vais le faire. Je sais que tu es un homme bien, donc dis-moi, est-ce sûr ?

Bien sûr que ça l'était. Je n'avais jamais laissé quelqu'un venir près de moi sans un préservatif.

— Oui, dis-je honnêtement, profondément humble de sa foi en moi, de ce qu'il m'offrait, et le saut qu'il faisait. Je te le promets.

Il expira rapidement.

— Dieu merci, maintenant prends-moi, fais-moi tien.

— Nous avons besoin de ralentir. Je ne veux pas te blesser…

— Si tu ne viens pas en moi maintenant, je vais te pousser sur le sol et prendre ce que je veux.

C'était une menace intéressante, étant donné que j'avais facilement quarante-cinq kilos de muscles de plus que lui, mais il avait bien fait passer son message. Il devait m'avoir, et cette connaissance, à quel point il était catégorique, possessif, la revendication qu'il faisait, tout était une complètement nouvelle expérience, et je voulais en savourer chaque moment. Je ne pouvais pas en avoir assez de cet homme qui n'était pas le moins du monde passif, me disant à la place ce qu'il voulait, exigeant ma reddition.

— Brin…

— N'ose même pas me dire non, dit-il d'une voix rauque, presque en colère, complètement concentré. Écoute-moi plutôt, n'essaie pas de penser à ma place ou de te mettre à ma place, et si je dis que je veux quelque chose – tu dois me le donner.

Je devais avoir la même foi en lui qu'il avait en moi.

Ouvrant le lubrifiant, j'enduisis ma dure et ruisselante érection et puis jetai la bouteille au loin alors que j'attrapais ses jambes, les levais jusqu'à mes épaules, me recourbais sur lui et puis me pressais à l'intérieur de lui lentement, mais sans m'arrêter, sentant cet anneau de muscles serré s'étendre autour de moi. Je regardai son visage, vérifiant, prudent, mais avançant toujours, le remplissant, l'étirant, glissant mes paumes sur sa peau, l'arête de l'os de sa hanche attrapant les ridules de mon pouce alors que je gardais mon regard rivé sur lui tout le temps où j'entrai en lui.

Si être au lit avec la mauvaise personne pouvait vous détruire, être avec la bonne personne pouvait-il changer votre vie ?

— Oh oui, gémit-il de façon décadente, ruant sous moi, essayant de me pousser plus profondément en lui, arquant son dos alors que je prenais en main son érection et le caressais langoureusement.

Juste le regarder – ravagé, la transpiration brillant sur sa peau chaude et dorée, rouge de passion, tremblant alors que je poussais en lui – volait ma raison. Je poussai plus profondément avec chaque nouvelle poussée jusqu'à ce que je perde mon rythme, ayant besoin de jouir, devant me servir de lui, le choix m'étant arraché alors que mon cerveau s'éteignait et qu'une envie irrésistible, sauvage, brute et dévergondée prenait la relève.

Il chantait mon nom, les suppliques sans fin, et je le martelai à travers son deuxième orgasme de la nuit et mon premier.

Je m'écroulai sur lui, l'épinglant sous moi, et je restai allongé là collant et repu, ne me souciant pas pour le moment qu'il ne pouvait probablement pas respirer. Le rire fut une surprise.

Quand je me retirai de son corps et roulai sur le côté pour m'étendre sur le dos, il rampa vers le haut jusqu'à être contre mon flanc, reposa sa tête sur mon torse au niveau de mon cœur et je le rapprochai un peu plus contre moi, le serrai un peu plus, embrassai sa tête en sueur et puis ses lèvres quand il se leva pour ma bouche.

— Ohmondieu, si tu mens et dis que ce n'est pas le meilleur sexe que tu aies jamais eu, je…

— C'était le meilleur sexe que j'aie jamais eu, dis-je, riant, puis je l'embrassai encore, incapable de m'empêcher de le câliner, voulant le fusionner à moi, en moi, voulant que nous soyons une seule chose, un cœur… juste *un*.

— Tu vas adorer vivre avec moi, dit-il entre deux baisers, se tortillant dans mes bras, se tordant, cherchant une position qui lui plaisait.

Je me levai, le poussant sous moi une nouvelle fois, et puis m'appuyai sur lui alors qu'il écartait les cuisses et que je me reposais entre elles. Je ne pouvais pas m'empêcher de penser que c'était ma place.

— Et demain je vais prendre un jour de congé à l'école et on ira faire du shopping pour t'acheter des vêtements. Ça va être amusant, et puis nous reviendrons à la maison et on couchera un peu partout et on dormira, regardera des films et puis on recouchera un peu partout encore, et…

— Nous allons faire plus que baiser, lui dis-je. Nous devons parler et planifier, parce que c'est important que nous soyons sur la même longueur d'onde.

— Oh, je suis d'accord, concéda-t-il, semblant suspicieusement apaisant même quand il se déplaça sous moi, et ma verge, se raidissant déjà, frotta contre son entrée glissante. Nous allons avoir tellement plus de discussions, je te le promets.

Il était une petite chose avide et j'aimais ça. Nous nous complétions parfaitement, et cela prenait tout son sens quand la journée avait tellement changé ma vie.

Quelle différence une journée fait – j'avais toujours entendu ça et n'y avais jamais cru. Mais maintenant, je savais. Maintenant je ne prendrais jamais la vie pour acquise, aucune, plus du tout, jamais plus. Elle était trop précieuse, tout comme l'était l'homme dans le lit avec moi. Il était un cadeau, et je profiterais de chaque seconde.

— Ceaton... bébé... peux-tu me serrer plus fort ?

Je pouvais et le ferais pour aussi longtemps qu'il me laisserait faire.

LES JOURS
BLEUS

Mary Calmes

MANGROVE
Stories

Histoires de mangrove

Tomber amoureux d'un collègue est rarement une bonne idée, surtout pour un homme qui obtient une dernière chance de sauver sa carrière. Mais dès l'instant où Dwyer Knolls rencontre le beau Takeo Hiroyuki, socialement inadapté, il semble destiné à ne prendre que de mauvaises décisions.

La vie de Takeo est une série d'échecs pour tenter de plaire à son père, un Japonais très conservateur. Malheureusement, prendre sa succession dans les affaires s'avère aussi difficile pour Takeo que de devenir hétéro. En fait, il n'excelle que dans un domaine : remarquer Dwyer Knolls.

Quand Dwyer et Takeo se rendent à Mangrove, en Floride, pour un voyage d'affaires en vue d'acheter un domaine, leur amitié hésitante s'enflamme et prend une tout autre dimension. Leur soudaine connexion sera-t-elle suffisamment solide pour jouer leur futur, ou devraient-ils mettre cela sur le compte d'un étourdissement inspiré par la brise bleue de l'océan ?

www.dreamspinner-fr.com

ON NE SAIT JAMAIS

Mary Calmes

Hagen Wylie a tout prévu. Il va retourner vivre dans sa ville natale, être ami avec tout le monde, faire de nouvelles rencontres et reconstruire sa vie après les horreurs qu'il a vécu pendant la guerre. Ni problème ni agitation, voilà le programme. Tout se passe bien jusqu'à ce qu'il découvre que son premier amour est lui aussi rentré à la maison. Hagen a beau dire que ce n'est rien, une rencontre inattendue avec les deux adorables fils de Mitch Thayer va le mettre face à face avec le seul homme qu'il n'a jamais réussi à oublier.

Mitch est revenu pour trois raisons : élever ses fils là où il a grandi, installer et développer son entreprise de déménagement, et reconquérir Hagen. Les années écoulées lui ont clairement fait comprendre que le jeune homme qu'il avait aimé au lycée est le seul qui compte pour lui. Le problème ? Il a quitté la ville et ils ne se sont plus parlé depuis.

Pour que Hagen lui fasse à nouveau confiance, Mitch va devoir lui prouver qu'il a mûri et qu'il ne va pas l'abandonner. Ils pourraient avoir une nouvelle chance de s'aimer…. mais Hagen persiste à ne pas vouloir recommencer une histoire avec Mitch. Mais là encore, on ne peut jamais savoir.

www.dreamspinner-fr.com

Contes d'un étrange livre de cuisine, numéro hors série

Boone Walton a fait de son mieux pour mettre de la distance entre son passé et lui. Il s'est investi dans sa nouvelle vie, sa galerie d'art à La Nouvelle-Orléans et son amitié avec Scott Wren. Les choses semblent enfin normales, et Boone ne pourrait pas être plus heureux.

Scott Wren, chef cuisinier, veut plus qu'une vie normale avec Boone. Il veut une vraie relation, mais Boone est terrifié – et pas à cause du fantôme qui hante l'appartement de Scott, ni même ses parents. Non, le passé de Boone s'apprête à lui rendre visite, et la seule chose qui pourrait se mettre entre Boone, Scott et la recette douteuse d'une mousse au chocolat trouvée dans un curieux livre de cuisine, serait la rivière de douleur que Boone a dû traverser pour arriver où il en est. Il y a cependant un secret derrière les ingrédients, un secret qui pourrait révéler l'amour et la confiance qui ont manqué dans la vie de Boone.

www.dreamspinner-fr.com

L'acrobate

MARY CALMES

Le professeur d'anglais Nathan Qells, quarante-cinq ans, est doué pour donner de l'importance aux personnes qui l'entourent. Cependant, il est moins bon quand il s'agit de préserver une relation. Il est sympathique, mais il a du mal à discerner les sentiments des autres personnes. Ainsi, même après tout le temps qu'il a passé à s'occuper de Michael, le lycéen qui habite en face de chez lui, il ne réalise pas qu'Andreo Fiore, oncle et tuteur légal de Michael, a commencé à tomber amoureux de lui.

Dreo a des problèmes plus urgents à régler que de montrer à Nate qu'il pourrait être un partenaire potentiel. Il élève son neveu, tout en essayant de quitter le monde de la mafia et de monter sa propre affaire, un processus rendu plus difficile lorsqu'une fusillade survient, éliminant quelques personnages clés du milieu. Cela n'empêche pas Dreo de persévérer dans sa quête d'une nouvelle vie dont il pourrait être fier – une vie dans laquelle Nate aurait une place essentielle. Une vie qui pourrait ressembler à celle dont Nate a toujours rêvé. Malheureusement pour Dreo – et pour Nate – la dernière fusillade n'était que la partie immergée d'une restructuration importante de la mafia, et l'amour évident que porte Dreo à Nate fait de ce dernier une nouvelle cible.

www.dreamspinner-fr.com

Trevan Bean exerce un travail qui flirte avec l'illégalité, a un petit ami qui n'a peut-être pas toute sa tête ainsi qu'un ange gardien qui pourrait effectivement être le mal incarné. Ajoutez à cela la réapparition de la famille de son petit ami, des menaces de mort, un enlèvement et la lutte pour mettre suffisamment d'argent de côté afin de réaliser un rêve… Autant dire que Trevan ne chôme pas. Mais il est du genre à relever les défis : il a promis à Landry une fin comme dans les contes de fées et Landry va l'obtenir, même si cela doit le tuer !

Et c'est bien ce qui pourrait se passer.

Il y a deux ans, Landry Carter était une poupée cassée lorsqu'ils se sont rencontrés. Mais il a grandi pour devenir un partenaire qui peut se tenir fièrement aux côtés de Trevan… enfin, la plupart du temps. Maintenant que la vie de Trevan prend un tournant inquiétant – et que Landry se retrouve kidnappé – il espère que l'amour de Landry restera suffisamment fort pour relever ce nouveau défi, parce que sa fin heureuse n'arrivera jamais si Trevan doit faire cavalier seul.

www.dreamspinner-fr.com

MARY CALMES vit à Lexington dans le Kentucky avec son mari et ses deux enfants et elle aime toutes les saisons sauf l'été. Elle est diplômée d'une licence en Littérature Anglaise de l'Université du Pacifique à Stockton en Californie. En raison du fait qu'il s'agisse de littérature anglaise et non de grammaire anglaise, ne lui demandez pas de vous montrer une proposition, cela n'arrivera jamais. Elle aime écrire et s'immerge dans le processus, elle croit sans aucun doute possible aux fins heureuses, et en écrit pour chacun de ses personnages.

Publié par Dreamspinner Press
www.dreamspinner-fr.com